Jon Walte

Als wir von Freiheit träumten

JON WALTER

ALS WIR VON FREIHEIT TRÄUMTEN

ROMAN

Aus dem Englischen von
Angela Koonen

LÜBBE

Dieser Titel ist auch als E-Book erschienen

MIX
Papier aus verantwortungsvollen Quellen
FSC® C014496

Titel der englischen Originalausgabe:
»Nevertheless She Persisted«, David Fickling Books, Oxford

Textredaktion: Dr. Ulrike Brandt-Schwarze, Bonn
Umschlaggestaltung: Christin Wilhelm, www.grafic4u.de
Unter Verwendung von Motiven von © arcangel: Ildiko Neer | Malgorzata Maj | Deborah Pendell und © shutterstock: vectortwins | Lukasz Szwaj
Satz: hanseatenSatz-bremen, Bremen
Gesetzt aus der Adobe Caslon Pro
Druck und Einband: GGP Media GmbH, Pößneck

Printed in Germany
ISBN 978-3-7857-2671-6

2 4 5 3 1

Sie finden uns im Internet unter
www.luebbe.de
Bitte beachten Sie auch: www.lesejury.de

»Wahlrecht den Frauen, Keuschheit den Männern.«
Christabel Pankhurst
(Britische Suffragette; 1880–1958)

Vorwort

Im viktorianischen England änderte sich die Rolle der Frauen, als sie anfingen, sich an der Erwerbsarbeit zu beteiligen. Die Bewegung für das Frauenwahlrecht gab es zwar schon seit 1870, aber nach der Gründung der Women's Social and Political Union (WSPU) 1903 gewann sie eine neue Dynamik. Im Gegensatz zu anderen Wahlrechtsvereinen schaffte es die WSPU mit ihrer Strategie, der sogenannten direkten Aktion, in die Schlagzeilen der *Daily Mail*, die den Begriff *suffragettes* prägte, um sie von ihren konventionelleren Mitstreiterinnen, den *suffragists,* zu unterscheiden.

Da die politischen Versprechen ständig gebrochen wurden, traten die Mitglieder der WSPU um 1910 immer militanter auf. Unter den inhaftierten Suffragetten kam es zu Hungerstreiks, auf die man in vielen britischen Gefängnissen mit Zwangsernährung reagierte. 1913, als der Tod einer Inhaftierten zu befürchten stand, führte die Regierung ein Gesetz ein, das im Volksmund als »Cat and Mouse Act« bezeichnet wurde. Es erlaubte, eine Hungerstreikende von der Haft zu beurlauben, wenn sie lebensbedrohlich geschwächt und sie erneut zu inhaftieren, sobald ihre Gesundheit wiederhergestellt war.

Keine der Frauen im Hungerstreik starb aufgrund ihrer Protestaktion, weder im Gefängnis noch nach ihrer zeitweiligen Entlassung. Das Gesetz wurde jedoch von der Bevölkerung als ungerecht angesehen und dementsprechend abgelehnt. Es erwies sich außerdem als schwierig umzusetzen, weil sich die Suffragetten ihrer neuerlichen Verhaftung durch die Polizei erfolgreich zu entziehen wussten.

1

Sobald Clara von der Arbeit weg kann, macht sie sich auf den Weg. Sie eilt die Seven Sisters Road hinunter bis zu dem kleinen Reihenhaus und schließt die Tür auf und geht hinein. Ihr Vater hat sich beim Geräusch des Riegels aus seinem Sessel erhoben, sinkt jedoch gleich wieder hinein, als er sieht, dass sie es ist. Sie zieht den Mantel aus und findet einen freien Haken dafür.

»Ist sie oben?« Sie setzt bereits einen Fuß auf die Treppe, und er lässt sie ohne ein Wort hinaufsteigen. Aber sie spürt seinen Blick, bis sie den Treppenabsatz erreicht.

In dem Schlafzimmer, das sie betritt, brennt nur eine Öllampe, die auf einer kleinen Kommode steht. Clara stellt die Flamme größer. Ihre Schwester liegt im Bett und dreht sich sofort zur Wand, um sich vor dem Licht zu verkriechen wie ein Insekt im Erdreich.

»Nicht!« Nancy bedeckt mit einer Hand ihr Gesicht und zieht sich die Decke bis über die Schultern.

Clara schnalzt mit der Zunge. »Ich muss dich doch ansehen können, oder?«

»Da gibt es nichts zu sehen«, entgegnet ihre Mutter, die mit finsterer Miene auf dem Stuhl in der Zimmerecke sitzt.

Nancy hechelt wie ein Hund. »Mach, dass es aufhört«, jammert sie. »Oh, es soll aufhören!«

Clara tritt ans Bett und kniet sich hin. Sie legt eine Hand auf Nancys Kopf, weil ihr das angemessen erscheint.

»Sie will es nicht rauskommen lassen«, erklärt ihre Mutter rundheraus.

Clara zieht ihrer Schwester den Arm vom Gesicht.

Nancy schließt die Augen. Ihr Mund ist zusammengekniffen, die Knie hat sie eng an den Leib gezogen. »Es tut weh, Clara. Es tut furchtbar weh, und es hört nicht auf.«

Clara schaut zu ihrer Mutter. »Wie lange geht das schon so?«

»Seit heute Mittag. Ich bin sofort losgegangen, um dich zu holen.«

»Ich konnte nicht weg.«

»Ich habe an der Pforte eine Nachricht hinterlassen.«

»Ich musste meine Arbeit erst zu Ende bringen, vorher wollten sie mich nicht gehen lassen.«

Ihre Mutter wendet sich auf dem Stuhl ab, damit sie ihre Töchter nicht sehen muss. Sie schlägt die Beine übereinander und setzt eine entschlossene Miene auf.

»Hast du nach der Hebamme geschickt?«, fragt Clara.

»Er war dagegen.«

»Er ist ein Trottel.«

»Meint, ich sollte inzwischen wissen, wie es geht, weil ich euch zwei bekommen habe. Er sagt, wir müssten allein damit fertigwerden.«

Clara steht auf und geht zu der Schüssel auf dem Frisiertisch. Das Wasser ist kalt. Sie nimmt einen Waschlappen, taucht ihn ein, wringt ihn aus und kehrt damit ans Bett zurück. Nancys Haare sind verschwitzt. Clara streicht sie ihr aus dem Gesicht und hinter die Ohren und legt ihr den Waschlappen auf die Stirn. Die Bettdecke schlägt sie bis zu den Knien zurück, und als Nancy danach greifen will, fängt Clara ihre Hand ab.

»Du glühst, Nancy. Du musst abkühlen.«

»Sie ist krank«, sagt ihre Mutter. »Sie sollte im Bett bleiben.«

»Sie ist nicht krank.«

»Ich will schlafen«, jammert Nancy. »Nur schlafen, sonst nichts.« Sie kneift die Augen zu, als eine neue Wehe heranrollt wie eine Welle an den Strand. »Oh, es soll aufhören. Bitte, irgendjemand soll machen, dass es aufhört!«

Ihre Mutter kommt ans Bett. »Das hättest du dir vorher überlegen sollen, nicht wahr!«

Clara sieht sie wütend an, bis sie zu ihrem Stuhl zurückgekehrt ist. »Ich gehe jetzt die Hebamme holen.« Sie zieht ihren Rock glatt. »Es wird nicht lange dauern. Gib acht, dass sie sich nicht weiter erhitzt.«

Als sie die Zimmertür öffnet, steht da ihr Vater und weicht vor ihr zurück. Sie geht an ihm vorbei. Am Treppenabsatz sagt sie: »Ich hole die Hebamme.«

»Nicht nötig«, schnauzt er, dann folgt er ihr die Treppe hinunter.

Halb erwartet sie, dass er seine Hand auf ihre Schulter legt. Wenn es ihm ernst ist, wird er sie nicht gehen lassen. Doch am Fuß der Treppe bleibt er stehen, während sie das Wohnzimmer durchquert und ihren Mantel vom Haken nimmt. Sie fährt in die Ärmel und hebt die Haare über den Kragen.

»Hast du nicht gehört?« Er wird laut, aber sie weiß, er will damit nur das Gesicht wahren, wie ein Hund, der einen Passanten anknurrt. »Ich sagte, das ist nicht nötig!«

»Man kann es richtig oder falsch machen, wie bei allem«, erwidert sie ruhig. »Irgendwas könnte schiefgehen.«

»Wäre keine Katastrophe, oder?« Er geht zu seinem Sessel und setzt sich. »Vielleicht sogar das Beste. Das Beste für uns alle.«

Clara schlüpft hinaus und eilt die Straße entlang, froh, von ihm weg zu sein.

Die Hebamme, mit der sie zurückkommt, hat eine knappe, nüchterne Art und beachtet den Vater kaum, sondern nickt ihm nur zu, während sie auf die Treppe zuhält. Das ärgert ihn, und er langt nach Claras Arm, um sie aufzuhalten.

»Ich werde sie nicht bezahlen«, zischt er. »Das ist dir doch klar?« Aber er lässt sie los. »Als hätte ich lauter Katzen um mich«, brummt er, als sie den Treppenabsatz erreicht.

Ihre Mutter steht mit der Hebamme am Frisiertisch. »Das Wasser ist kalt«, bemerkt die Hebamme.

»Wir haben sie gekühlt«, erklärt die Mutter und zeigt auf Nancy, die sich die Bettdecke wieder bis zum Kinn hochgezogen hat.

Die Hebamme geht zum Bett. Sie zieht die Decke zurück, sodass Nancy zusammengekrümmt und wimmernd den Blicken ausgesetzt ist. »Kommen Sie, Liebes.« Sie fasst sie bei den Schultern und dreht sie behutsam herum, damit sie ihr Gesicht sieht. Eins der beiden Kissen schüttelt sie auf. »Versuchen Sie, sich ein wenig aufzusetzen.« Aber Nancy jammert nur ängstlich und verloren. Die Hebamme nickt Clara zu. »Geben Sie mir meine Tasche.« Als Nächstes schickt sie die Mutter nach unten, um heißes Wasser zu holen.

Clara sieht zu, wie die Hebamme ihrer Schwester das Nachthemd bis über die Hüften hochschiebt. Die plötzliche Nacktheit bringt sie aus der Fassung, und sie wendet sich ab. Der Anblick erzeugt ein Gefühl des Ausgeliefertseins, bei dem ihr schwindlig wird. Doch so ist sie niemandem eine Hilfe, das ist ihr klar. Sie ermahnt sich streng. Was hier passiert, ist Realität, und nichts kann sie daran ändern. Also ist es besser, sie stellt sich dem, genau wie Nancy es tun muss.

Sie holt tief Luft, um einen klaren Kopf zu bekommen, bevor sie sich wieder zum Bett umdreht.

Die Hebamme legt die Hände an Nancys Bauch. Behutsam tastet sie über die Seiten bis zum Nabel, dann nimmt sie ein hölzernes Hörrohr aus der Tasche und hält das eine Ende an den Bauchnabel, das andere an ihr Ohr. »Tritt er häufig?«

»Weiß ich nicht«, antwortet Nancy mürrisch und erschöpft.

»Wie bitte? Sie haben ihn nicht gespürt? Dann müssen Sie einen Bauch aus Stein haben, denn er hat ein kräftiges Herz.«

»Hat er?«

»Da ist bei ihm alles in Ordnung.«

Nancy umklammert ihr Kissen und zieht es sich vors Gesicht, als eine Wehe kommt. »Warum kommt er dann nicht?«

»Weil es noch nicht so weit ist.«

Nancy bricht in Tränen aus. Weinend verzieht sie das Gesicht und kneift die Augen zu.

Rasch greift die Hebamme nach ihrer Hand und legt sie fest auf den Bauch. »Fühlen Sie, wie er tritt? Da! Spüren Sie das?«

Nancy reißt staunend die Augen auf. »Das ist es?«

»Haben Sie das nicht gewusst?«

Clara tritt näher. Sie möchte auch den Bauch ihrer Schwester anfassen, um zu fühlen, wie es ist, ein lebendiges, tretendes Wesen in sich zu haben.

Da passiert etwas, das Nancy zum Lachen bringt. »Oh, oh, der kleine Bursche.« Sie schiebt die Finger zum unteren Rand des Bauches. »Er versucht es, nicht wahr?«, fragt sie die Hebamme. »Er versucht, sich rauszuschieben.«

Schweigend schauen die drei auf den Bauch, wie man auf ein Naturschauspiel wartet, und ganz plötzlich zeichnet sich ein Fuß an der Bauchdecke ab, als würde sich das Kind abstoßen und umdrehen, und die Schwestern blicken einander an, weil sie wissen wollen, ob die andere es auch gesehen hat. Halb erschrocken, halb staunend halten sie den Atem an.

»Kommen Sie, und helfen Sie Ihrer Schwester aus dem Bett.« Die Hebamme macht Clara Platz, und zusammen greifen sie Nancy unter die Arme und heben sie auf die Beine.

»Wohin soll sie gehen?«

»Nirgendwohin. Nur auf und ab. Das tut beiden gut. Sorgt für den Fortgang der Dinge. Bringt Luft in ihre Lunge.«

Clara ist fast zu ängstlich, um Nancy anzufassen, greift ihr aber um die Taille, und es ist doch nicht so seltsam wie geglaubt. Aneinandergelehnt halten sie sich bei den Händen und gehen im Zimmer hin und her, fünf Schritte zum Fenster und zurück. Bis vor einem Jahr haben sie sich ein Bett geteilt. Clara kennt also den Leib ihrer Schwester, die Figur unter dem Nachthemd, jedoch nicht so, nicht prall und schamlos und nachlässig. Nancy ist keine, zu der schwere Brüste und ein großer runder Bauch passen. Sie ist ein stilles Mädchen. Sehr schüchtern.

Ihre Mutter kommt mit heißem Wasser zurück und erschrickt beim Anblick der beiden. »Wieso bist du aufgestanden? Du musst liegen.« Um Zustimmung heischend schaut sie zur Hebamme, bekommt aber keine. »Ich werde eine Bettpfanne holen«, sagt sie und wendet sich zum Gehen. »Dein Vater sagt, du hättest ihn in den Pub getrieben.«

Die Hebamme setzt sich auf den Stuhl in der Ecke. Sie nimmt ihr Strickzeug aus der Tasche und widmet sich schweigend ihrer Handarbeit, während die Schwestern auf und ab gehen.

So hat Clara sich das nicht vorgestellt. Sie war nach Hause gekommen, um nach ihrer jüngeren Schwester zu sehen, ihr zu sagen, was sie tun soll, so wie immer. Doch nun macht Nancy etwas durch, das für sie beide neu ist, und zum ersten Mal ist Clara nicht die Erfahrenere. Immerhin hat sie daran gedacht, die Hebamme hinzuzuziehen. Das war doch etwas Nützliches. »Geht es dir besser, wenn wir laufen?«, fragt sie Nancy.

»Ein bisschen.« Und nachdem sie kehrtgemacht haben: »Das haben wir lange nicht mehr getan.«

»Wir haben das noch nie getan!«

»Doch, im Park«, erinnert Nancy sie. »Früher sind wir so im Park hin und her spaziert.«

»Das ist lange her«, sagt Clara. »Nicht mehr, seit wir arbeiten gehen.«

»Ja. Seitdem nicht mehr.«

Jedes Mal, wenn eine Wehe einsetzt, bleiben sie am Fenster stehen, und Nancy hält sich am Frisiertisch fest, beugt sich darüber und atmet tief ein und aus. Clara lässt dabei die Hand an ihrer Taille. Sobald Nancy weitergehen kann, legt sie den Kopf an Claras Schulter, und sie schlurfen durchs Zimmer, bis sie die Zeit vergessen haben und nicht mehr darauf achten, wer bei ihnen ist und wer nicht.

Ihr Vater kehrt aus dem Pub zurück. Sie hören, wie er die Haustür zuknallt. »Ist es erledigt?«, ruft er aus dem Wohnzimmer nach oben. Sie hören seine Stiefel auf den unteren Treppenstufen, dann aber die Stimme ihrer Mutter, die ihn auffordert, umzukehren und die Töchter in Ruhe zu lassen.

»Hexen sind das, nichts anderes.« Schimpfend steigt er die Stufen wieder herunter.

Die Hebamme überzeugt Nancy, einen Keks zu essen und einen Schluck Wasser zu trinken, dann nehmen sie das Stricken und Umhergehen wieder auf. Ein Weilchen später hält Nancy inne. »Oh …« Mit spitzen Fingern greift sie in Taillenhöhe an ihr Nachthemd. »Oh … oh … mir scheint, da passiert etwas.«

Sie treten auseinander. Nancys Nachthemd ist vorne nass, und sie steht in einer Pfütze.

»Das ist gut«, erklärt die Hebamme. »Das ist genau richtig.«

Nancy greift an ihren Ausschnitt. »Ich will es ausziehen, Clara. Hilf mir bitte.«

Clara nimmt es beim Saum und zieht es ihr über den Kopf.

Als Nancy nackt dasteht, legt sie wieder den Arm um den Hals ihrer Schwester und stöhnt.

Von Clara gestützt, beugt Nancy die Knie und kreist mit den Hüften. Sie stöhnt jetzt fortwährend, denn tief in sich spürt sie etwas Animalisches, das sie laut werden lässt. Clara erscheint sie fast wie eine Besessene, so als würde ihre Schwester von einer Macht benutzt, die sich um keine der beiden schert. Nancy wird immer schwerer zu halten und droht Clara zu entgleiten, sodass ihr nichts anderes übrigbleibt, als sich mit ihr hinsinken zu lassen. So knien sie schließlich beide am Boden wie kalbende Kühe in einem dämmrigen Stall.

Die Hebamme kniet sich neben sie. Sie wirkt völlig unerschüttert. »Besser, Sie atmen ihn hinaus, Mädchen. Erzwingen Sie es nicht. Lassen Sie ihn von selbst kommen.«

Nancy richtet sich kniend auf, und Clara rückt hinter sie, damit sich Nancy gegen sie lehnen kann. Aber sie braucht alle Kraft, um so zu bleiben. Sie spürt, wie Nancy sich anspannt und streckt, spürt ihr Zittern. Um der Liebe Gottes willen, denkt sie. Warum hast du dir das von ihm antun lassen? Und dann ändert sich erneut die Lage. Nancy hört auf zu stöhnen. Stattdessen starrt sie auf die Türklinke, als wäre die das Wichtigste auf der Welt.

Die Hebamme kommt mit einem warmen Waschlappen und drückt ihn Nancy zwischen die Beine. »Man kann jetzt den Kopf des Kindes spüren.« Sie nimmt Nancys Hand. »Nur zu. Sie tun ihm nicht weh.«

Nancy stemmt sich langsam von Claras Oberschenkeln hoch und betastet sich mit zitternden Fingern. »Da ist er, Clara!« Sie wirft den Kopf in den Nacken und lacht. Ihr Gesicht strahlt wie die aufgehende Sonne. »Er ist tatsächlich da!«

»Die nächste Wehe wird den Kopf ganz heraustreiben«, erklärt die Hebamme, und tatsächlich kommt er sofort, während Nancy sich in Claras Armen aufrichtet und dann presst, ihre Kraft zieht beide Schwestern nach vorn zum Boden, sodass die Hebamme sie mit einer Hand an Nancys Brustbein wieder aufrichten muss. »Wir haben den Kopf«, sagt sie. »Es ist ein Sterngucker, das Kind, hält den Blick auf Höheres geheftet. Nun sparen Sie Ihre Kräfte, Mädchen. Nicht pressen, wenn Sie nicht müssen.«

Nancy atmet tief. Kraftlos sackt sie gegen Clara. Plötzlich stemmt sie sich so vehement nach vorn, dass Clara sie loslässt. Aber sie zieht sie gleich wieder an sich, und kurz darauf gibt etwas nach. Nancy wirft sich erneut nach vorn, und Clara sieht das Kind, seinen Kopf und die Schultern. Ganz blaugrau gleitet es auf die Welt, mit einer Hand erschrocken ins Leere greifend. Clara fängt es bei den Schultern ab, ehe es weiter herausgetrieben wird, und einen Augenblick später wird es in ihre Hände geboren.

Einen Moment lang gibt es nur sie beide, die einander anstarren, dann bemerkt sie die Hebamme neben sich, die ein Tuch in der Hand hält. Sie wickelt das kleine Geschöpf darin ein und lässt die graue Nabelschnur herabhängen, als sie es Nancy zum Halten gibt.

Clara sinkt erschöpft zu Boden. Sie beobachtet Nancy, die sich ans Bett lehnt und ihr Kind bestaunt. »Was soll ich damit machen?«, fragt sie die Hebamme.

»Schauen Sie mal, ob es trinken will.«

Nancy legt sich das Kind an die Brust. »Ich kann das«, sagt sie ungläubig und stolz. »Clara, sieh doch. Er will mich. Siehst du?«

»Es ist kein Junge.« Die Hebamme lacht. »Überzeugen Sie sich selbst: Es ist ein Mädchen.«

»Ach.« Nancy klingt, als würde das alles ändern. Sie mustert das Kind. »Aber ist sie nicht hübsch?«

Clara geht zur Wasserschüssel und wäscht sich die Hände, ebenso die Hebamme.

»Sollte sie es im Arm halten?«, flüstert Clara, doch die Hebamme ignoriert sie, und sie schämt sich für ihre Frage. Sie hört ihren Vater an der Tür vorbei in sein Zimmer gehen. »Besser ich wische jetzt den Boden«, sagt sie zu der Hebamme.

Ihre Mutter sitzt allein in der Küche. »Hat sie es geschafft?«

»Es ist ein Mädchen.«

»Nun, das war's dann.« Sie öffnet eine Schranktür und schließt sie, ohne etwas herauszunehmen. »Du gehst wieder zurück, nehme ich an.«

»Meine Schicht fängt gleich an.«

Clara füllt Wasser in einen Topf und stellt ihn auf den Herd. Als es heiß ist, gießt sie es in den Eimer und sucht die Scheuerbürste hervor. Auf der Treppe begegnet sie der Hebamme, die soeben herunterkommt, um das Haus zu verlassen, und bezahlt sie aus eigener Tasche. Sie trägt den Eimer nach oben in das Zimmer, wo sie den Lampendocht höher dreht. Nancy ist fast eingeschlafen mit dem Kind an der Brust.

Clara geht auf die Knie und schrubbt den Fußboden, beginnend in der Mitte, wo Nancy das Fruchtwasser verloren hat, und bewegt sich von dort rückwärts zum Bett. Gott, ist sie müde. Seit dem Frühstück hat sie sich nicht ausgeruht, und ihr Rücken schmerzt furchtbar.

Flüchtig nimmt sie wahr, wie ihre Schwester die Augen schließt. »Nancy? Nancy! Nicht einschlafen.« Und dann etwas leiser: »Ich muss sie mitnehmen. Weißt du noch?«

Nancy schreckt hoch. »Nicht jetzt, Clara. Bitte. Erst morgen früh.«

»Es wird dadurch nicht leichter, oder? Besser, ich tu's sofort.« Sie steht auf und legt die Bürste in den Eimer. In solch einer Situation gibt es nur eins: Man muss praktisch denken. Und sich beschäftigen. Sie denkt an ihre Mutter, während sie vor dem Bett steht und das unbenutzte Leinenzeug zusammenfaltet.

Nancy wirkt wie ein kleines Mädchen, das verzweifelt seine Puppe festhält. »Wenigstens noch ein bisschen?«, bittet sie. »Nur noch einen Moment.«

Clara zieht die Brauen zusammen, geht aber mit dem Eimer nach unten. Sie gießt das Wasser im Hof in einen Abfluss, dann holt sie aus der Vorratskammer den Korb, den ihre Mutter zum Einkaufen benutzt. Sie polstert ihn mit einer Decke aus, die so warm und weich ist, dass ihr Entschluss ins Wanken gerät. Vielleicht wäre es doch besser, bis zum Morgen zu warten? Vielleicht wäre es nicht so gut, mitten in der Nacht an eine Haustür zu klopfen und die halbe Nachbarschaft aufzuwecken. Über solche Dinge tratschen die Leute gern. Schluss damit, sagt sie sich. Diese Sache wird am besten möglichst bald erledigt, und mit der Frau ist es ohnehin abgesprochen. Die erwartet mich.

Sie kehrt in das Schlafzimmer zurück und stellt den Korb neben das Bett. Nancy fängt an zu weinen.

»Aber, aber«, sagt Clara sanft. Sie beugt sich hinüber und legt dem Säugling ihren kleinen Finger an den Mundwinkel. »Siehst du? So macht man das, damit sie nicht aufwacht.«

Das Kind regt sich für einen Moment, dann schläft es weiter, und Clara kann es hochnehmen. Nackt und warm liegt es auf ihrem Unterarm, aber sie wagt nicht, es länger zu halten. Sie legt es in den Korb und deckt es zu, und Nancy dreht sich weg. Das war's also, denkt Clara. Besser ohne Aufregung. Leise schließt sie hinter sich die Zimmertür.

Das Haus, zu dem sie das Kind bringt, liegt ganz in der Nähe, und die Frau öffnet, ohne dass Clara ein zweites Mal klopfen muss.

Sie nimmt den Korb und wirft nur einen schnellen Blick hinein. »Hat es einen Namen?«

Daran hat Clara nicht gedacht. »Nein. Braucht sie einen?«

Die Frau zuckt nur die Achseln und schließt die Tür.

2

Als sie aufwacht, gibt es einen Moment, da ihr die Welt freundlich erscheint. Einen Moment, bevor sie den Verlust ihrer Tochter fühlt, das schreckliche Wissen, dass sie fort ist, dass ihr Bauch, wo das Kind zusammengekrümmt schlief, nun verwaist ist.

Der Drang zu urinieren überkommt sie, und sie schwingt die Beine über die Bettkante. Im Halbdunkel der zugezogenen Vorhänge tastet sie mit den Füßen nach dem Eimer, bis sie dagegenstößt. Sie rafft ihr Nachthemd hoch und hockt sich hin. Der Henkel des Eimers klappert, weil ihre Oberschenkel zittern, und es brennt, als sie Wasser lässt. Wieder hat sie Schmerzen. In den Ellbogen und Knien. Im Kreuz und zwischen den Schulterblättern. Überall tut es weh.

Das Kind könnte noch da sein. Sie erlaubt sich, es zu glauben. Vielleicht noch in ihrem Bett, wo es still unter der Decke atmet, oder warm eingewickelt in einem Korb irgendwo außerhalb ihres Blickfelds. Vielleicht hat Clara es nicht übers Herz gebracht. Vielleicht liegt ihr Töchterchen dort auf dem Boden? Auf der anderen Seite des Bettes? Wenn sie nur aufhören könnte, Pipi zu machen, würde sie es hören. Aber erst nach einer Ewigkeit auf dem Eimer beugt sie sich nach vorn auf die Knie und kriecht über den Fußboden, ihre Hoffnung nun schon groß wie eine Kerzenflamme.

Mit angehaltenem Atem späht sie am Bett vorbei in die Düsternis einer leeren Ecke. Sie schiebt eine Hand unter die Bettdecke und schlägt sie mit einem Schwung zur Seite, nur für den Fall, dass das Kind über Nacht irgendwie flacher geworden ist, als Nancy es in Erinnerung hat. Es war ein so winziges Wesen. Es könnte noch da sein, fest zugedeckt und tief schlafend, sodass Nancy es noch nicht entdeckt hat. Es sieht ihr ähnlich, alles falsch mitzubekommen. Das Baby kann überall sein. Überall, nur nicht bei ihr.

Clara hat es mitgenommen, wie sie gesagt hat. Alle waren damit einverstanden. Sie hat noch nie ihre Meinung geändert, nicht, wenn sie beschlossen hat, dass etwas richtig ist. Die Enttäuschung fällt klirrend in ihre Brust wie eine Münze ins Sparschwein, die man für schlechte Zeiten zurücklegt. Sie sagt sich, dass das dumm ist. Das Kind zu vermissen ist dumm. Bis gestern Abend hat sie nicht mal einen Gedanken an das Baby verschwendet. Erst als sie seinen Kopf berührt hat. Bis dahin hatte sie gar nicht an es denken wollen.

Bei den Nachbarn nebenan gibt es ein Neugeborenes. Sie kann durch die Wände hören, wenn es schreit. Und es ist nicht ihr erstes. Sie haben schon zwei, mit nur einem Jahr Abstand. Allerdings sagt die Frau, sie müsse nicht mehr arbeiten, sie habe ihre Stellung gleich nach der Heirat aufgegeben, weil sein Lohn ausreicht, ohne dass sie allzu viele Näharbeiten annehmen muss. Nancy weiß nicht genau, welchen Beruf er hat, aber seinem Aussehen nach arbeitet er in einem Büro. Es ist ein sonderbares Gefühl, gleich nebenan eine Frau zu wissen, die ein ganz anderes Leben führt als sie.

Vater ist lieb zu ihr, als sie sich unten blicken lässt. Seine Morgenstimmung. Er meint, sie solle für ein, zwei Tage im Bett bleiben, und als Mutter fragt, wer dann die Wäsche waschen und die Böden wischen soll, erwidert er, sie solle den Mund halten und sich an die Arbeit gewöhnen, sie werde es ohnehin tun müssen, sobald ihre Tochter ausgezogen ist. Das Kind erwähnen sie gar nicht. Nancy nimmt eine Scheibe Brot mit auf ihr Zimmer, dankbar für die friedliche Ruhe dort, und wundert sich, weshalb sie sich so merkwürdig fühlt. Sie ist heute nicht wie sonst. Andauernd muss sie sich ermahnen zu kauen. Sie schaut auf ihre Füße. Beide sind geschwollen und rosa, die dicken Zehen sind nicht mehr so hübsch, wie sie mal waren. Sie streicht sich über den Bauch, der jetzt schlaff und flach ist, wie etwas, das die alte Mrs Oliver nach dem Waschtag auf die Leine hängt.

Kaum liegt sie wieder im Bett, als ihr Vater anklopft, ein Mal nur, und ins Zimmer huscht. Leise schließt er die Tür, dann stellt er sich mit dem Rücken davor. Er sieht zu Boden und wringt die Hände, als forme er erst die Worte, die er sagen will. Nancy setzt sich auf, lehnt sich ans Betthaupt und zieht die Knie an die Brust.

»Ich wollte wissen …« Er stockt. »Wollte fragen …« Erneut zögert er, dann zündet er seine Lunte und zeigt energisch mit dem Finger auf sie. »Du musst mir sagen, was du zu tun gedenkst!« Er geht ein paar schnelle Schritte ins Zimmer hinein, zieht sich aber wieder an die Tür zurück, und Nancy genießt seine Unsicherheit. So erlebt sie ihn selten. In milderem Ton fährt er fort. »Du könntest trotzdem hierbleiben. Es muss sich nichts ändern. Zumal jetzt alles erledigt ist.« Er dreht sich zum Fenster und tut so, als gebe es draußen etwas Interessantes zu beobachten – einen Wagen oder eine Frau, die unten auf dem Trottoir vorbeigeht. »Du gehörst hierher. Hier bist du geboren.« Er räuspert sich, vielleicht weil er bereut, eine Geburt erwähnt zu haben. »Deine Mam und ich … wir brauchen dich.«

Er wartet, ob sie etwas sagt, und als sie schweigt, schlägt er einen förmlicheren Ton an. »Daher dachte ich, du solltest wissen, wenn du eine neue Anstellung findest, nun ja, du darfst die Hälfte deines Lohns behalten. Egal, wie viel du verdienst. Die Hälfte des Lohns.«

Sie weiß, es ist ein gefährliches Spiel, weiter zu schweigen – er kann jeden Moment wütend werden –, doch ihr fällt überhaupt nichts ein, was sie sagen könnte, nichts, das ihr nützen würde oder nicht gelogen wäre.

Seine Brauen zucken. Jetzt fängt es an, denkt sie, aber er schüttelt den Kopf. Wenn er den Gedanken hatte, sie zu schlagen, so hat er ihn beiseitegeschoben. Noch immer hat er einen gemeinen Zug um den Mund, so als würde er gleich quer durchs Zimmer spucken. Er schiebt die Hände in die Hosentaschen. »Deine Schwester denkt, sie weiß, was das Beste ist, aber sie hat nicht immer recht.«

»Sie hätte das Kind nicht mitnehmen sollen«, sagt Nancy. Sie bereut es sofort und versucht, es abzuschwächen. »Nicht so jedenfalls, mitten in der Nacht, ohne dass ich mich anständig verabschieden konnte.«

»Das ist typisch. Stimmt doch, oder? Sie bringt uns alle dazu, zu tun, was sie will. So war sie schon immer.« Verstohlen schielt er zu ihr hinüber. »Also werde ich es ihr sagen. Soll ich? Ihr sagen, dass du hierbleibst und deinen eigenen Weg gehst?« Er tritt ans Bett und setzt sich auf den Rand, befreit von der Anspannung, die ihn eben noch steifbeinig machte. Er legt eine Hand auf ihr Knie, und durch die Berührung verliert sie sich, sie treibt sie an jenen Ort, wo sie ein Nichts ist. Ohne Gedanke, ohne Stimme. Niemand.

»Sie will uns am Donnerstag besuchen«, sagt er leise. »Soll ich es ihr dann sagen?«

Der Säugling nebenan fängt an zu weinen, sie hört es durch die Wand hinter sich und fühlt die Milch einschießen und aus ihren Brüsten tropfen, fühlt es mit Entsetzen. Hastig nickt sie, während sie die Bettdecke bis unters Kinn zieht, weil sie weiß, nach einem Ja wird er sie in Ruhe lassen.

Am Donnerstag ist die Schwellung ihrer Füße abgeklungen, und sie kann Schuhe anziehen. Sie wickelt Leinenstreifen um ihren Brustkorb wie einen Verband. Es ist das erste Mal seit einer Woche, dass sie das Haus verlässt. Das erste Mal, dass sie einen Mantel braucht.

Sie treffen vor Clara im Café ein. Nancy setzt sich weit von ihrer Mutter weg an den Tisch. Sie bestellen eine Kanne Kaffee mit drei Tassen. Ihre Mutter sagt, sie werden keinen Kuchen essen, und Nancy sagt, sie habe nichts dagegen. Sie denkt, je weniger sie den Mund aufmacht, desto besser.

Bis Clara hereinkommt, sind sie alle drei in Schweigen verfallen. Vater hat eine Zeitung aufgeschlagen, um respektabel zu erscheinen, aber Nancy weiß, dass er sie nicht liest. Er legt sie hin, als Clara sich zu ihnen setzt, auf den Platz zwischen ihm und Nancy.

»Ihr habt schon bestellt.«

»Wir wussten nicht, wann du kommst«, erklärt ihr Vater.

»Nun, jetzt bin ich da. Wollen wir Kuchen essen?« Sie winkt einer Kellnerin, und Nancy denkt, das ist wieder typisch für sie, gibt sich nie mit dem zufrieden, was da ist, immer will sie mehr. Halb ärgert es sie, halb bewundert sie ihre Schwester dafür.

Clara greift nach ihrer Hand und drückt ihre Finger. »Nancy? Bestimmt hast du Lust auf ein Stück Kuchen. Wie geht's dir inzwischen?«

»Sie war krank«, sagt ihre Mutter.

Clara hält die Hand ihrer Schwester fest, aber Nancy findet darin keinen Trost. »Bist du heute zum ersten Mal außer Haus?«

»Was darf ich Ihnen bringen?«, fragt die Kellnerin, die plötzlich am Tisch steht.

Clara wird nervös, lässt Nancys Hand los und greift nach einer Speisekarte, ohne jedoch einen Blick hineinzuwerfen. »Muffins, bitte. Zwei Muffins mit Butter und eine Tasse Kaffee für mich.«

»Wir werden nicht bleiben.« Ihre Mutter trinkt demonstrativ ihren Kaffee aus und stellt die Tasse ab.

Ihr Vater faltet die Zeitung zusammen. »Wir sind hier, um dir mitzuteilen, dass Nancy dein Stellenangebot nicht annehmen wird.« Er strafft die Schultern. »Sie wird auf absehbare Zeit bei uns bleiben.« Er legt die Hände flach auf den Tisch, als wäre das Thema damit beendet.

»Um was zu tun?« Clara hebt die Stimme. »Bei Freeman's wird man sie nicht mehr nehmen. Die Stelle hat inzwischen bestimmt jemand anderes.«

Nancy schämt sich. Sie hatte gewusst, dass es so kommen würde, sie würden sich zanken wie Krähen um ein Stück Aas.

Nun wendet sich Clara an sie. »Möchtest du das, Nancy? Das Bewerbungsgespräch ist für morgen arrangiert, und wenn du die Stelle bekommst, kannst du noch diese Woche anfangen.«

»Sie wird nicht hingehen«, bestimmt ihr Vater.

Nancy zieht die Hände vom Tisch und legt sie in den Schoß.

»Sie muss«, erwidert Clara. »Alles ist besprochen.« Sie blickt ihn direkt an, dabei streckt sie den Hals und hebt das Kinn wie ein Schwan, der das Gefieder sträubt. »Ich habe mich dafür eingesetzt, und sie lässt mich im Stich, wenn sie nicht hingeht.«

»Sie wird nicht hingehen.«

»Dann möchte ich das von ihr selbst hören.«

Doch Nancy bringt nicht den Willen auf zu sprechen, und selbst wenn, würde ihr niemand zuhören.

»Du weißt, wie sie ist«, sagt ihre Mutter.

Ihr Vater stellt seine Tasse ab, dass es klirrt. »Wie ich schon sagte, es gibt nichts zu besprechen.«

»Stimmt«, pflichtet Clara ihm bei. »Gibt es ja nie. Genau wie beim Vater ihres Kindes. Da gab es auch nichts zu besprechen.«

Die Kellnerin bringt die Muffins und stellt den Teller mit einer Grobheit vor sie hin, als hätte sie genug gehört, um ihr Urteil über sie alle zu fällen.

»Bitte, nicht das wieder!«, sagt ihre Mutter, sobald die Kellnerin weggegangen ist. Sie steht auf und greift hinter sich nach ihrem Mantel. »Es war der Junge aus der übernächsten Straße. Richard Soundso, der mit den hellblonden Locken.«

»Richard Carter?«, ruft Clara viel zu laut aus. Sie senkt ihre Stimme. »Der war es nicht! Das kann ich dir versichern.«

Ihre Mutter macht eine wegwerfende Geste und strebt auf die Tür zu. »Tom? Komm jetzt.«

Nancy ist erleichtert, weil sie gehen, bevor noch mehr gesprochen wird.

Ihr Vater hat sich halb vom Stuhl erhoben. »Komm, Nancy«, sagt er leise und nimmt sie beim Ellbogen, um ihr aufzuhelfen. »Komm jetzt mit uns.«

Nancy erhebt sich bereits, als Clara sie am anderen Arm festhält und auf den Stuhl zurückzieht. »Ich werd's ausplaudern, wenn ich muss«, zischt sie ihm über Nancys Kopf hinweg zu.

Daraufhin lässt er seine Tochter los. »Mach, was du willst«, entgegnet er. Und dann: »Gut, dass wir euch beide los sind.«

Clara hält Nancy fest, bis sich die Tür des Cafés hinter den Eltern geschlossen hat. »Diese Stellung ist wichtig, Nancy. Du wirst im selben Haus wohnen wie ich. Der Lohn ist ganz gut. Und du bist in Sicherheit.«

»Ja.« Nancy nickt. »Das sagtest du schon.«

3

Clara lässt Nancy auswendig lernen, was sie erzählen soll, wenn sie sich vorstellt – warum sie ihre vorige Arbeit aufgegeben hat, warum sie eine neue Stellung antreten möchte, wann sie geboren ist, denn sie soll sich fünf Jahre älter machen. Nancy findet es aufregend, nun die Ältere zu sein, bis ihr klar wird, dass Clara auch über ihr eigenes Alter gelogen haben muss.

»Nagelneue Strümpfe, ein gestärktes Taschentuch, flache Schuhe mit Schnallen, auf Hochglanz poliert, und dein dunkelblaues Kleid, gründlich gewaschen und gebügelt.« Das schärft sie ihr zusätzlich ein. Und noch mehr. »Steck dir die Haare hoch, Nancy. Und nimm die Haarspange, die ich dir vergangenes Jahr geschenkt habe, die schlichte aus Messing. Die wäre sehr passend.«

Vor dem Gefängnis angekommen, denkt Nancy, dass es wie ein Schloss aussieht. Es hat Türme und hohe Mauern. Es hat ein hohes schwarzes Tor, wie sie in Spukgeschichten vorkommen, und es wirkt zu einschüchternd, als dass Nancy daran klopfen möchte. Deshalb ist sie froh, dass Clara die Tür erwähnt hat, die daneben in die Mauer eingelassen ist.

Obwohl sie halb damit rechnet, weist die Frau im Pförtnerbüro sie nicht ab. Sie sagt, Nancy stünde auf einer Liste, und gleich werde sich jemand um sie kümmern.

Eine Wärterin kommt. »Miss Cooper? Bitte folgen Sie mir.« Die Frau geht voraus, offenbar nicht geneigt, mit ihr zu plaudern, denn sie geht so schnell, dass Nancy immer einen oder zwei Schritte zurückbleibt. Sie trägt ein langärmliges Kleid aus dunkelblauem Tuch, das bis zum Boden reicht, auf dem Kopf eine passende Haube, die unter dem Kinn fest zugebunden ist. Sie führt Nancy aus dem Gebäude und über einen kleinen Hof mit hohen dunklen Mauern. Sie treten durch eine weitere Tür in einen weiteren Gang. Sie begegnen anderen Wärterinnen, die alle genauso gekleidet sind und mit gefalteten Händen einherschreiten. Wie Nonnen, denkt Nancy. Oder finstere Engel. Streng, unerbittlich und unnahbar.

Die Frau hält vor einer Tür an, die sie weit öffnet. »Bitte, warten Sie hier.« Sie bedeutet Nancy, hineinzugehen, und lässt sie dann allein.

In dem Raum gibt es einen Schreibtisch und ein Wandbord mit drei Büchern, aber kein Fenster, und Nancy wartet eine ganze Weile, während sie nichts tun kann, außer den Gesprächen der Frauen zuzuhören, die auf dem Korridor vorbeigehen.

Irgendwann kehrt die Wärterin mit einem Prüfungsbogen zurück. Er enthält Rechen- und Textaufgaben. Sie gibt Nancy einen Bleistift und ein Lineal. »In zwanzig Minuten komme ich zurück und nehme das Blatt wieder an mich.« Sie sieht auf die Uhr an der Wand, dann geht sie und zieht die Tür hinter sich zu.

Nancy holt tief Luft, schreibt ihren Namen oben an den Rand und fängt an.

Die Vorsteherin des Gefängnisses ist eine Miss Hardgrave, und als Nancy ihr vorgestellt wird, liegt der Prüfungsbogen bereits auf ihrem Schreibtisch. Sie trägt ein schlichtes Kostüm aus grauem Tuch, durch das sie zugänglicher wirken könnte als die Wärterin, aber weder lächelt sie Nancy an, noch gibt sie ihr die Hand. Ebenso wenig bietet sie ihr an, sich zu setzen, stattdessen lässt sie Nancy ihr gegenüber hinter dem leeren Stuhl stehen.

»Wie heißen Sie?«

Ihr Name steht zwar oben auf dem Blatt, aber Nancy weiß, dass dies eine Methode ist, um hervorzuheben, wer hier zu bestimmen hat. »Nancy Cooper, Miss.«

»Kein zweiter Vorname?«

»Nein, Miss.«

»Und Sie sind vierundzwanzig Jahre alt? Ist das richtig?«

»Ja, Miss. Gerade geworden, am 5. Mai.«

Die Vorsteherin schaut in ihre Notizen. »Bitte, setzen Sie sich.« Ihr Ton deutet an, dass Nancy sich gleich beim Hereinkommen hätte setzen können, wenn sie kühn genug gewesen wäre. »In den vergangenen drei Jahren haben sie als Verkäuferin in einem Kaufhaus namens Freeman's gearbeitet, haben aber vor sechs Monaten dort aufgehört.« Sie hebt den Kopf, um über den Brillenrand zu blicken. »Waren Sie dort zufrieden?«

»Ja, Miss. Ziemlich zufrieden. Die Arbeit war anstrengend, aber angenehm. Es hat mir gefallen, so vielen Menschen zu begegnen.«

»Und trotzdem haben Sie gekündigt, ohne eine andere Stellung in Aussicht zu haben. Warum?«

»Mein Vater ist krank geworden, Miss. Er musste gepflegt werden, und wir hatten beschlossen, dass ich das übernehmen sollte und nicht Clara.«

»Ja, natürlich – Ihre Schwester.« Die Vorsteherin lächelt kurz, als der Name fällt. »Und wie geht es Ihrem Vater jetzt?«

»Vorigen Monat ist er gestorben, Miss.« Nancys Mund rettet sie, da er schneller arbeitet als ihr Verstand, obgleich ihre Scheu zu lügen ihr die Farbe aus den Wangen treibt.

»Das tut mir leid zu hören«, sagt die Vorsteherin freundlich und wirkt dann einen Moment lang verwirrt, als wäre sie in ein Buch vertieft gewesen und müsse in die Wirklichkeit zurückfinden. Noch einmal schaut sie in ihre Notizen und tippt mit dem Finger auf den Prüfungsbogen. »Das ist … nicht bemerkenswert … aber ich habe schon schlechtere Ergebnisse gesehen.« Sie schiebt das fehlerhafte Blatt nach unten, sodass ein anderes zuoberst liegt. »Wie ich sehe, hat man Ihnen bei Freeman's ein Zeugnis ausgestellt.« Sie zieht eine Braue hoch. »Stehen Sie bitte auf, Miss Cooper.« Sie zeigt, wo Nancy sich hinstellen soll. »Da drüben, damit ich Sie sehen kann.«

Nancy tritt in die Mitte des Raumes. Miss Hardgrave mustert sie von oben bis unten – und durchschaut sie restlos, davon ist Nancy überzeugt. »Heben Sie Ihr Kleid an, bitte, Miss Cooper.«

Nancy zögert nicht, sondern rafft den Stoff in beide Hände und hebt den Saum an, nicht höher als zwei Fingerbreit über den Knien, denn das wäre unanständig, wie sie weiß. Clara hat sie eigens davor gewarnt.

Die Vorsteherin beginnt bei den Füßen. »Das gefällt mir. Vernünftiges Schuhwerk. Strümpfe ohne Löcher. Jetzt drehen Sie sich um.«

Nancy tut es, hält den Blick auf die Wand gerichtet, während sie sich auf den Fußballen dreht und versucht, nicht daran zu denken, wie sie in den Augen eines anderen erscheint, sondern stellt sich den Augen des Premierministers und des neuen Königs, George V., deren Porträts über dem Kamin hängen.

Die Vorsteherin nickt zufrieden. »Danke. Sie dürfen Ihr Kleid wieder herunterlassen und sich setzen.« Nancy kehrt zum Stuhl zurück. »Die Kleinigkeiten, die dem Auge gewöhnlich verborgen sind, verraten am meisten über uns, Miss Cooper.«

Nancy ist erleichtert. Das Schlimmste hat sie wohl hinter sich. Alles ist genauso verlaufen, wie Clara angekündigt hat.

»Sie kommen mir ein wenig zu still vor«, sagt Miss Hardgrave in einem scharfen Ton, der jeden Optimismus zunichtemacht. »Wenn Sie in dieser Arbeit erfolgreich sein wollen, können Sie es sich nicht leisten, kleinlaut zu sein.«

»Nein, Ma'am.«

Die Vorsteherin hält inne, um mit ihren folgenden Worten die größtmögliche Wirkung zu erzielen. »Möchten Sie gern wissen, wie viele Mörderinnen wir hier haben?«

Nancy kann nicht anders, sie reißt die Augen auf, dann senkt sie den Kopf, um zu überlegen, was sie antworten soll. Die Vorsteherin will sie offenbar auf den Arm nehmen, und daher beschließt sie, lieber zu schweigen, als etwas Falsches zu sagen.

»Es sind fünf, Miss Cooper. Sie haben entweder ihren Mann oder ihre Kinder ermordet, aber ich bezweifle, dass Sie sie unter den Insassen erkennen würden. Frauen eignen sich nicht zu Meisterverbrechern, Miss Cooper. Sie neigen auch nicht zu Grausamkeit oder Gewalt. Dankenswerterweise liegt das nicht in unserer Natur, ganz im Gegensatz zu den Männern. Die meisten Frauen in unserer Obhut sind Prostituierte und Trinkerinnen, denen man nicht viel mehr als Dummheit vorwerfen kann. Die Frauen mögen Ihr Mitgefühl wecken, sie brauchen es jedoch nicht, und es würde ihnen auch nicht nützen. Was sie brauchen, ist Ihr gutes Beispiel. Sie müssen in Ihnen eine Frau von vorbildlichem Charakter sehen. Können Sie mir sagen, was dazugehört?«

Davon hat Clara ihr nichts gesagt, und Nancy wird nervös. »Sollte ich aufrichtig sein?«

»Das wäre das Mindeste«, antwortet Miss Hardgrave grimmig.

Nancy erinnert sich, was Clara über die Arbeit gesagt hat, die die Gefangenen leisten müssen. Sie sollen dadurch umerzogen werden. Sie spult das Gehörte nacheinander ab. »Ich sollte hart arbeiten und immer sauber sein. Ich meine, hygienisch – wissen, wie man richtig Wäsche wäscht und einen Boden wischt. Und nähen. Ich sollte gut nähen können, und das tue ich, Miss. Ich kann sehr gut nähen.«

Die Vorsteherin nickt beifällig. »Einen Haushalt führen zu können ist eine wesentliche Fähigkeit, Miss Cooper, aber vor allem sollten Sie als tugendhaft angesehen werden.«

»Ja, Miss. Selbstverständlich, Miss.«

»Wenn eine Frau ihre Tugendhaftigkeit und ihre Würde verloren hat, besitzt sie nichts mehr.«

»Nein, Miss.«

»Und die Frauen hier haben nichts mehr. Sie werden ihnen ein Beispiel geben müssen, Miss Cooper, und Sie dürfen darin niemals nachlassen. Das ist unsere einzige Hoffnung.« Die Vorsteherin hält inne. Noch einmal mustert sie Nancy eingehend, wobei sie mit dem Finger auf die Schreibtischplatte klopft.

Nancy denkt an ihre bandagierten Brüste. Vielleicht hat Miss Hardgrave es längst erraten.

»Ihre Schwester ist nun ein gutes Jahr bei uns und macht sich sehr gut. Unter diesen Umständen wäre es unverständlich, Ihnen nicht auch die Möglichkeit zu geben. Deshalb bin ich damit einverstanden, dass Sie für eine Probezeit von drei Monaten bei uns arbeiten. Sie werden unsere Angestellten bei ihrer Arbeit begleiten, um praktische Erfahrungen zu sammeln, mit der Aussicht, selbst Wärterin zu werden und die Ausbildung zu absolvieren. Haben Sie Fragen?«

»Nein, Miss.« Nancy lächelt erleichtert. Und bevor sie geht, fällt ihr ein, was sie noch sagen sollte: »Danke, Miss.«

4

Miss Jackson, die Oberaufseherin, hat ein weiches Gesicht mit kaum ausgeprägten Zügen wie ein Kind. Ein Gesicht, das Männer entweder sehr hübsch oder völlig reizlos finden, denkt Clara, weiß aber nicht, was davon zutrifft, und misstraut ihr deswegen. Miss Jackson sagt, sie solle ihre Schwester in zehn Minuten an der Pforte abholen. »Ich dachte, Sie möchten ihr vielleicht helfen, sich einzugewöhnen. Es wird sie beruhigen, ein vertrautes Gesicht zu sehen.«

Clara ärgert sich darüber, kann aber natürlich nicht ablehnen. Nancy soll nicht annehmen, dass sie ständig für sie da sein wird. Es wäre besser für sie beide, während der Arbeit voneinander unabhängig zu sein, und überhaupt, sie ist sich nach wie vor nicht sicher, ob Nancy kommen wird. Dass sie möglicherweise zu Miss Jackson zurückkehren und gestehen muss, dass auf ihre Schwester kein Verlass ist, ärgert sie noch mehr, und sie läuft mit energischen Schritten die Korridore entlang, die Hände noch fester ineinander verschränkt als sonst.

Am Schwarzen Brett hängen der Dienstplan und eine Liste mit den Zimmernummern der Wärterinnen. Sie fährt mit dem Finger an den Namen entlang. Nancy Cooper hat die Nummer 501, die, wie Clara zufrieden feststellt, in einem anderen Trakt liegt als ihr eigenes Zimmer. Sie klopft an die Bürotür, dann tritt sie ein. Miss Penny, die Sekretärin, sitzt wie gewöhnlich an ihrem Schreibtisch. Sie trägt meist geblümte Blusen, was ihre Rolle als reine Verwaltungskraft unterstreicht und ihr den Anschein gibt, in einem ganz gewöhnlichen Büro zu arbeiten. Es befindet sich nur zufällig im Frauengefängnis.

Der Schlüssel für Nancys Zimmer liegt schon parat. »Ich dachte mir, dass Sie es sind.« Rasch nimmt sie den Schlüssel und hält ihn ihr hin. »Wie aufregend, zwei Schwestern im Personal zu haben. Ich werde sehr aufpassen müssen, um Sie beide auf der Lohnliste nicht zu verwechseln.«

Clara ringt sich ein Lächeln ab und klemmt den Schlüssel an ihren Ledergürtel zu den anderen.

Sie ist erleichtert, als sie Nancy bereits an der Pforte warten sieht. Aber wie sie dasitzt, mit im Schoß gefalteten Händen, wirkt sie geradezu erschrocken, und Clara erinnert sich, wie ihre Schwester in der Schule war: immer voller Angst, etwas falsch zu machen. Ihr Ärger verfliegt auf der Stelle. »Ich hab doch gesagt, du kannst das!« Sie schließt Nancy so stürmisch in die Arme, dass die ihre Reisetasche fallen lässt.

»Ich habe nicht damit gerechnet«, gesteht Nancy. »Ich hatte die Hälfte von dem, was du mir eingetrichtert hast, vergessen.«

»Zum Beispiel?«

»Ich weiß nicht … Ich habe mir nicht die Nase geputzt, damit sie mein sauberes Taschentuch sieht.«

»Nun, du hast dich wohl gut genug geschlagen, sonst wärst du jetzt nicht hier.« Sie führt Nancy den Korridor entlang, der sie in den Häftlingsbereich bringt. »Ich wette, der alte Drache hat auf deine Schuhe geachtet. Wie hoch musstest du dein Kleid heben?«

»Bis knapp über die Knie.«

»Dann muss sie dich gut leiden können.«

»Das glaube ich nicht.«

Sie neigt sich an Nancys Ohr und raunt im Tonfall der Vorsteherin: »Die Kleinigkeiten, die dem Auge gewöhnlich verborgen sind, verraten am meisten über uns, Miss Cooper.« Sie kichern wie kleine Mädchen.

»Ich habe eine Probezeit von drei Monaten«, hält Nancy ihr entgegen. »Also noch keine richtige Anstellung.«

»Dann müssen wir dafür sorgen, dass es eine wird.«

Vor einer hohen dunklen Tür bleiben sie stehen. »Das ist der erste verschlossene Durchgang. Dahinter beginnt das eigentliche Gefängnis. Da müssen wir uns also ordentlich benehmen, so als ob wir uns gar nicht kennen.« Sie nimmt den Schlüsselbund von ihrer Taille, schließt auf und hinter ihnen wieder zu. Als sie Nancys Gesichtsausdruck sieht, klopft sie ihr leicht auf die Schulter. »Du wirst dich daran gewöhnen.«

Sie folgen dem Korridor, biegen nach rechts ab und dann nach links, durchqueren mehrere verschlossene Türen und gelangen tiefer in die Haftanstalt. Als sie an einem Fenster vorbeikommen, bleibt Nancy stehen, um den Himmel zu betrachten.

»Es geht raus auf den Innenhof, da findet der Hofgang statt«, erklärt Clara. »Das heißt, wir sind jetzt im Zentrum des Gefängnisses.«

»Wie komme ich wieder nach draußen?«

Clara zeigt nach rechts. »Der Hauptausgang liegt in dieser Richtung. Behalte die Lage des Hofes im Kopf, dann wirst du dich leicht orientieren können, aber das erfordert ein bisschen Übung.«

Ein langes Metallgitter trennt den Eingang zu den Häftlingsflügeln von anderen Gebäudeteilen. Dahinter liegt ein Saal mit drei Reihen auf Böcken stehender Tische, an denen Frauen auf Bänken sitzen und schweigend mit Näharbeiten beschäftigt sind. Sie nähen Flicken auf Kleider oder stopfen die Löcher in unzähligen Wollstrümpfen. Nancy starrt sie an. Sie hebt den Blick zu dem ersten Metallgerüst. Vier Stockwerke hoch ragt es über ihr auf, jedes mit einem Kreis schwarzer Zellentüren, die sich von den weißen Wänden abheben wie Klaviertasten. Clara schließt in dem Zaun eine Tür auf, und Nancy schlüpft hindurch, die Augen niedergeschlagen, die Tasche an die Brust gedrückt. Zwei Wärterinnen schreiten zwischen den Tischen entlang auf sie zu, die Hände hinter dem Rücken verschränkt.

Clara neigt sich zu ihrer Schwester. »Keine Sorge, Dummchen. Sie interessieren sich gar nicht für dich.«

Sie steigt eine Metalltreppe zum nächsten Stock hinauf, Nancy folgt dicht hinter ihr. Nach zwei weiteren gelangen sie in die oberste Etage. Dort hält Nancy inne, um über das Geländer in die Halle hinabzuschauen. Clara hat an ihrem ersten Tag seinerzeit dasselbe getan. Soeben wird den Frauen befohlen, sich in zwei Reihen aufzustellen, und sie gehorchen, ohne dass ein Wort gesprochen wird.

Clara nimmt Nancys Zimmerschlüssel vom Gürtel und schließt die nächstgelegene Zellentür auf. »Es ist nichts Besonderes, aber hier darfst du tun, was du willst.«

Nancy schaut verwirrt. Sie betritt den Raum, um zu sehen, was Clara ihr zeigen will. Es gibt eine Pritsche, einen Stuhl und einen kleinen Waschtisch. Das Fenster, das sich auf halber Höhe an der Wand gegenüber befindet, ist vergittert. »Muss ich in einer Zelle wohnen?«

»Das ist dein *Zimmer*«, korrigiert Clara sie hastig. Sie hat ein schlechtes Gewissen, weil sie ihre Schwester nicht darauf vorbereitet hat, aber sie wollte sie nicht dadurch abschrecken. »Und du kannst es abschließen.« Sie hält den Schlüssel hoch. Nancy sieht aus, als würde sie gleich weinen. Clara schließt die Tür, damit sie unter sich sind, falls es zu einer Szene kommt. »Du wirst es genießen, ein Zimmer für dich allein zu haben«, verspricht sie lebhaft.

»Ich hatte eins für mich allein, seit du ausgezogen bist«, erwidert Nancy.

Clara zieht ihr Kleid zurecht und schlägt einen dienstlichen Ton an. »Du brauchst dich deshalb nicht zu sorgen. Du wirst sehr hart arbeiten und wenig Zeit hier verbringen.« Sie holt Nancys Tasche herein, stellt sie ans Bett und geht zum Tisch, wo sie aus einem Emailkrug Wasser in eine Blechtasse gießt. Die hält sie ihr hin. »Ehrlich, Nancy, es ist nicht so übel, wie es aussieht.«

Nancy trinkt einen Schluck und stellt die Tasse hin. »Ich habe keinen Schlüssel für die Durchgangstüren.«

An der Zellentür hängt ein dunkelblaues Dienstkleid, wie auch Clara eines trägt, und sie geht hin, greift in die große aufgenähte Tasche und bringt einen Schlüsselring zum Vorschein. Sie hängt Nancys Zimmerschlüssel zu den anderen, die daran baumeln, und hält ihn Nancy vor die Nase. »Du bist hier keine Gefangene. Manchmal mag es einem wirklich so vorkommen, aber du darfst jederzeit ausgehen.«

»Wo ist dein Zimmer?«

»Neben der Krankenabteilung. Ich zeige es dir ein andermal.«

Nancy wendet sich der Tür zu. »Und wer wohnt noch hier? Was ist mit dem Nachbarzimmer? Wohnt nebenan jemand?«

»Ich weiß nicht. Vielleicht ist es leer. Wir können nachsehen.«

»Oh nein, das kann ich nicht machen. Was ist, wenn uns jemand sieht?«

»Komm mit.« Clara nimmt Nancy bei der Hand und zieht sie auf den offenen Gang vor den Zellen und zur Nachbartür. Sie deutet auf das kleine runde Fenster darin. »Man nennt es Bullauge. Man kann die ganze Zelle sehen, ohne selbst gesehen zu werden.« Sie späht hindurch. Eine ältere Frau sitzt unter ihrem Fenster und zählt etwas an den Fingern ab. Clara winkt Nancy heran, damit sie auch hindurchschaut, und als sie das Gesicht an die Tür drückt, flüstert sie: »Diese Frau ist sehr brav. Sie wird dir keine Schwierigkeiten machen.«

Nancy beobachtet sie eine Minute lang. »Was hat sie getan?«, fragt sie, als sie beide in ihr Zimmer zurückkehren.

»Das weiß ich nicht. Manchmal erzählen sie es dir, aber gewöhnlich fragen wir nicht danach. Ihrem Alter nach zu urteilen könnte es Betrug sein. Du kannst jederzeit im Büro ihre Akte einsehen, wenn du neugierig bist.«

Nancy deutet auf das Bullauge ihrer Zimmertür. »Aber ich kann auch beobachtet werden!«

»Nicht, wenn du dein Dienstkleid darüberhängst. Oder noch besser du heftest ein Taschentuch darüber.« Sie nimmt das Kleid, als sie wieder hineingehen. »Das solltest du anprobieren, bevor ich gehe. Ich will wissen, ob ich die richtige Größe ausgesucht habe.«

Das war taktlos. Bis vor Kurzem haben sie sich die Kleidung geteilt. Clara drückt ihr das Kleid in die Arme und geht ans Fußende des Bettes, wo sie ihr den Rücken zukehrt, um ihr ein wenig Privatsphäre zu geben. Über der Pritsche hängt ein Wandbord mit Büchern. In allen Zellen stehen die gleichen: eine Bibel, ein Gebetbuch, ein Traktat mit dem Titel *Der schmale Pfad* und ein dünnes Bändchen über *Ein makelloses Heim und wie man es pflegt*. Sie nimmt die dicke Broschüre mit den Vorschriften für die Häftlinge zur Hand und tut interessiert. »Die wirst du lernen müssen«, sagt sie und blättert gedankenverloren durch die Seiten.

»Was? Alle? Auswendig?«

»Das ist leichter, als es aussieht.« Sie stellt die Broschüre auf das Regal zurück. »Die meisten sind vernünftig.« Sie dreht sich um, als Nancy gerade den letzten Knopf schließt. »Schau an! Nun siehst du genauso aus wie ich.«

Nancy steht unbeholfen da und hebt ein wenig die Arme an, als wäre es ihr Körper und nicht das Kleid, das nicht passt. Sie schiebt einen Finger in den steifen kurzen Kragen. »Ich kriege kaum Luft.«

Clara geht zu ihr und prüft ihn selbst. »Da ist noch reichlich Platz. Wahrscheinlich bist du nur nervös.«

»Ich glaube, ich kann das nicht.«

»Doch, du kannst, Nancy. Ich habe mich an meinem ersten Tag hier genauso gefühlt.«

»Ich weiß nicht mal, warum ich das tun soll.«

»Doch, das weißt du.«

»Weiß jemand von dem Kind?«

»Keiner.«

Nancy zerrt an ihrer Taillennaht. »Du siehst aus wie ein Engel. Ihr alle seht aus wie Engel. Ich glaube nicht, dass ich das durchhalte.«

»Jeder hat seine Geheimnisse, Nancy.«

»Du nicht.«

Clara denkt an Ted. Sie muss sich beeilen, wenn sie nicht zu spät kommen will. Sie setzt Nancy die Haube auf und bindet sie ihr unterm Kinn zu. »So. Jetzt siehst du genauso anständig aus wie wir alle.«

»Gibt es hier einen Spiegel?«

»Hast du nicht daran gedacht, dir einen einzupacken? Macht nichts. Dann musst du dich auf mein Urteil verlassen.« Sie tritt einige Schritte zurück, um ihre Schwester zu mustern. »Du siehst tadellos aus. Nun komm mit, damit ich dir den Pausenraum zeigen kann. Da brennt ein Feuer im Kamin, die Stühle sind bequem, und fast immer ist jemand dort. Man findet also immer Gesellschaft, wenn man es möchte.« Ihr ist es lieber, Nancy dort zurückzulassen als grübelnd in ihrem Zimmer.

Unterwegs geht sie noch mit ihr ins Büro, um ihr den Dienstplan zu zeigen. »Du fängst morgen früh um fünf Uhr an. Frühstück ist in der Kantine um vier Uhr dreißig.« Sie begleitet sie dorthin, auf dem einfachsten Weg von ihrem Zimmer aus, und schärft ihr ein, an dem hölzernen Kruzifix links abzubiegen. An der Tür des Pausenraums eröffnet sie Nancy, dass sie allein hineingehen muss. »Du wirst dich dann besser fühlen.«

»Zwing mich doch nicht. Bleib wenigstens noch ein paar Minuten.«

Aber Clara lässt sich nicht dazu bewegen. »Ich habe einen freien Abend und will ausgehen. Ich möchte nicht zu spät kommen.«

»Wohin gehst du?«

»Aus. Ich treffe mich mit einem Freund. Ich lege großen Wert darauf, an diesen Abenden das Gebäude zu verlassen, und du solltest das auch tun, sonst siehst du gar nichts mehr von der Welt.« Sanft schiebt sie ihre Schwester auf die Tür zu. »Geh nur. Du brauchst nicht anzuklopfen. Geh einfach rein.«

Nancy atmet einmal tief durch, dann betritt sie den Raum. Clara eilt zu ihrem Zimmer und zieht sich um. Sie hat bereits entschieden, was sie tragen wird. Der Rock und die Bluse liegen schon auf dem Bett, zum Glück, denn dadurch spart sie jetzt Zeit. Ted wird mit der Mütze in der Hand am

Gefängnistor auf sie warten. Auf ihn ist Verlass. Erst vorige Woche hat sie ihm absagen müssen, weil sie mit Nancy im Café verabredet war. In der Woche davor hat sie bei Nancys Niederkunft geholfen, und er hat im Regen gewartet, weil sie nicht einmal die Zeit gefunden hat, ihm eine Nachricht zu senden. Das hat ihn gekränkt – mehr als sie dachte. Er hat jedoch gute Manieren bewiesen und sie nicht gefragt, was für ein familiäres Problem sie abgehalten hat. Ted ist sehr rücksichtsvoll. Auch deshalb mag sie ihn. Dennoch, sie weiß, dass es nichts nützt, einem Mann etwas vorzumachen.

»Clara!«, ruft er, als sie nach draußen tritt.

»Hallo, Ted.«

Er haucht ihr einen Kuss auf die Wange. »Also konntest du rechtzeitig Feierabend machen.«

»Da drinnen ist alles auf die Minute getaktet«, sagt sie und lässt damit die Förmlichkeit des Dienstalltags hinter sich.

Ted schiebt sich zum Scherz den Ärmel hoch. »Ich sollte meine Uhr danach stellen. Bisher habe ich mich nach Big Ben gerichtet, aber er soll angeblich nicht zuverlässig sein.«

»Komm, lass uns gehen.« Sie drängt ihn vom Tor weg, um der Pförtnerin nicht noch mehr Anlass zum Klatsch zu geben. Sobald sie ein gutes Stück davon entfernt sind, schenkt sie ihm ein breites Lächeln. Sie hat sich darauf gefreut, ihn wiederzusehen. »Also, was unternehmen wir heute Abend?«

»Das soll eine Überraschung werden«, antwortet er und schlägt auf der belebten Hauptstraße ein schnelles Tempo an.

»Und wenn ich Überraschungen nicht mag?«

»Diese wird dir gefallen.«

»Vielleicht nicht.«

»Nun, wenn es so kommt, muss ich es beim nächsten Mal

besser machen. Aber wir sollten nicht trödeln. Wir müssen den Bus kriegen.«

An der Straßenecke begegnen sie einer Frau, die aus einem Fass Sprotten verkauft, drei zu einem Farthing. Man konnte den Fisch schon von Weitem riechen. An der Ecke hinter dem neuen Schuhmodengeschäft und dem Marks & Spencer sieht Ted den Bus, den sie erwischen müssen, die Nummer 14 nach Brixton, und sie rennen Hand in Hand über die Straße, weichen den Hinterhufen von Pferden aus und Leuten, die eilig die Fahrbahn überqueren. Auf dem Oberdeck sind noch Plätze frei, und es ist warm genug, um sich dort hinzusetzen.

»Vorne dran stand Brixton«, sagt sie. »Willst du bis zum Ende?«

»Und ob!« Er klingt sehr mit sich zufrieden. »Bis zum Ende.« Als sie errötet, lacht er nicht, sondern wird ebenfalls rot. Jedenfalls scheint es ihr so. »Entschuldige. So habe ich es nicht gemeint. Wir gehen ins Kino. In den Electric Pavilion. Bist du schon mal drin gewesen?«

»Ein oder zwei Mal.« Aber sie freut sich auf den Besuch, und als sie dort ankommen, kauft Ted Karten für die gut gepolsterten Sitze, die sich ganz hinten befinden, fern vom Pianisten und den Kindern, die gern während der ganzen Wochenschau schnattern. Er kauft auch eine Tüte Bonbons. Es wird ein Reisebericht über die Pyramiden Ägyptens gezeigt, und Clara lacht so herzhaft über die Kamele, dass Ted den Entsetzten spielt, als wäre ihm das furchtbar peinlich.

So glücklich war sie schon lange nicht mehr, nicht seit der ganzen Angelegenheit mit Nancy, aber nachdem die vorbei ist, kann sie sich endlich entspannen, und es gefällt ihr, mit Ted im Kino zu sitzen, in dem dunklen, verqualmten Saal, und über Leinwandszenen zu johlen und zu buhen wie alle anderen auch. Sie schauen sich einen amerikanischen Film an, *The Girl and her Trust.* Er dreht sich um eine Telefonistin, die unter lauter Männern in einem entlegenen Bahnhof arbeitet, und alle machen ihr schöne Augen und denken, zu mehr tauge sie nicht, bis sie sich als die Rettung erweist, als Diebe den Geldtransport eines Zuges überfallen. Clara klatscht laut, als er zu Ende ist, und Ted pfeift auf den Fingern. Die Kinovorstellung schließt ab mit einem neuen Bericht über das Begräbnis von Emily Davison, der Suffragette, die in Epsom vom Pferd des Königs getötet wurde.

»Eine Schande, was ihr passiert ist«, sagt Ted, nachdem sie wieder draußen auf der Straße stehen. »Aber sie hat es sich selbst zuzuschreiben.«

»Tatsächlich?«

»Du kannst nicht vor ein herangaloppierendes Pferd springen und erwarten, unverletzt davonzukommen.«

»Nein«, räumt Clara ein. »Nein, wohl nicht.« Sie gehen zum Rand der Straße, weg von den Pärchen, die aus dem Kino strömen und lebhaft darüber plaudern, welche Stellen ihnen am besten gefallen haben. »Ich nehme nicht an, dass du das Wahlrecht hast?«, fragt sie ihn.

»Natürlich nicht.«

»Du könntest es aber bekommen, wenn du mal gut verdienst.«

»Was? Du meinst, sobald ich Direktor der Bank bin? Ich glaube nicht, dass ich das Zeug dazu habe.«

»Aber du könntest. Wen würdest du wählen?«

»Ich weiß nicht. Bin mir nicht sicher, ob ich mir die Mühe machen würde. Keiner von denen würde groß etwas ändern.« Er schaut die Straße entlang, wo gerade die Gaslampen angezündet werden, und Clara hat den Eindruck, dass ihm irgendetwas Unbehagen bereitet.

»Alles in Ordnung, Ted?«

»Tut mir leid, Clara, ich habe nicht genug Geld, um mit dir essen zu gehen. Stattdessen habe ich ein Picknick eingepackt. Ich hoffe, du hast nichts dagegen. Es ist nicht viel, aber vielleicht lindert es deinen Hunger, bis du wieder zu Hause bist.« Er zeigt über die Straße auf einen kleinen eingezäunten Park. »Da drüben können wir uns hinsetzen, wenn du möchtest.«

Clara hat nicht das Geringste dagegen. Die meisten Männer hätten sich lieber Geld geborgt, als vor ihrer Freundin zuzugeben, dass sie knapp bei Kasse sind. Oder sie hätten sie belogen, sich eine Ausrede ausgedacht, obwohl sie keine braucht. Sie bewundert seine Umsicht. Sie finden eine Bank unter einer Zeder gleich neben dem Eingang zum Park und setzen sich nah beieinander. Über ihnen wird der blaue Himmel langsam schwarz.

»Wie bist du letzte Woche mit deinem familiären Problem klargekommen?«, fragt Ted. »Ist alles zufriedenstellend gelöst?«

»Ja, danke, Ted. Ich denke, wir haben es aus der Welt geschafft.«

»Das ist gut. Ich habe kurz daran gedacht, meine Hilfe anzubieten. Ich hätte deinen Vater kennenlernen können.« Er zwinkert ihr zu, weil er weiß, dass er forsch war. »Ich hätte einen guten Eindruck gemacht.«

»Ganz bestimmt.«

»Ich hätte ihm gegenüber erwähnt, dass ich fest angestellt bin, anständige Arbeit habe. Was macht dein Vater noch mal beruflich?«

»Er arbeitet bei der Post. Ich dachte, ich hätte es dir erzählt.«

»Stimmt, das hast du. Also, wir passen gut zusammen.«

Er nimmt ihre Hand und senkt die Stimme. »Ich hätte ihm zu verstehen gegeben, dass ich seiner Tochter gegenüber ehrbare Absichten habe.«

»Dann hättest du deine Zeit vergeudet, denn das wäre ihm völlig schnuppe.« Sie lacht, als sie sich das vorstellt. »Wie auch immer, Ted. Wir beide kennen uns kaum. Und meinem Vater willst du erst begegnen, wenn es sich nicht mehr vermeiden lässt. Vielleicht möchtest du das bald auch gar nicht mehr.«

»Das wird nicht passieren.« Er holt ein Päckchen mit Sandwiches aus der Tasche, schlägt das braune Papier auseinander und bietet sie ihr an. »Es gibt Schinken und Käse oder hart gekochtes Ei. Von jeder Sorte eins.«

Sie nimmt eins mit Schinken und Käse. »Wer hat sie für dich gemacht?«

»Ich habe sie selbst gemacht.«

»Tatsächlich?«

»Ja, tatsächlich. Daran ist nichts verkehrt, oder?«

Sie schüttelt den Kopf. »Nein, Ted. Überhaupt nichts.«

Er hat auch eine Flasche Stout mitgebracht und schnippt den Kronkorken mit einem Öffner an seinem Schlüsselbund ab, dann überlässt er ihr den ersten Schluck. »Du siehst bestimmt viele von denen bei deiner Arbeit.«

»Wen?«

»Suffragetten.«

Clara darf über den Gefängnisalltag nicht sprechen. »Nun, ja, wir haben einige.«

»Ich wette, die sind schwierig.«

Das eine oder andere könnte sie ihm vielleicht erzählen, aber es wäre das Risiko nicht wert, und überhaupt, manches von dem, was sie bei ihrer Arbeit tun muss, soll er lieber nicht erfahren. »Sie sind anstrengend«, gibt sie zu. Aber am schwersten findet sie es, zu entscheiden, ob sie ihnen zustimmt oder nicht. »Sie machen meine Arbeit nicht leichter.«

Ted schüttelt den Kopf. »Nein. Wohl nicht.« Er beißt von seinem Sandwich ab. »Ich könnte deine Arbeit nicht tun, Clara. Ganz sicher nicht.«

»Du wärst zu weichherzig.«

»Ja, das wäre ich wohl.«

»Aber wenn du müsstest, würdest du es machen. Genau wie jeder andere, wenn er keine andere Wahl hätte.«

»Vermutlich. Aber es wäre schön, nicht dazu gezwungen zu sein, oder? Ich meine, als Frau in deinem Alter, du wirst doch sicher überlegen, was du tun wirst, wenn du mal heiratest.«

Plötzlich hat sie einen bitteren Geschmack im Mund. »Wusstest du, dass manche Suffragetten in der Ehe eine legalisierte Form der Prostitution sehen?«

Ted verschluckt sich fast an seinem Sandwich. »Donnerwetter. Das erscheint mir ein bisschen arg.«

Sie steht von der Bank auf und klopft sich die Krümel vom Rock. »Ich muss zurück, Ted. Wenn ich zu spät komme, lassen sie mich nicht mehr rein.«

»Ja, natürlich.« Er springt auf, packt den Rest Sandwich in seine Tüte, dann bietet er ihr den letzten Schluck Bier an. »Clara …« Er legt eine Hand auf ihren Arm. »Ich habe dich hoffentlich nicht beleidigt.«

»Überhaupt nicht.«

»Doch, habe ich«, widerspricht er. »Ich sehe es dir an. Aber ich will mich nicht über Belanglosigkeiten unterhalten. Nichts gegen ein paar Scherze, aber ich will wissen, wie du über die Dinge denkst. Wirklich. Ich will hören, was du zu sagen hast, und es tut mir leid, wenn ich plump war.«

Das findet sie ziemlich anständig von ihm. Wenn sich die Sache mit ihm überhaupt lohnt, dann deshalb, weil sie mit ihm reden kann. Dazu hat sie niemand anderen. Niemanden wie Ted. Sie nimmt die Bierflasche und kippt den letzten Schluck hinunter. »Wir müssen immer noch viel übereinander herausfinden.«

»Aber das tun wir doch beständig. Der Gedanke gefällt mir. Ich meine, wenn du es auch möchtest.«

Sag ihm, du kannst nicht, denkt sie. Sag ihm, du willst nicht. Sag alles, nur nicht Ja. Denn ihr ist klar, dass die ganze Sache unmöglich ist.

»Ich denke, das tun wir«, antwortet sie.

Ted kann seine Freude nicht verbergen. Den ganzen Weg die Hauptstraße entlang hält er ihre Hand. Dabei schaut er sich suchend nach dem Omnibus um, der sie über den Fluss zurückbringt. Als er kommt, setzen sie sich wieder aufs offene Oberdeck und weisen einander auf Bauten und Plätze oder auf Passanten hin, die durch ihr Blickfeld ziehen. Und es macht Spaß, mit Ted zusammen zu sein. Er ist unbefangen. Ein Gegengift gegen all die Steifheit ihrer Kolleginnen im Gefängnis. Und er sieht auch gar nicht übel aus, keine Augenweide, aber ziemlich ansprechend mit seinem offenen Gesichtsausdruck und der Kinnpartie, die Verlässlichkeit ausdrückt. Sie könnte es wahrlich schlechter treffen, sagt sie sich, obwohl sie andererseits überhaupt keinen Mann braucht. Aber das wird eine lange einsame Zeit, bis sie einmal stirbt. Also warum es nicht genießen, solange es dauert?

Plötzlich überkommt sie ein Gefühl des Bedauerns, nicht weil sie mit ihm zusammen ist, sondern wegen ihrer Zukunft. Denn sie weiß schon, wie es laufen wird. Sie werden einander einmal pro Woche sehen, bis sie entscheidet, dass es genug ist. Oder vielleicht wird er es selbst beenden. So ergeht es Frauen wie ihr gewöhnlich. Und wenn keiner von ihnen beiden es beendet, wird sich zwischen ihnen etwas ändern. Es wird ernst werden, und nach einer Weile wird er sie fragen, ob sie sich verloben sollten. Daran führt kein Weg vorbei. Schließlich ist es der Sinn und Zweck des Werbens, nicht wahr? Aber sie wünschte, das alles würde sich nicht so unvermeidlich anfühlen. Selbst jetzt, da sie auf dem Oberdeck des Busses sitzen, kommt es ihr vor wie ein Spiel mit festen Regeln. Oder vielleicht nicht wie ein Spiel, sondern wie ein Theaterstück, so als hätten sie jeder eine Rolle übernommen, die ein anderer für sie geschrieben hat. Und es gibt so viele Vorschriften, nach denen sie sich zu richten haben. So vieles, was man tun soll und was man nicht tun darf.

Nach dem Textbuch wird er versuchen, sie zu küssen. Er denkt wahrscheinlich darüber nach, also muss er sie fragen, falls er den Mut dazu aufbringt. Falls nicht, wird er sich vielleicht auf sie stürzen, hier im Bus oder ein paar Straßen vom Gefängnis entfernt, wenn er sie hinbegleitet. Sie fragt sich, wann er es tun wird und ob sie den Kuss erwidern oder ihn davon abhalten soll. Nur kann sie das nicht. Nicht jetzt, nachdem sie gesagt hat, sie lernten sich allmählich besser kennen. Und überhaupt, was ist mit ihr? Was will sie? Sie kann nicht unabhängig sein und zugleich einen Mann haben. Beides passt nicht zusammen, zumindest nicht ihrer Ansicht nach.

Der Bus fährt über die Lambeth Bridge, das Licht der Straßenlampen tanzt auf dem dunklen Wasser der Themse. Hinter ihnen auf der Rückbank küsst sich ein Pärchen, die beiden benehmen sich, als wäre außer ihnen niemand da. Und plötzlich will Clara nicht abwarten, was Ted tun wird, sie will selbst wählen, sie will selbst entscheiden.

Ted schaut gerade in die andere Richtung, also berührt

sie seine Hand. »Ted?« Als er sich herumdreht, küsst sie ihn, unbeholfen, aber mit offenem Mund, und ihre Zähne stoßen aneinander.

»Oh«, sagt Ted. Aber dann küssen sie sich noch einmal, diesmal länger. Und dann bleiben sie eng aneinandergeschmiegt sitzen, ohne zu wissen, wie lange es noch dauert, bis der Bus Holloway erreicht.

5

In der ersten Nacht in ihrer Zelle hört Nancy alles. Einen Schlüssel, der im Schloss gedreht wird. Jeden Schritt auf den Treppen. Rohre wispern ihr etwas zu, während sie im Bett liegt, und eine Frau schreit sich durch die frühen Morgenstunden. Jedes Mal, wenn Nancy denkt, jetzt höre sie auf, kreischt sie wieder los, aber kein Wort ist zu verstehen, sodass Nancy nicht weiß, was die Frau will. Sie möchte es auch gar nicht wissen und krümmt sich unter ihrer Decke zusammen, macht die Augen zu und fängt an, bis hundert zu zählen, denn gewöhnlich schläft sie lange vor der Hundert ein. Und so auch diesmal. Sie sinkt in den Schlaf. Aber in dem Moment ruft die Frau wieder – oder eine andere –, und Nancy denkt, an einem Ort wie diesem zu leben, wird sie noch in den Wahnsinn treiben. Womöglich wird sie irgendwann noch Säuglinge in den Wänden hören.

Mitten in der Nacht steht sie auf und geht zur Tür. Sie greift an ihren Schlüsselbund und tritt auf den Gang. Die Beleuchtung ist schummrig, aber sie kann bis in den Saal hinuntersehen, wo die Lampe der diensthabenden Wärterin auf einem Tisch steht. Alles ist still. Es gibt nichts, wovor sie Angst haben müsste, sagt sie sich, doch dann fährt sie erschrocken zusammen, als sie eine Bewegung wahrnimmt, etwas unten im Halbdunkel an einem der Tische. Bei genauem Hinsehen erkennt sie einen pickenden Schnabel. Sie lehnt sich weiter über das Geländer, sieht den Vogel auf dem

Tisch entlanghüpfen, bis ihn etwas erschreckt, sodass er auffliegt. Da sieht sie, dass es ein Star ist. Ja! Sie ist sich ganz sicher! Als er sich auf einem Deckenbalken niederlässt, kann sie ihn deutlich sehen. Also ist ein Vogel mit ihr zusammen hier eingeschlossen. Ein Star, der sein Leben von den Krümeln fristet, die beim Abräumen nach dem Essen übersehen werden.

Halb sechs in der Frühe. Eine Glocke. Eine Reihe Wärterinnen marschiert durch die Gittertür und hält auf die Treppe zu. Nancy ist unter ihnen und versucht sich den Anschein zu geben, als wüsste sie, was sie tut. Auf jedem Stockwerk bleiben drei zurück. Als jede auf ihrem Posten ist, ertönt ein Pfiff. Die Dreiergruppen begeben sich zu den Zellentüren, schieben die Abdeckung der Bullaugen zur Seite und spähen hinein. Mit klirrendem Schlüsselbund schließen sie die Zellen auf. Hinter ihnen steigt das Küchenpersonal mit großen Körben voller Brot die Treppe hoch. Sie schenken heißes Wasser aus einer großen Teemaschine aus. Jede Gefangene erhält einen kleinen braunen Laib Brot, fünfzig Gramm Butter und einen halben Liter Tee. Ein Pfiff ertönt. Die Gefangenen bringen ihr Schmutzwasser heraus, leeren die Eimer, spülen sie aus, nehmen einen frischen und füllen ihn mit Wasser. Sie kehren in ihre Zelle zurück und schrubben den Boden. Sie rollen das Bettzeug zusammen und packen es in eine Ecke. Sie waschen die Bretter ab, aus denen ihr Bett gebaut ist, und reinigen ihr Blechgeschirr mit Seife und Putzstein. Sie beklagen sich nicht. Für die meisten ist diese Arbeit leichter als das Leben zu Hause. Ein Pfiff ertönt. Noch fünfzehn Minuten bis zur Messe.

Nancy ist verblüfft, Männer zu sehen. Seit sie ihre Stelle angetreten hat, ist sie hier nur Frauen begegnet. Die Gefängnisinsassinnen halten den täglichen Betrieb aufrecht, aber natürlich nur in untergeordneter Stellung. So läuft es in der Welt nun mal, und sie kommt sich dumm vor, weil sie angenommen hat, in Haftanstalten für Frauen könnte es anders sein. Aber schließlich muss es auch dort Ärzte geben.

Der Gefängnisdirektor und der Kaplan sitzen bereits auf einem Podest, als die Wärterinnen die inhaftierten Frauen zu den Bänken führen. Auf einer Seite neben den Männern sitzen Miss Hardgrave und Miss Jackson, auf der anderen Seite vier Frauen in vornehmen weißen oder schwarzen Kleidern mit breitkrempigen Hüten auf dem Kopf, geschmückt mit Federn oder Blüten, die am Morgen frisch gepflückt wurden. Erstaunlich, dass die Blüten starr haften bleiben, als die Damen zum Beten den Kopf senken. Nancy fragt eine Wärterin, wer sie sind, und erfährt, dass sie der Lady Visitors' Association angehören. Einmal pro Woche besuchen sie die Insassinnen in der Hoffnung, sie unterstützen zu können, indem sie ihnen bei den Näharbeiten Kniffe beibringen oder Ratschläge erteilen, wie man einen tadellosen Haushalt führt. »Unsereinem wird ein so vorbildliches Beispiel ja nicht zugetraut.« Die Wärterin kneift beleidigt die Lippen zusammen. »Wir sind nur gut genug, um die Zellen abzuschließen.«

Nancy sagt nichts dazu. Die anderen Wärterinnen sind nicht wie sie, nicht so, wie sie sich selbst sieht. Mrs Armitage hat kräftige Arme und einen Hals, an dem der oberste Blusenknopf spannt, und ihr Mund nimmt nur dann einen weichen Zug an, wenn sie von ihrem Sohn spricht, der seit zehn Jahren in der Armee dient und zehn Shilling Wochensold bekommt, was jedoch nicht ausreicht, um ihn, wenn er Urlaub hat, von Indien nach Hause zu bringen. Miss Barraclough dagegen ist eine wortkarge Büßerin, die sich für jedes ihrer Worte entschuldigt. Nancy ist ihnen am vorigen Abend im Pausenraum begegnet, zusammen mit Miss Denton, die höchstens fünfundzwanzig Jahre alt sein kann und in nachlässiger Haltung mürrisch dasaß. Sie wurde nur lebhaft, wenn jemand auf die Herzogin zu sprechen kam, eine neue Insassin, die offenbar berühmt ist. Nancy hat allerdings noch nie von ihr gehört.

»Daisy Divine hier bei uns, ist das zu glauben?«, hat Miss Denton gesagt und dabei große Augen gemacht. »Ich könnte sie um ein Autogramm bitten.«

»Zum Glück habe ich bei der Arbeit nichts mit denen zu tun«, hat Miss Greenwood in geringschätzigem Ton hinzugefügt. »Ich bin zu Miss Jackson gegangen und habe gesagt, ich sei dazu nicht bereit. Vorzugsbehandlung für Brandstifter – ist das die Möglichkeit?«

Mrs Armitage beendete die Unterhaltung, ehe Nancy erfahren konnte, wer diese Insassin ist. »Wenn Gott gewollt hätte, dass wir ebenbürtig sind, hätte er uns alle zu Männern gemacht«, erklärte sie und verschränkte die Arme, um zu zeigen, dass dazu kein weiteres Wort nötig sei.

Nancy fragt sich, ob auch nur eine Frau in der Strafanstalt arbeitet, die nicht auf die eine oder andere Weise in ihrem Leben behindert wurde. Nur Miss Jackson scheint eigene Ziele zu haben, doch selbst sie verrichtet ihre Arbeit auf distanzierte Art, als wäre sie mit den Gedanken woanders. Als sie die Kapelle verlassen, nimmt sie Nancy in ihre Obhut.

»Sie sollten sehen, wo alles anfängt«, erklärt sie und bringt sie zu einem großen Raum neben dem Haupthof. »Hier nehmen wir die Neuen in Empfang.«

Fünf andere Wärterinnen sind bereits dort, darunter Clara, was Nancy zunächst erleichtert. Doch andererseits weiß sie nicht, ob sie überhaupt vertraulich mit ihr umgehen darf. Sie entscheidet sich dagegen, und Clara zeigt sich ihr gegenüber nicht besonders freundlich, nickt ihr nicht einmal zu. Also muss dies das richtige Verhalten sein. Nancy wird angewiesen, Kleidungsstücke zu sortieren, bis der Gefängniswagen in den Hof fährt. Dann soll sie sich mit den anderen in einer Reihe aufstellen. Draußen vor der Tür hört sie die Polizisten mit den Frauen reden, die sie aus dem Wagen aussteigen lassen.

»Was ist mit Ihren Schuhen passiert, meine Liebe? Wieso haben Sie nichts an den Füßen? Eine nach der anderen, meine Damen. Immer mit der Ruhe, bitte. Machen Sie sich keine Sorgen, Liebes, da drinnen bringt man Sie wieder in Ordnung.«

Miss Jackson stellt sich mit einem Klemmbrett an die Tür und hakt die Namen ab, während die Frauen an ihr vorbei hineingehen. Nancy ist gespannt, was für Frauen es wohl sind, die im Gefängnis landen. Die Erste kann nicht älter als neunzehn sein. Sie trägt noch ihr Ausgehkleid, ein fliederfarbenes mit Rüschen, das bezaubernd aussähe, wenn es am Saum nicht schmutzig und zerrissen wäre. Sie selbst ist auch hübsch, hat aber Schmutz unter einem Auge. Nancy denkt unwillkürlich an einen fleckigen Apfel. Die zweite Frau ist älter und in Lumpen gekleidet. Sie schaut ängstlich und hat ein nervöses Zucken am Auge, was sie ein bisschen irre erscheinen lässt.

Nancy strafft die Schultern und faltet die Hände vor dem Bauch, um wie die anderen Wärterinnen auszusehen. Sie wäre jedoch nicht überrascht, wenn Miss Jackson ihr plötzlich befehlen würde, sich gefälligst zu den Neuankömmlingen zu stellen. Nein, das würde sie ganz und gar nicht überraschen. Sie wäre vielleicht sogar erleichtert.

Miss Jackson wartet, bis alle acht Neuen anwesend sind. Ein Polizist winkt ihr von der Tür. »So, die gehören jetzt Ihnen!« Und sie quittiert den Empfang. Eine der Frauen fängt an zu reden. Miss Jackson klatscht in die Hände, um die Aufmerksamkeit auf sich zu ziehen, und ruft: »Hier herrscht Ruhe! Gespräche unter Gefängnisinsassinnen sind streng verboten.«

Nancy drückt die Zunge an den Gaumen.

Die Neuen werden in einen Raum gebracht, wo es Beruhigungszellen für je drei Personen gibt. Nancy füllt Formulare aus, in die sie Namen und Alter, Religion und Beruf einträgt. In die Felder für die Adresse trägt sie meistens »keine« ein, und als Miss Jackson die Formulare durchsieht, sagt sie ihr, dass die korrekte Angabe »ohne festen Wohnsitz« lautet. Nancy soll dann die Frauen beim Entkleiden beaufsichtigen, sie weiß jedoch nicht, worauf sie dabei achten soll. Und sie fühlt sich schuldig, weil sie weiß, wie es ist, beschämt zu werden. Wie zu Hause. So ist es also, er zu sein, denkt sie. So ist es, die alleinige Macht zu haben, Druck und Zwang auszuüben und dabei zu wissen, dass ich mich nicht wehren werde.

Sie durchsucht die Kleider, schiebt die Hände in jede Tasche und legt, was sie findet, in Schachteln, um anschließend jeden Gegenstand zu kennzeichnen. Ein Kamm. Ein Medaillon. Nichts Wertvolles. Zumindest ist das keine schwere Arbeit, aber man muss ihr bei jedem Schritt sagen, was sie tun soll, genau wie den inhaftierten Frauen, und eine Wärterin sieht ihr dabei auf die Finger.

Ihr wird die Aufsicht über eine Gefangene erteilt, die hübsche blonde Haare, Sommersprossen auf den Wangen und am unteren Rücken ein Fieberbläschen hat. Sie nimmt sie zum Baden mit und ist froh, dass das Wasser vor Hitze dampft und den Anschein von Sittsamkeit gewährt. Als die Frau die Augen schließt und sich in der Wanne zurücklehnt, kommen Nancy Bedenken, ob sie ihr die Ruhe erlauben darf, und deshalb gibt sie ihr ein Stück Karbolseife und stupst sie damit am Oberarm an. Die Frau lächelt sie dankbar an, weil sie wohl glaubt, Nancy meine es gut mit ihr. Doch Nancy treibt sie zur Eile an und hält ihr ein Handtuch hin, dann bringt sie sie halb nackt in den Nebenraum, wo haufenweise Kleidungsstücke am Boden liegen.

Es gibt einen Haufen mit grünen Kleidern und einen mit braunen, außerdem Unterwäsche und Schürzen, die alle gefaltet und gestapelt neben weißen Leinenhauben liegen. In jedes Stück ist ein großer schwarzer oder weißer Pfeil eingestickt, der es als Eigentum der Haftanstalt ausweist. Es gibt auch einen Haufen mit Holzschuhen, die leider nicht paarweise zusammengeheftet sind, und ein Gewirr schwarz-roter Ringelstrümpfe.

»Sie gelten als Straftäter der dritten Kategorie und werden darum Braun tragen«, erklärt Miss Jackson. »Kämen Sie in die zweite Kategorie, müssten Sie Grün tragen. Nun nehmen Sie sich Ihre Kleidung.«

Die Frauen umringen die Haufen und ziehen heraus, was ihnen zu passen scheint. Die jüngeren begnügen sich mit dem Ersten, das ihnen in die Finger kommt, um schnellstmöglich ihre Blöße zu bedecken, einige andere aber lassen sich Zeit, weil sie wissen, dass sie ein einmal gewähltes Kleid nicht mehr umtauschen können.

»Haben Sie vielleicht noch ein kleineres?«, fragt eine Frau an Nancy gewandt und hält ein Kleid aus grünem Köper hoch.

Nancy bückt sich, um nachzusehen, und wühlt in dem Haufen, aber nur einen Moment lang, bis sie jemand hochzieht.

»Da liegen alle Kleider, die wir haben«, verkündet Clara laut zu niemand im Besonderen. »Es ist zwecklos, nach anderen zu fragen.«

Nancy fühlt ihre Wangen heiß werden, als Clara ihr zuflüstert: »Es ist nicht unsere Aufgabe, ihnen Arbeit abzunehmen, Miss Cooper.«

»Ja, Miss«, sagt Nancy zu ihrer Schwester. »Es tut mir leid, Miss.«

Sobald alle Frauen bekleidet sind, bekommen sie ein blau kariertes Taschentuch und ein gelbes Abzeichen mit ihrer Zellennummer. Das müssen sie sich vorne ans Kleid heften.

»Von nun an werden Sie für die Dauer Ihres Aufenthalts nicht mit dem Namen angesprochen, sondern mit Ihrer Zellennummer«, erklärt Miss Jackson.

Dann bin ich also 501, denkt Nancy.

6

Clara wartet vor dem Schreibtisch der Vorsteherin. Sie sitzt kerzengerade und hält die Hände sittsam im Schoß. Sie ist allein, traut es der Vorsteherin aber zu, sie von irgendwoher zu beobachten – durch ein verborgenes Guckloch in der Wand oder der Tür, die in ihre Privatwohnung führt.

Das Büro unterscheidet sich sehr von den übrigen Räumen der Strafanstalt, es wirkt behaglich und zugleich amtlich – man wird durch nichts an die Zellen erinnert, spürt aber die Macht, die diese verschlossen hält. Das Kaminfeuer verbreitet einen matten gelbroten Schein. An der Wand über dem Kaminsims hängen Porträts von König George und Premierminister Asquith. Ihre Köpfe sind einander zugeneigt, so als ob sie das Geschehen beobachten und sich Bemerkungen zuraunen. Rechts vom Kamin steht ein Garderobenständer, an dem Sachen der Vorsteherin hängen: ein schlichter Strohhut mit einem schmalen blauen Band und ein grauer Mantel, bei dem auf Zweckmäßigkeit allzu großer Wert gelegt wurde. Darunter lugt ein hübscher blauer, am Rand mit grünen Blättern bestickter Seidenschal hervor. Den hätte sie der Vorsteherin überhaupt nicht zugetraut. Andererseits, so erinnert sich Clara, sind es gerade die verborgenen Details, die am meisten über uns verraten.

Miss Hardgrave kommt herein. Sie trägt einen Stoß Papier unter dem Arm. »Ach, Miss Cooper.« Sie klingt überrascht.

»Sie wollten mich sprechen, Ma'am?« Clara verspürt den Drang, sich zu rechtfertigen.

»Ja, in der Tat.« Die Vorsteherin setzt sich an ihren Schreibtisch und lächelt flüchtig, ein recht seltenes Vorkommnis, das Clara als gutes Zeichen wertet. »Ich möchte mit Ihnen über Ihre Arbeit sprechen. Sie sind nun schon eine Weile bei uns. Wie gefällt sie Ihnen?« Sie zieht eine Schublade auf und holt eine kleine Blechdose mit Pfefferminzbonbons heraus, die sie neben die Schriftstücke auf den Schreibtisch legt.

»Ich bin damit sehr zufrieden, Ma'am.«

»Was empfinden Sie als schwierig?«

Clara überlegt angestrengt, was sie antworten könnte. Sie hat nicht gern mit Miss Jackson zu tun, aber das darf sie natürlich nicht sagen. Sie denkt zurück an ihren ersten Tag, als für sie noch alles neu war, doch selbst da hatte sie sich schnell zurechtgefunden. Sie versucht, ehrlich zu antworten, ohne viel auszusagen. »Nun, die Arbeit ist immer eine Herausforderung, aber ich glaube, ich komme ganz gut zurecht.«

»Was fordert Sie am meisten?«

»Derzeit, nun ja, ich würde sagen, die Suffragetten.«

»Natürlich. Die Suffragetten. Haben Sie Verständnis für sie?«

»Nein, Ma'am. Wie kommen Sie darauf?«

»Ich selbst habe es. Schließlich bin ich auch eine Frau.«

Ja, denkt sie. Wir sind alle Frauen. Doch die Suffragetten nehmen sich heraus, wie Männer zu handeln. »Verzeihung, Ma'am, ich meinte, dass sie nicht tun, was man ihnen sagt. Und dazu kommt natürlich die Zwangsernährung. Es ist unangenehm, ihnen die Nahrung einzuflößen, und es kann körperlich sehr anstrengend sein.«

»Ja, natürlich. Sicher nehmen Sie ihnen das übel.«

»Wieso das, Ma'am?«

»Weil sie uns zwingen, grausam zu sein, obwohl wir das nicht sind.«

»Ja, Ma'am«, pflichtet Clara bei. »Das ist wohl wahr.« Sie weiß, wie nah Freundlichkeit und Grausamkeit beieinanderliegen können, und ihr scheint, die Vorsteherin hat ihr Empfinden sehr gut zusammengefasst.

Miss Hardgrave scheint sich über ihre Zustimmung zu freuen. »Ich muss mir oft vor Augen halten, dass sie sich für diesen Weg selbst entschieden haben. Wie auch wir unseren Weg wählen müssen. Keine Tugend bleibt gewahrt, ohne dass wir darum ringen, Miss Cooper, und wir sollten uns als Hüterin der Tugendhaftigkeit betrachten, erst recht, wenn wir unangenehme Arbeit zu verrichten haben.«

Das Sonnenlicht fängt sich in Miss Hardgraves grauen Strähnen. Clara fragt sich, wie lange sie wohl schon im Gefängnis arbeitet und wie sie zu dieser Stellung gekommen ist.

Miss Hardgrave nimmt den Deckel von der Blechdose. »Ein Pfefferminz?«

»Nein, danke, Ma'am.«

»Bitte. Ich bestehe darauf.« Sie schiebt die Dose zu Clara hin, die sich ein Bonbon nimmt und in den Mund steckt. Miss Hardgrave nimmt sich auch eines, und ein paar Augenblicke lang sitzen sie nur da und genießen lutschend die angenehme Ungezwungenheit.

»Ich bin von Ihrer Arbeit hier sehr angetan, Miss Cooper. Sie zeigen eine sehr vernünftige Haltung. Ich finde, Sie behandeln sowohl die Insassinnen als auch das Personal gerecht und zugleich entschieden. Und nun müssen Sie ehrlich zu mir sein. Sehen Sie in dieser Arbeit Ihre dauerhafte Beschäftigung?«

Ist Clara bisher unaufrichtig gewesen? Sie glaubt nicht,

doch es zahlt sich häufig aus, sich zurückhaltend zu äußern. »Allmählich denke ich, es könnte so sein, Ma'am.«

»Sie werden inzwischen erkannt haben, was man opfern muss, um diesen Beruf auszuüben. Aber ich hoffe, Sie sehen auch dessen Vorzüge.«

»Ja, Ma'am, ich denke, das tue ich.«

»Nun denn. Sie sollten wissen, dass Miss Jackson uns verlässt. Sie wird heiraten. Also sieht sie ihre Arbeit nicht als Berufung an. Das bedeutet, die Stelle der Oberaufseherin wird frei, und ich habe mir überlegt, Ihnen den Posten anzubieten.«

Clara ist sprachlos. Das hat sie überhaupt nicht erwartet. Sie leckt sich über die Lippen und lächelt, doch die Vorsteherin sorgt sogleich für Ernüchterung.

»Ich darf wohl annehmen, dass Sie sich nicht von derselben Versuchung hinreißen lassen, nachdem Sie die Stelle angetreten haben?«

»Nein, Ma'am«, versichert sie, wobei Teds Gesicht vor ihrem inneren Auge aufblitzt. »Vielen Dank, Ma'am.«

Miss Hardgrave lächelt herzlich. »Dann müssen wir beide uns ein wenig besser kennenlernen. Bevor Miss Jackson ausscheidet, werden wir uns noch einmal unterhalten.«

»Danke, Ma'am. Ich freue mich darauf.«

Miss Hardgrave schließt die Bonbondose und steht auf. Sie weist mit offener Hand zur Tür und tätschelt im Vorbeigehen Claras Arm. »Übrigens tat es mir leid zu hören, dass Sie sich nicht imstande sahen, freizunehmen, um Ihren kranken Vater zu besuchen.«

Clara erschrickt wie ein Kaninchen vor dem Fuchs. »Danke, Ma'am, aber er ist wieder ganz genesen.«

»Ihre Hingabe an unsere Arbeit beeindruckt mich. Es gibt jedoch gewisse Umstände, familiäre Verpflichtungen und dergleichen, denen man sich nicht entziehen darf. Sollte noch einmal eine ähnliche Situation eintreten, sehen Sie sich hoffentlich imstande, mit mir darüber zu sprechen.«

»Vielen Dank, aber ich gehe nicht davon aus.«

Miss Hardgrave runzelt einen Moment lang die Stirn. »Ja. Ganz recht.«

Allein auf dem Korridor kann Clara ihre Aufregung kaum unterdrücken. Sie möchte rennen und hüpfen und die Arme in die Luft werfen. Stattdessen steigt sie lediglich auf die Zehenspitzen, aber mit der ganzen Befriedigung einer Ballerina, die ihre Figuren vollkommen beherrscht. Sie möchte es unbedingt jemandem erzählen. Seltsamerweise denkt sie als Erstes, wie stolz ihre Eltern auf sie sein müssen, aber nein, der Gedanke ist wirklich absurd. Sie macht sich auf den Weg zu Nancys Zimmer. Ihre Schicht sollte inzwischen zu Ende sein.

»Du wirst nie erraten, was gerade passiert ist«, platzt sie heraus, sowie sie die Tür hinter sich geschlossen hat.

»Was denn?« Nancy schaut alarmiert.

»Du musst mir versprechen, es keiner Menschenseele zu verraten. Kein Wort darüber, hörst du?«

Nancy starrt sie ausdruckslos an.

»Mir wurde der Posten der Oberaufseherin angeboten. Miss Jackson geht, weil sie heiratet, und die Vorsteherin findet, dass ich …«

Nancy bricht in Tränen aus.

»Nancy? Was ist los?« Clara nimmt sie sofort in die Arme. »Komm, erzähl es mir. Hat dich jemand geärgert?«

»Ich kann das nicht, Clara. Ich weiß nie, was oder wann ich etwas tun soll, und komme mir vor wie eine Idiotin, weil ich ständig nachfragen muss.«

»Man ist anfangs ziemlich aus der Fassung, nicht wahr?«,

bekennt Clara. »Ich habe mich in jeder freien Minute in meinem Zimmer versteckt und eine Woche lang nichts gegessen.«

»Das glaube ich dir nicht.«

»Habe ich aber. Zumindest ein paar Tage lang. Ich musste meinen ganzen Mut zusammennehmen, nur um vor die Tür zu treten.« Sie zieht das Taschentuch aus dem Ärmel und hält es ihr hin. »Du wirst dich noch eingewöhnen. In den ersten Tagen geht es allen so.«

Nancy schnäuzt sich kräftig. »Ich habe nicht mal ein Gespür dafür, wann ich sie reden lassen sollte. Manchmal soll ich auf ihre Fragen antworten, und andere Male soll ich ihnen die Leviten lesen, weil sie den Mund aufgemacht haben. Und dann die Art, wie wir mit ihnen reden sollen! Dieser anmaßende Ton, und immer über ihren Kopf hinweg, als seien sie es nicht wert, dass man ihnen ins Gesicht sieht. Ich kann das nicht, Clara. Mich schaudert, wenn ich nur daran denke.«

»Das ist nur Spiel, Nancy. Jeder weiß das, die Wärterinnen und die Frauen. Damit grenzen wir uns voneinander ab. Verstehst du? Wir zeigen ihnen, wer sie sind und wer wir sind.« Sie sieht Nancy an, dass sie nicht begreift, und erklärt es anders. »Stell dir vor, du wärst Lehrerin. Wenn sie reden, obwohl sie es gerade nicht dürfen, dann stellen sie dich auf die Probe. Sie fragen gewissermaßen, wer hier das Sagen hat. Und du machst es ihnen unmissverständlich klar. Dadurch fühlen sie sich sicher. Verstehst du jetzt?«

»Aber ich habe nicht das Sagen. Bei dir ist das etwas anderes.«

»Na komm.« Clara spricht ruhig und ist großmütiger gestimmt als sonst. »Ich werde dir zeigen, wie es geht. Stell dich dorthin.« Sie schiebt Nancy zur Tür. »Jetzt tu so, als wäre das Wischen der Böden dran. Du bist heute Morgen dabei gewesen.« Sie lässt sich auf alle viere nieder und schrubbt den Boden mit einer imaginären Bürste. »Siehst du es? Ich mache es nicht richtig, nicht wahr? Ich schiebe nur ein wenig Wasser hin und her. Was sagst du zu mir?«

»Nicht, Clara.«

»Komm, Nancy. Für jemand anderen würde ich das nicht tun, und du weißt ja: Übung macht den Meister. Also, ich würde ungefähr Folgendes sagen.« Sie schlägt einen strengen Ton an. »Der Einsatz von Seife und ein wenig Muskelkraft spart Zeit und Mühe, Miss Cooper. Jetzt sag du es.«

»Der Einsatz von Seife …« Nancy gerät ins Stocken. Sie hätte kaum leiser sprechen können.

»Schau mich dabei nicht an. Das fällt viel leichter, wenn man ihren Blick meidet.«

Nancy setzt neu an, wobei sie zu dem gegenüberliegenden Fenster spricht. »Der Einsatz von Seife und ein wenig Muskelkraft spart Zeit und Mühe.«

»Schon besser. Jetzt noch mal, aber bestimmter! Und schließ eine rhetorische Frage an. Stell dir einen Richter in seiner Robe vor, dem niemand Widerworte gibt. Los. Versuch's noch mal.«

Diesmal klingt Nancy geradezu verärgert, als wäre Clara schuld, dass sie mit all den alten Jungfern zusammen eingesperrt ist, die jedem vorhalten, wie er sich zu benehmen hat. »Der Einsatz von Seife und ein wenig Muskelkraft spart Zeit und Mühe. Und beeilen Sie sich. Glauben Sie, ich habe Zeit, hier zu stehen und Ihnen auf die Finger zu schauen?«

»Das ist viel besser.« Clara steht auf. »Wenn du es einmal begriffen hast und selbstsicher bist, sind sie lammfromm. Du wirst sehen. Du entscheidest selbst, Nancy, aber du musst unnachgiebig sein, sonst behältst du hier keine fünf Minuten lang die Oberhand. Nicht wenn sie dich für schwach halten.«

Clara denkt sofort an das Kind. Wenn ihre Schwester nicht schwach wäre, hätte sie es noch. Oder sie hätte es gar nicht erst bekommen. Sie verbannt den Gedanken.

»Hat Vater Geld von dir verlangt?«

Nancy nickt.

»Wie viel?«

»Vier Shilling wöchentlich.«

»Er hat kein Recht dazu. Ich habe ihm etwas gegeben, weil du zu Hause gewohnt hast, aber da du nun hier wohnst, werde ich nichts mehr zahlen. Das solltest du auch tun. Das ist gut, um hier durchzuhalten, um sich vorzustellen, was man sich aufgrund der harten Arbeit kaufen kann. Ehrlich, das ist so! Wenn ich einen schlechten Tag habe, und das kommt gelegentlich noch vor, gehe ich in mein Zimmer und schaue mir einen Katalog an. Ich habe ein paar versteckt. Du kannst dir welche borgen, wenn du willst.«

»Ich will nichts.«

»Nur, weil du noch nicht hineingesehen hast. Ich leihe sie dir, damit du das Angebot siehst. Es gibt allerhand hübsche Sachen, Nancy. Rate mal, was ich mir am meisten wünsche. Es ist teuer, sag ich dir. Über sieben Pfund, und ich werde nach meiner Berechnung sechs Monate brauchen, bis ich das Geld zusammenhabe, aber ich spare es. Das habe ich mir fest vorgenommen.«

»Was ist es?«

»Rate.«

»Ich weiß nicht.«

»Ein Fahrrad.« Clara flüstert es fast andächtig, während sie das Modell vor sich sieht, das sie sich ausgesucht hat. Das Raleigh 17 hat Reifen zum Aufpumpen, Sicherheitsbremsen und eine lederne Abdeckung über der Kette, damit sich der Rock nicht darin verfängt. Die Werbung verspricht der Käuferin schnelles, leichtes und elegantes Fahren.

Nancy blickt sie mit großen Augen an. »Er bringt dich um, wenn er das herausfindet.«

Sie lachen laut auf, voller Freude über die Kühnheit, und erinnern sich an die Tiraden ihres Vaters über Flittchen in Hosen und wie unanständig es sei, wenn eine Frau rittlings auf einem Sattel sitzt.

»Ich hätte lieber ein Auto«, verkündet Nancy. »Ich habe noch nie in einem gesessen.«

»So siehst du aus!«

Manche sind vielleicht wohlhabend genug, um von einem eigenen Automobil zu träumen, doch Clara weiß, es ist das Fahrrad, das eine unabhängige Frau wie sie in die Zukunft trägt. Und sie wird sich eines anschaffen, ganz gleich, was ihr Vater davon hält.

7

Entschuldigen Sie.« Nancy spricht eine vorbeigehende Wärterin am Fuß der Treppe an. »Entschuldigen Sie, wo geht es zur Küche?«

Die Wärterin zeigt den Gang hinunter. »Nehmen Sie die nächste links, gehen Sie durch die Doppeltür, dann nach rechts und durch die nächste Tür. Sie finden sie auf der linken Seite.«

Wer möchte in solch einem Gebäude die Neue sein? Immerzu nach dem Weg fragen müssen, wenn jeder zu beschäftigt ist, um Auskunft zu geben? Sie eilt weiter, und nach der letzten Doppeltür kann sie ihrer Nase folgen, der Geruch von geschmortem Kohl führt sie an ihr Ziel. Sie tritt durch die Schwingtür. Es herrscht rege Geschäftigkeit. Es ist heiß und dampfig. Überall klappern Töpfe und Pfannen, klopfen Messer auf Schneidbrettern.

Nancy bleibt stehen, wo sie nicht im Weg ist, und wartet, bis jemand sie bemerkt. »Ich soll das Essen für die Herzogin holen«, erklärt sie der ersten Frau, die in ihre Richtung blickt.

Die deutet mit dem Kopf auf ein schon fertig beladenes Tablett, das an der Seite steht, darauf ein Tranchierbesteck und ein Teller mit silberner Haube. Nancy nimmt es, nicht ahnend, dass es so schwer sein könnte. Es kippt in ihren Händen und droht ihr zu entgleiten, sodass das Essen nur noch für die Hunde auf der Gasse taugen würde.

»Vorsicht!«, mahnt die Köchin fingerschnippend. »He, du da, hilf ihr doch bei den Türen.«

Wie aus dem Nichts erscheint ein Küchenmädchen und hält ihr die Tür auf, um Nancy in den Gang zu folgen.

»Und heben Sie bloß nicht die Haube an!«, ruft die Köchin ihr noch hinterher. »Man will, dass ihr der Duft heiß in die Nase steigt.«

Nancy senkt den Kopf und geht mit forschem Schritt, Miss Jacksons Stimme im Ohr, die ihr sagt, sie sollte bei allem flinker sein. Das Mädchen übernimmt Nancys Schlüssel, springt voraus und öffnet die Türen, damit Nancy, ohne anzuhalten, weiterlaufen kann. Dann überholt sie sie wieder, um gleich die nächste Tür aufzuschließen. Die Kleine kann höchstens dreizehn Jahre alt sein, schätzt Nancy – vermutlich hilft sie ihrer Mutter aus für ein wenig zusätzliches Geld – und überlegt, ob sie sich nach dem Mädchen zu richten hat oder das Mädchen nach ihr.

»Ist sie so schön, wie alle sagen?«, fragt das Küchenmädchen plötzlich.

»Wer?«

»Die Herzogin. Ist sie schön?«

»Das weiß ich nicht.« Es steht ihr nicht zu, zu erzählen, was in den Zellen vorgeht, doch sie merkt der Kleinen an, dass sie sie nicht in Ruhe lassen wird, bis sie ihre Antwort bekommen hat. Also sagt sie es lieber gleich. »Ich habe sie noch nie gesehen.«

Das Mädchen nickt, als wäre es damit zufrieden. Es läuft voraus und öffnet die Tür zur Personaltreppe, aber Nancy schüttelt den Kopf. »Ich nehme den längeren Weg«, sagt sie und deutet auf die andere Tür.

»Angst vor den Ratten?«

Nancy schließt abrupt die Beine, worauf die Kleine weiß,

dass sie richtig vermutet hat. Sie beugt sich durch den Türspalt und klatscht in die Hände. »Husch, husch!«, ruft sie und stampft so kräftig mit ihrem Absatz auf, dass es auf der Treppe widerhallt. »So! Jetzt sind wir sie los.« Als Nancy sich nicht vom Fleck rührt, stemmt sie die Hände in die Hüften. »Na, die werden Sie schon nicht anspringen.«

»Ich habe Essen. Das riechen sie.«

»Dann sollten wir uns lieber beeilen. Kommen Sie.«

Nancy holt tief Luft und folgt dem Mädchen, das flink die Stufen hinaufläuft. Sie biegt um die erste Ecke in dem Wissen, dass ein Fenster auf dem nächsten Stockwerk kommt und etwas Licht spendet. Sie begegnen keiner Ratte und laufen dennoch, so schnell sie können. Vor der Tür im dritten Stock angelangt, sind beide außer Atem und ihre Gesichter röter als eine Rotkehlchenbrust.

»Nun öffne doch die Tür!«, drängt Nancy.

Die Kleine macht keine Anstalten. Stattdessen deutet sie auf die silberne Haube. »Wollen wir mal gucken? Nachsehen, was eine Herzogin zum Abendessen kriegt?« Sie reißt die Haube hoch, ehe Nancy es verhindern kann, und dann gaffen sie beide auf ein ganzes Brathähnchen. Der köstliche Duft steigt auf, und die ganze Hitze verflüchtigt sich. »Was würden Sie für solch ein Abendessen geben?«, fragt das Mädchen.

»Schluss jetzt!« Nancy versucht, die Oberhand zu gewinnen. »Du hast genug gesehen.« Sie ist erleichtert, als das Mädchen die Haube auf den Teller senkt und die Tür aufschließt.

Sie treten auf den Gang, links und rechts davon eine Flucht schwarzer Zellentüren. Auf dem Stockwerk unter ihnen schreitet ein junger Arzt vor ein paar Wärterinnen her. Miss Needler und Clara gehen gleich hinter ihm, und Mrs Armitage bildet den Schluss. Sie fingert an einem Trichter und einem Gummischlauch herum.

»Ich komme jetzt allein zurecht, danke.« Damit will Nancy das Mädchen wegschicken.

Doch die Kleine hüpft wieder voraus. »Sie werden mich jetzt nicht los«, ruft sie über die Schulter und läuft bereits an der ersten Tür vorbei. »Ich will schließlich einen Blick auf sie werfen. Welche Nummer ist es?« Ihre Stimme hallt durch den großen Zellentrakt.

»Zweiundfünfzig«, ruft Nancy zurück und hofft, dass das Mädchen dann endlich still ist.

Die Zellentür öffnet sich in dem Moment, als sie die Kleine einholt, und Miss Jackson steht vor ihnen mit der stummen Frage, was der ganze Lärm zu bedeuten hat.

Blitzschnell huscht das Mädchen an ihr vorbei in die Zelle. »Entschuldigen Sie die Störung, Ma'am«, hören sie es sagen, »aber wir bringen Ihnen Ihr Abendessen.«

Es schwenkt die Zellentür weit auf, sodass Nancy die Insassin auf ihrer Pritsche sieht, die an die Decke starrt. Sie erkennt deutlich ihr Gesicht und ist verlegen, weil sie sie anschaut. Aber sie ist es, die berühmte Schauspielerin, über die alle Welt spricht. Sie ist so schön, es kann niemand anders sein.

»Das ist dann alles. Danke.« Miss Jackson fasst das Mädchen beim Ohr, zieht einmal kurz daran, dann schiebt sie die Kleine zur Tür hinaus. Die verlässt die Zelle ohne Groll, ja sie schaut sogar befriedigt wie die Katze, die von der Sahne genascht hat.

»Stehen Sie nicht herum.« Miss Jackson sieht Nancy böse an, worauf diese in die Zelle tritt und das Tablett auf einem Klapptisch absetzt, den man wohl eigens für den Zweck herbeigebracht hat.

Miss Jackson schließt die Tür. »Wir bringen Ihnen etwas zu essen, Miss Divine. Auf einer Silberplatte. Das tun wir nicht für jeden, wissen Sie. Wir behandeln Sie fürstlich.«

Sie lüftet die Haube, und da ist das Brathähnchen. Es ist garniert mit allem, was dazugehört: Rosenkohl und Bratkartoffeln, Rüben und Bratensoße – genug für eine ganze Familie. Der Duft verbreitet sich im Raum wie der Themsenebel in den Straßen.

Miss Jackson gibt die Haube Nancy und nimmt das Tranchiermesser. Die knusprige Haut knackt beim Hineinstechen, und rings um die Gabelzinken tritt der Saft aus und rinnt an der Brust des Vogels hinab. Sie hebt eine dicke Scheibe weißes Fleisch hoch, sodass die Herzogin sie sehen kann. »Geben Sie mir bitte Miss Divines Teller, Miss Cooper.«

Nancy geht zu dem groben hölzernen Wandbord am Bett und holt den Blechteller und Löffel, dann steht sie abwartend daneben wie eine Kellnerin, während Miss Jackson das Fleisch von der Gabel auf den Teller gleiten lässt, um gleich darauf eine zweite Scheibe abzuschneiden. Dazu legt sie ein paar Bratkartoffeln.

»So.« Miss Jackson tritt beiseite, um der Herzogin das Essen zu zeigen. »Ein schöner Braten, Daisy. Sie dürfen so viel essen, wie Sie wollen.« Ungeduldig wartet sie auf eine Antwort. »Miss Divine? Bitte seien Sie so höflich, mich anzusehen, wenn ich mit Ihnen rede.«

Die Herzogin regt sich. Sie scheint ihre Umgebung jetzt erst wahrzunehmen und richtet den Blick auf das Brathähnchen. Die Brust ist zwar angeschnitten, es bietet jedoch noch immer einen schönen Anblick. Die Herzogin erhebt sich von der Pritsche. Sie hat lange dunkle Haare, locker über den Schultern zusammengebunden. Sie setzt die Füße auf den Boden, und obwohl sie sich langsam bewegt, scheint sie keine Beschwerden zu haben. »Nein, so was!« Sie lacht. Sie sieht niemanden dabei an, auch Nancy nicht, aber sie lacht, sehr lebendig und kräftiger, als man ihrem Aussehen nach erwarten würde. »Ein ganzes Hähnchen! Wer hätte das gedacht?« Langsam steht sie auf, macht einen Schritt darauf zu, dann noch einen.

Miss Jackson sieht sich ermutigt. »Möchten Sie Rosenkohl, Miss Divine? Ein bisschen Soße?«

Die Herzogin bleibt vor Nancy stehen, die ihr den Teller hinhält. Sie schaut auf das Hähnchen. »Wie der Arzt es angeordnet hat!«

»So ist es«, sagt Miss Jackson. »Es wird Ihnen enorm guttun.«

Die Herzogin nimmt ein Stück Fleisch, jedoch nicht mit dem Besteck, sondern mit den Fingern, hält es sich vor die Nase und saugt den Geruch ein, bis ihr schwindlig wird. »Was glauben sie denn, die kleinen Männer und Jungen, woraus wir gemacht sind?«, fragt sie plötzlich an Nancy gewandt.

Nancy schaut sie nur verwirrt an.

»Aus Marzipan vielleicht?«, fährt die Herzogin fort. »Das denken die von uns?«

Nancy ist überrascht von ihrer Stimme, die gepflegt und zugleich gewöhnlich klingt.

»Sie dürfen den Teller zum Bett mitnehmen, Daisy«, regt Miss Jackson an. »Essen Sie dort, und sparen Sie Ihre Kräfte.«

Nancy hebt den Teller höher, näher ans Kinn der Frau. Sie brennt darauf, ihn loszuwerden.

»Wissen Sie, dass auf Miss Pankhurst Mäuse losgelassen wurden, als sie eine Rede gehalten hat?« Ohne das Essen zu beachten, spricht die Herzogin weiter. »Sie ist oft in Kleinstädte gefahren, hat sich auf einen Pferdewagen gestellt und die Leute angesprochen. Ein paar kleine Jungen hatten Mäuse mitgebracht und haben sie ihr unter den Rock laufen lassen. Sie dachten, sie könnten sie dadurch verjagen oder als alberne Person bloßstellen. Aber natürlich hat sie demonstrativ die Mäuse am Schwanz gegriffen und den Jungen zurückgegeben.«

Sie lächelt Nancy an. Ihr Lächeln ist hübsch. Liebenswürdig. Als wüsste sie bereits, dass dieses arme Mädchen vor ihr niemals eine Maus anfassen würde. Doch das ist egal. Nicht jeder kann charmant oder tapfer sein. Nicht jeder kann selbstsicher sein. Sie scheint zu wissen, dass Nancy niemals sein könnte wie sie. Und dennoch lächelt sie sie so liebenswürdig an.

Dann aber verschwindet das Lächeln. »Heute nicht, danke, Wärterin.« Damit ist Nancy entlassen, und die Herzogin wendet sich Miss Jackson zu. »Sie kennen unsere Forderungen.«

Miss Jackson sieht aus, als möchte sie die Gefangene ohrfeigen, dann aber macht sie ein entschlossenes Gesicht und verlässt rasch die Zelle. Derart alleingelassen, mit einem Teller Brathähnchen und einem Löffel in der Hand, kommt sich Nancy wie ein törichtes Ding vor.

Die Herzogin geht derweil zum Bett. »Schauen Sie nicht so gequält«, sagt sie zu ihr und setzt sich auf den Rand. »Ich glaube nicht, dass Sie gleich gebraucht werden. Die dürften gut vorbereitet sein.«

Vom Gang sind Schritte zu hören, und Augenblicke später langt der Arzt mit seinem Gefolge vor der Zelle an. Er betritt sie als Erster. Ohne Umschweife tritt er auf die Herzogin zu und setzt ihr sein Stethoskop ans Herz. Auch

Clara ist noch bei ihnen. Sie nimmt den Stuhl aus der Ecke und stellt ihn in die Mitte. Mrs Armitage kommt herein, in der einen Hand den Trichter, in der anderen den Gummischlauch. Miss Needler trägt den Krug mit der Suppe. Der Arzt beendet seine Untersuchung und befindet die Herzogin für kräftig genug, um zwangsernährt zu werden.

»Stehen Sie nicht herum und gaffen!«, schimpft Miss Jackson mit Nancy. »Bringen Sie das Hähnchen weg!«

»Verzeihung, Ma'am.« Hastig stellt Nancy den Teller auf den Klapptisch und hebt beides zusammen hoch. So eilt sie auf den Gang und stellt ihn dort an die Wand, unsicher, was sie jetzt tun soll. Niemand ist dort, den sie fragen könnte. Sie schaut noch einmal in die Zelle und sieht mit an, wie Clara und Miss Jackson die Herzogin bei den Armen vom Bett ziehen.

»Ich verweigere die Zustimmung!«, ruft die Herzogin laut, während sie auf den Stuhl gezwungen wird. »Macht es publik: Ich verweigere meine Zustimmung!«

Und damit setzt es ein, das Scheppern der Blechtassen an den Wänden und Türen, zuerst in der Nachbarzelle, und von da pflanzt es sich fort den Gang entlang bis zur Treppe und dann in den Stockwerken darunter, ein hohles Klappern, ein Heidenlärm, begleitet von lauten Rufen: »Schämt euch! Schämt euch! Schämt euch!«

Nancy steht in all dem Aufruhr ganz still da. Jetzt kann sie von der Herzogin nur noch die Beine sehen, bekleidet mit den schwarz-roten Ringelstrümpfen und Holzpantinen, die sich vom Boden heben, als man den Stuhl zurückneigt.

Nancy nimmt das Tablett und eilt zur Treppe, die ins untere Stockwerk führt. Sie steigt immer weiter hinab, hastet zurück in die Küche, um das Tablett wieder dort abzustellen, wo sie es aufgehoben hat. Eine offene Tür verheißt ihr

Tageslicht und frische Luft, und sie huscht nach draußen. Atemlos, mit rasendem Puls und trockenem Mund, lehnt sie sich mit dem Rücken an die Mauer. Und während sie Atem schöpft, wandert die Herzogin in ihre Gedanken. Sie ist da, schreitet in ihrem Kopf auf und ab, als wäre das ihr angestammtes Recht. Als wäre sie Herrin über Nancys Gedanken.

Wie macht sie das nur? Wie ist ihr das möglich? Wie kann eine Frau so sein … wie sie?

»Sie sagt, sie wird einen neuen Bombenanschlag begehen, sowie sie wieder draußen ist.« Das Küchenmädchen lungert an der Küchentür herum und beobachtet Nancy. »Ist das zu glauben, wie frech sie ist?«

Nancy traut der Herzogin alles zu. »Aber sie werden sie nicht rauslassen. Oder? Nicht, wenn sie all diese Dinge getan hat.«

Das Mädchen zuckt die Achseln, plötzlich gleichgültig, und geht wieder hinein.

Nancy gönnt sich noch einen Moment im Freien, und als es genug ist, steigt sie die Treppe zum Suffragettenflügel hinauf. Gerade begeben sich die Wärterinnen mit dem Arzt in eine Zelle unter ihr, und ihr kommt die Idee, noch einmal bei der Herzogin vorbeizuschauen. Sie kann schließlich das Bullauge benutzen. Mit schlechtem Gewissen, weil die Herzogin nicht einmal weiß, dass Nancy sie beobachtet, geht sie zu der Tür. Zugleich ist sie froh über die Gelegenheit, sie noch einmal zu sehen. Sie schiebt die Abdeckung beiseite und drückt das Auge ans Glas, in der Erwartung, die Herzogin wie zuvor auf dem Bett liegen und an die Decke starren zu sehen. Doch die Pritsche ist leer, und sie ist nirgends zu entdecken. Ihr erster Gedanke ist, dass man sie woandershin gebracht hat. Wurde sie etwa verletzt und auf die Krankenstation gebracht? Noch einmal späht sie in die Zelle, und diesmal füllt nackte Haut ihr Blickfeld aus, eine Schulter, so nah am Guckloch, dass sie sich wie geohrfeigt fühlt. Nancy zieht den Kopf weg. War sie das? Sie späht erneut und versucht, möglichst weit nach rechts und links zu schauen, um der Frau zu folgen, die offenbar nackt im Kreis läuft, eine Hand zur Wand ausgestreckt, um sich notfalls abzufangen.

Nancy tritt von der Tür weg, bestürzt und unsicher, ob sie jemanden zu Hilfe rufen oder sich allein darum kümmern soll. Sie greift nach ihrem Schlüsselring, schiebt den passenden Schlüssel unter lautem Klirren ins Schloss und öffnet die Tür. Die Herzogin läuft halb taumelnd an ihr vorbei. Sie sieht aus wie eine Wahnsinnige.

»Aufhören!«, befiehlt Nancy, aber so leise, sie ist sich kaum sicher, ob sie das wirklich gesagt hat. »Sie müssen damit aufhören.«

Die Herzogin rennt wieder an ihr vorbei. Ihre Füße poltern schwer über den Steinboden. Ihre Haare hängen aufgelöst herab. Sie atmet heftig, ihr Brustkorb hebt und senkt sich wie die Kiemen eines Fischs auf dem Trocknen. Nancy begibt sich in die Mitte, um nicht angerempelt zu werden, denn die Herzogin hört nicht auf zu rennen. Sie umkreist Nancy wie ein Rad seine Nabe.

»Bitte!« Sie streckt eine Hand nach ihr aus, bringt es aber nicht über sich, sie anzufassen. »Bitte. Sie müssen damit aufhören!«

Sie weiß, sie könnte die Frau festhalten. Sie sollte sie sogar überwältigen und Hilfe herbeirufen. Nur das würde etwas nützen. Doch sie kann sich nicht dazu durchringen. Sie kann sich zu gar nichts durchringen, obwohl sie weiß, dass sie ihre Stelle verliert, wenn sie so mit ihr angetroffen wird. Das bringt sie zum Weinen. Und ihr wird schwindlig von der kreisenden Bewegung. Sie fühlt sich hilflos. Wie ein kleines Mädchen, das sich in seinem Bett zusammenkrümmt. Sie geht in die Hocke. »Aufhören!«, kreischt sie und hebt die Arme schützend um den Kopf. »Aufhören! Aufhören! Aufhören!«

Für einen Moment verschwindet alles. Es gibt keine Wände ringsherum, keine Tür, keine nackte Frau.

Als sie die Augen wieder aufmacht, geht die Herzogin nur noch langsam, aber weiterhin im Kreis mit einer Hand an der Wand entlang. Dabei mustert sie Nancy. *Die Herzogin* betrachtet *sie*. Schließlich bleibt sie stehen und lehnt sich an die Wand, zu sehr außer Atem, um zu reden.

Nancy hebt den Kopf. Sie bemerkt Blutergüsse an den Schenkeln und Oberarmen der Frau, heftige rot-blaue Flecke auf der blassen Haut.

»Sie sollen … kein … Mitleid … haben«, keucht die Herzogin.« Ihr Atem stinkt nach faulen Äpfeln. Das riecht Nancy selbst bei diesem Abstand. »Das ist nicht anständig.« Die Herzogin setzt sich an der Wand auf den Fußboden und zieht ein Bein unter sich. »Sie sollen mir genauso wenig leidtun. Das ist gegen die Regeln.«

Ungläubig starrt Nancy sie an. »Was sollte das Gerenne?«

»Es soll die eingeflößte Nahrung wegzehren«, antwortet die Herzogin sachlich, dann beugt sie sich vornüber und würgt, bringt aber nichts als einen gelben Speichelfaden hervor.

»Aber … warum nackt?«

Die Herzogin blickt Nancy an, als wäre sie die Absonderliche von ihnen beiden. »Mir scheint es widersinnig, gegen meine Einstufung als gewöhnliche Straftäterin zu protestieren, während ich Anstaltskleidung trage. Deshalb ziehe ich sie aus.«

In dem Moment kommt Nancy zur Vernunft und erinnert sich, wer und was sie ist. Die Situation ist lächerlich. Sie muss aufstehen, und das tut sie. Sie nimmt sich zusammen. Sie streicht ihr Kleid glatt, dann prüft sie den Sitz ihrer Haarnadeln. »Nun gut.« Sie schluckt schwer und besinnt sich darauf, welchen Ton sie mit Clara eingeübt hat. »Bitte tun Sie das nicht wieder.«

Die Herzogin will auflachen, muss stattdessen jedoch husten, was ein Weilchen anhält. »Ich kann es nicht versprechen«, sagt sie schließlich.

8

So schnell, wie ihr Rock es zulässt, eilt Clara die Prince Albert Road entlang. In einer Stunde wird der Zoo schließen, und Ted wartet auf sie. Als sie ankommt, ist er nirgends zu sehen. Er steht nicht vor dem Tor und sitzt auch nicht auf einer der Bänke auf dem Bürgersteig, und kurz glaubt sie, dass er die Nase von ihr voll hätte und heimgegangen wäre. Gerade als sie die Hoffnung aufgibt, entdeckt sie ihn. Er kommt gerade auf sie zugerannt.

»Da bist du ja noch!« Atemlos kommt er bei ihr an. »Irgendwo stadtauswärts ist ein Unfall passiert, und ich saß in der Straßenbahn, die eine halbe Stunde lang nicht weiterfahren konnte. Schließlich bin ich ausgestiegen und gelaufen.« Er beugt sich über die Knie und hält sich die Seite, dabei muss er seinen Bowler auffangen, der ihm vom Kopf rutscht. »Menschenskinder! So einen Dauerlauf hab ich seit der Schule nicht mehr hingelegt.« Er gibt ihr einen schnellen Kuss auf die Wange. »Ich war mir nicht sicher, ob du wartest.«

Clara lacht ihn an. »Ich bin noch nicht lange hier. Ich wurde bei der Arbeit aufgehalten.«

»Na, dann ist ja alles gut.« Inzwischen ist er zu Atem gekommen. »Lass uns gehen. Es bleibt nicht mehr viel Zeit.«

Am Drehkreuz kauft er die Eintrittskarten. Drinnen sehen sie sich einen Plan an, der anzeigt, wo welche Tiere zu sehen sind.

»Ich möchte zu allen afrikanischen«, erklärt sie. »Zu den Löwen und den Elefanten.«

»Wir gehen sowieso in die Richtung. Aber vorher will ich dir etwas zeigen.«

»Ist das wieder eine deiner Überraschungen?«

»Ja, tatsächlich. Deshalb wollte ich überhaupt in den Zoo.«

Er führt sie zu einem Pavillon, wo man auf Kamelen reiten kann, wie eine große gelbe Tafel verkündet. »Da wären wir.«

Stolz tritt er einen Schritt zurück und zeigt auf eines der hohen zottigen Tiere. Clara kreischt erschrocken auf und schlägt sich die Hand vor den Mund. »Wie kommst du auf die Idee, ich könnte auf einem Kamel reiten wollen?«

»Du selbst hast mich darauf gebracht, du verrücktes Ding! Du hast dich im Kino beim Anblick der Tiere gekugelt vor Lachen. Weißt du nicht mehr? Deshalb bin ich darauf gekommen.« Er bezahlt den Wärter mit einem Shilling und steckt das Wechselgeld ein. »Ich dachte, du würdest gern mal eins aus der Nähe sehen. Du darfst es auch füttern, wenn du dich traust.«

Sie nimmt eine Handvoll Maiskörner aus dem Beutel, den der Mann ihr hinhält. »Hüten Sie Ihre Finger, Ma'am«, rät er augenzwinkernd. »Da ist schnell mal einer abgebissen.«

»Welchen willst du behalten?«, scherzt Ted weiter. »Am besten vielleicht den Ringfinger.«

Clara ignoriert die beiden. Sie hält die flache Hand hin, und das Kamel kommt näher, schnuppert, dann saugt es die Körner geräuschvoll mit seinen dicken schwarzen Lippen auf und lässt seinen Geifer zurück. »Das ist nicht anders, als ein Pferd zu füttern«, erklärt sie ihm sachlich und denkt dabei an den Pferdewagen des Lumpenhändlers, der ab und zu vor ihrem Elternhaus hält.

Der Wärter drückt ein Stöckchen an den Hals des Tieres und zieht am Strick, damit es in die Knie geht und das Paar aufsitzen kann. Ted steigt hinter Clara in den Sattel, wo er an ihren Rücken gedrückt sitzt, und legt die Arme um ihre Taille.

»Keine Sorge«, flüstert er, als sich das Kamel aufrichtet. »Ich halte dich fest.«

Der Wärter führt sie den ganzen Weg hin und zurück, an den Flusspferden und am Affenhaus und allen Tierkäfigen vorbei. Clara fühlt sich halb wie eine afrikanische Königin und halb wie ein Zootier, weil sie von den übrigen Besuchern begafft wird.

»Wie findest du die Kamele jetzt?«, fragt Ted, kurz bevor sie wieder beim Pavillon ankommen.

»Aus der Nähe gesehen sind sie nicht mehr so lustig. Eigentlich tun sie mir sogar leid.« Dann aber blökt ihr Kamel, was sich anhört wie ein Nebelhorn, und steckt seine lange rosa Zunge ins Ohr des Wärters, und sie können sich kaum halten vor Lachen.

Sobald sie wieder mit den Füßen auf dem Boden stehen, nimmt Ted Claras Hand. Er kauft Zuckerwatte, und zusammen zupfen sie mit den Fingern süßen Flaum ab und schieben ihn sich genüsslich in den Mund, um ihn auf der Zunge schmelzen zu lassen. Im Löwengehege liegt ein einzelnes Männchen auf einem Felsen, während vier Weibchen an den Gitterstäben entlangstreunen. Clara und Ted verfolgen sie mit Blicken, als ein Wärter ruft, dass der Zoo in Kürze schließe, und so schlendern sie zum Ausgang.

Sie gehen im Regent's Park spazieren und folgen einem Weg dem Sonnenuntergang entgegen.

Ted deutet auf eine alte Eiche, die allein auf dem Rasen steht und eine einladend breite Krone hat. »Komm«, sagt er. »Lass uns da drüben eine kleine Pause einlegen.« Er zieht ein Flasche Portwein aus der Tasche. Er hat auch zwei Gläser in einer Geschenkschachtel mitgebracht. »Echtes Kristallglas.« Zum Beweis schnippt er mit dem Fingernagel dagegen, damit es klingt.

Clara hält die Gläser, während er einschenkt. »Oh Ted, das scheint ein guter zu sein.« Sie probiert ein Schlückchen. »Ist er auch! Das hättest du nicht tun sollen.«

»Ich gehe nur auf deine Vorlieben ein«, sagt er mit einem Grinsen, das nicht ganz so verwegen ausfällt, wie er möchte.

»Du solltest dich nicht über alles lustig machen«, erwidert sie. Ted ist der einzige Mensch, der sich Mühe gibt, damit sie sich besonders fühlt, und sie will nicht, dass er es mit einer Hand gibt und mit der anderen wieder wegnimmt. »Das ist nett von dir. Sehr aufmerksam.«

»Dann auf dich.« Er hebt theatralisch sein Glas. »Auf das schönste Mädchen, das zu kennen ich je das Vergnügen hatte.«

»Schon wieder tust du es!«

»Nein, gar nicht! Ich meine es ernst. Ich finde dich prima. Wirklich.«

Clara strahlt übers ganze Gesicht. Und sie empfindet wieder jene Wärme, die sich nur einstellt, wenn sie mit ihm zusammen ist. Sie weiß genau, sie sollte sich das nicht erlauben. Sie hätte ihm längst sagen sollen, dass das mit ihnen nichts wird. Aber sie will nicht. Sie will geradewegs bis an den Klippenrand gehen und hinuntersehen. So, wie ihr gerade zumute ist, würde sie sogar springen.

Ted fasst sie um die Taille und beugt sich zu ihr, und so beobachten sie die Leute, die mit ihren Hunden auf dem

Weg unter den Laternen vorbeigehen. Wenn sie schweigen, kann sie die Affen im Zoo schnattern hören. Bald ist nur noch ein Lichtstreifen am Horizont zu sehen. Ted schenkt ihre Gläser wieder voll. Er breitet seinen Mantel auf dem Boden aus, setzt sich darauf und klopft auf den Platz neben sich. Clara löst die Schnallen ihrer Halbschuhe und streift sie mit den Füßen ab. Sie setzt sich neben ihn, und als er sie richtig küsst, legen sie sich zurück auf seinen Mantel und halten sich in den Armen. Die Gläser stehen unbeachtet im Gras.

So im Dunkeln können sie sich einbilden, die Einzigen im Park zu sein, und Clara genießt in vollen Zügen Teds Geruch, sie möchte ihn geradezu auf der Zunge schmecken. Ihre Lippen berühren die Härchen in seinem Nacken. Wenn sie ihm so nah ist, riecht er nach Seife, ganz sauber und rein. Ein Schauder läuft über ihre Schultern.

»Es wird kühl, nicht wahr?« Sie schiebt einen Finger unter sein Jackett, tastet nach einem Hemdknopf und schnippt ihn aus dem Knopfloch, um ohne Warnung die Hand in die Lücke zu schieben und seine Haut zu spüren.

Wie kommt es, dass die Welt anhält, wenn man jemanden so berührt? Eigentlich unmöglich, und dennoch ist es so. Zu gern würde sie für immer so liegen, mit einer Hand auf seiner Brust spüren, wie er atmet. Sie hat alle Zeit der Welt.

Ted hält sie fester. Er schiebt die Zunge ein bisschen tiefer in ihren Mund, und dann öffnet er zwei Knöpfe ihres Mantels, nicht die obersten zwei, sondern die über der Taille, und fasst um ihre Rippen. »Das ist besser«, flüstert er. »Das ist schön und warm.«

Jetzt sollte sie ihm Einhalt gebieten. Sie weiß, er wartet darauf, und sie sollte es wirklich tun. Doch sie will nicht. Nicht jetzt schon. Sie streicht an seiner Taille entlang, schiebt den Finger unter den Hosenbund, fühlt seinen Hüftknochen und den kleinen Bauchansatz. Der erinnert sie plötzlich an Nancys Töchterchen. Es konnte die Welt ebenfalls zum Anhalten bringen, das kleine Wesen. Doch nicht für lange. Und daran hat sie nichts ändern können.

Teds Hand streift ihre Brust. Er zieht eine Hand aus ihrem Mantel und nestelt an den noch geschlossenen Knöpfen. Mit einem Mal wird er ungeschickt, und es fühlt sich falsch an, dass ein so korrekter Mann so achtlos wird. Seine Hände kommen ihr jetzt fremd vor. Er schiebt ein Bein zwischen ihre und legt sich auf sie. Sein Gewicht macht ihr das Atmen schwer, sodass sie plötzlich die Freude daran verliert, ihn zu berühren und sich berühren zu lassen. Der Letzte, der das getan hat, war ihr Vater, und der roch auch nach Seife.

Sie zieht die Hand aus seinem Hemd, stößt ihn an der Schulter weg und reißt den Oberschenkel hoch, damit er von ihr herunterrollt.

Ted liegt rücklings im Gras. »Warum hast du das gemacht?« Er setzt sich auf, gekränkt und verwirrt und heftig atmend. Sie blicken einander böse an. »Ich dachte, du wolltest das auch.«

»Wollte ich, ja.«

»Was hast du denn plötzlich?«

»Ich weiß nicht … es war zu viel.«

»Es war doch kaum was.«

»Dann eben zu schnell … ach … ich weiß es nicht.«

Ted seufzt schwer. Er lässt den Kopf hängen. Nach ein paar Augenblicken rutscht er zu ihr hinüber und legt eine Hand auf ihr Knie. »Es tut mir leid. Das war nicht richtig. Aber ich dachte, du wolltest.«

»Ich wollte es ja«, bekräftigt sie. Es kommt ihr vor, als steckte er sie in eine Schublade und klebte ein Etikett darauf, und zugleich findet sie, dass sie unvernünftig gewesen ist, dass sie Schuld hat, wie ein Kind, das seine Meinung von einer Minute zur anderen wechselt.

Er zieht ihr den Mantel zu. »Wir sollten wohl nichts tun, was wir nachher vielleicht bereuen.«

»Ja, Ted.« Doch sie würde es nicht bereuen. Jedenfalls nicht, wenn die Dinge anders lägen.

Sie fühlt sich hin- und hergerissen. All ihre Wünsche schließen einander aus. Dafür kann sie nicht einmal etwas. Das ist es, was sie so wütend macht, denn es ist nur wegen der anderen Leute so. Es hat nichts mit ihr und Ted zu tun. Es kommt daher, dass jeder ihnen vorschreiben will, wie sie zu leben haben. Nicht, dass das tatsächlich stattfindet, und dennoch ist es wahr. Die Möglichkeit, schwanger zu werden, ist so real wie nur was. Schon der Gedanke daran nimmt einen solchen Raum ein, dass ihr Kopf zu platzen droht. Sie schlägt sich eine Hand vors Gesicht. »Es ist unmöglich!«

»Sag das nicht.«

»Aber so ist es, Ted.«

Jetzt ist er es, der wie ein Kind schaut. Er ist plötzlich mürrisch wie ein kleiner Junge, der seinen Willen nicht bekommt und den Grund nicht erfährt. Fast hat sie Mitleid mit ihm. Und das macht ihr ein schlechtes Gewissen. Sie legt eine Hand auf sein Knie und knibbelt an den Rillen des Twills.

»Ich liebe dich«, sagt er unvermittelt.

»Wie bitte?«

»Das tue ich.«

»Was hat das damit zu tun?«

»Na, vielen Dank.«

»Hat es nun mal nicht.«

Ausgerechnet das sagt er jetzt. Sie würde ihn am liebsten ohrfeigen. Ja, wirklich.

Doch er lässt es nicht auf sich beruhen. »Clara, ich bin in dich verliebt. Ich will, dass wir heiraten. Ich wollte eigentlich bis zu meiner Beförderung warten, aber ich habe etwas auf die hohe Kante gelegt. Es ist nicht viel, wirklich nicht, doch es genügt vielleicht. Also kann ich es dir ebenso gut jetzt sagen.«

»Und ist das alles, was du von mir denkst?«

»Wie bitte?«

Sie springt auf und klopft sich den Mantel ab.

»Ich verstehe nicht«, sagt er.

»Was glaubst du, was das für mich heißt? Ich kann entweder eine Ehefrau oder eine Hure werden – oh, und übrigens, Mutter kann ich so oder so werden. Bleibt mir noch eine andere Wahl, Ted? Ist das alles, was du mir anbieten kannst?«

»So war das nicht gemeint.« Ted steht ebenfalls auf. Er greift sich an die Stirn, als hätte er Kopfschmerzen. »So muss es doch nicht sein.«

»Nein. Nicht für dich jedenfalls. Ich bin es, die alles verlieren kann!« Sie nimmt ihre Handtasche und setzt den Hut wieder auf. »Ich gehe jetzt nach Hause. Es war ein Fehler. Es tut mir leid, Ted. Es war dumm von mir herzukommen.«

»Warte!« Hastig tastet er im Gras nach dem Portwein und den Gläsern, packt alles in seine Tasche und hebt den Mantel auf. »Warte, Clara! Ich begleite dich«, ruft er ihr nach.

»Das will ich nicht!«, ruft sie zurück.

Bis sie den Weg erreicht, hat er sie eingeholt. »Nicht, Clara.« Er fasst sie beim Ärmel. »Warte auf mich.«

»Ted, ich möchte jetzt allein sein.«

»Aber abends ist das gefährlich.«

»Tatsächlich?« Sie braust erneut auf, noch wütender als

vorher, denn obwohl sie sich selbst vorwerfen kann, wie weit es zwischen ihnen gekommen ist, gab es doch von Anfang an keine faire Auswahl. All das, was sie tun muss und wie sie sich zu benehmen hat – nichts davon ist fair. Für sie beide nicht, aber vor allem für sie. Und Ted hat recht. Sie kann nicht einmal abends allein eine Straße entlanggehen. Denn das ist der Kern der Sache, nicht wahr? Sie kann ohne die Hilfe eines Mannes nicht einmal nach Hause gehen!

Was gäbe sie jetzt nicht für ein Fahrrad. Damit würde sie davonflitzen und sich selbst sicher und noch dazu anmutig heimbringen.

»Geh weg, Ted!«

Doch als sie zur Straße gelangt, ist er noch da, zwanzig Schritte hinter ihr.

»Ich passe nur auf, dass du gut nach Hause kommst«, ruft er und hebt die Hände zum Zeichen, dass er nicht die Absicht hat näher zu kommen. »Ich muss wissen, dass du sicher angekommen bist. Um meinetwillen, Clara. Nicht deinetwegen. Ich will nicht aus Sorge die halbe Nacht wach liegen.«

Clara geht weiter und schaut nicht mehr zurück, obwohl sie eine halbe Stunde bis zum Gefängnis braucht. Dabei sagt sie sich die ganze Zeit über, dass es so kommen musste und dass sie es gewusst hat. Hat sie denn geglaubt, alles werde sich wunderbar gerecht fügen nur um ihretwillen? Hat sie geglaubt, Ted sei ein zu netter Kerl, um auf mehr zu dringen? Aber ein bisschen länger wäre schon schön gewesen. Er ist das Einzige, was sie außerhalb ihrer Arbeit hat, und als sie sich umdreht, ist er noch da, zwanzig Schritte hinter ihr, wie sie wusste. Sie geht zu ihm.

»Ich möchte dich um Verzeihung bitten«, sagt er, noch bevor sie ganz bei ihm ist.

»Nein, nicht.« Inzwischen hat sie sich beruhigt, hatte Zeit zum Nachdenken. »Du kannst nichts dafür. Nicht wirklich. Aber ich kann mich nicht weiter mit dir treffen, Ted.«

»Sag das doch nicht.«

»Es war schön, Ted. Aber ich habe nie vorgehabt, meine Arbeit aufzugeben. Das hätte ich gleich zu Anfang sagen sollen, also habe ich dich vielleicht getäuscht. Und das hast du nicht verdient. Du verdienst eine, die dir gibt, was du willst.«

»Aber ich will dich. Das weiß ich genau.«

Ehe er weiterreden kann, küsst sie ihn. Nur ein Mal. Auf die Wange. Wie sie es seit einem Monat tun. »Leb wohl, Ted.«

»Ich werde nächste Woche wieder hier sein«, ruft er ihr nach. »Zur selben Zeit wie immer. Das gibt dir Zeit, um darüber nachzudenken, und wenn du mich hier nicht sehen willst, wirst du es mir persönlich sagen müssen. Das zumindest bist du mir schuldig.«

9

Nancy steht um halb fünf auf. Sie wäscht sich an ihrer Schüssel und zieht ihre Dienstkleidung an. Sie muss die Arme nach hinten recken, um sich das Kleid zuzuknöpfen. Sie bürstet sich die Haare, bindet die Haube unter dem Kinn zu und verlässt ihre Zelle, die sie hinter sich abschließt, dann steigt sie die Metalltreppe hinunter in die Halle.

Der Speiseraum ist halb besetzt. Am hinteren Ende servieren einige vom Küchenpersonal das Frühstück von drei großen Blechplatten, auf denen es mit Abdeckhauben warm gehalten wird. Sie nimmt einen Bückling und eine Scheibe Toast und schenkt sich eine Tasse aus der großen Teemaschine ein. Sie wählt einen Platz am Tisch in der Nähe von Mrs Armitage, die mit zwei Wärterinnen plaudert. Die Namen fallen ihr gerade nicht ein. Sie stellt ihr Frühstück ab und zieht sich den Stuhl heran. Kaum hat sie sich gesetzt, kommt Miss Jackson auf sie zu.

»Melden Sie sich freiwillig zum Dienst, Miss Cooper?«

»Verzeihung, Miss?«

»Wenn Sie darauf bestehen zu arbeiten, sollte Ihnen aber klar sein, dass Sie nicht bezahlt werden.«

»Ich verstehe nicht, Miss.«

Die Oberaufseherin erlöst sie. »Heute haben Sie frei, Miss Cooper. Sie sollten gar nicht hier sein!«

Die Kolleginnen am Tisch unterbrechen ihre Gespräche und schauen die beiden amüsiert an.

»Es tut mir leid. Da habe ich mich wohl geirrt.« Nancy erhebt sich, um den Speiseraum zu verlassen.

»Sie brauchen sich nicht zu entschuldigen, und Sie dürfen gern zu Ende frühstücken.« Miss Jackson nimmt ihr gegenüber Platz. »Wir wollen doch nichts vergeuden.«

Nancy setzt sich wieder, obwohl sie jetzt am liebsten woanders, mit ihrer Scham lieber allein wäre. Sie ruft sich den Dienstplan am Schwarzen Brett ins Gedächtnis. Heute ist Donnerstag. Sie hätte wissen müssen, welcher Wochentag ist. Allerdings hätte sie nicht gedacht, so bald nach Antritt einer neuen Stelle schon einen freien Tag zu haben.

Schnell frühstückt sie zu Ende, dann kehrt sie in ihr Zimmer zurück, gerade als die Glocke schellt, das Zeichen für die inhaftierten Frauen aufzustehen. Sie schließt die Tür, zieht das Dienstkleid aus und hängt es auf. Im Unterrock setzt sie sich auf die Bettkante. Draußen auf dem Gang scheppern die Eimer gegen das Geländergitter, denn die Frauen gehen sich ihr Waschwasser holen.

Nancy fragt sich, was andere Leute mit ihrem freien Tag anfangen. Sie könnte ausgehen, doch dafür ist es noch zu früh. Sie legt sich hin und versucht zu schlafen. Nach einer ganzen Weile setzt sie sich auf. Ihr ist die Jacke eingefallen, an der sich ein Knopf gelöst hat. Er steckt in der Tasche und wartet darauf, angenäht zu werden. Das könnte sie jetzt erledigen. Sie geht an das Wandbord, auf dem sie das Nähzeug aufbewahrt, trägt es mitsamt der Jacke zum Bett und will gerade anfangen, als ihr in den Sinn kommt, dass dies die Arbeit der Gefängnisinsassinnen ist. Sie sitzen an den Tischen in der Halle oder in der Zelle und nähen. Daraufhin legt sie die Jacke beiseite. Aber sie kann nicht einfach dasitzen und nichts tun. Wenn jemand sie jetzt sehen könnte, sie durch das Bullauge beobachtete, wie sie es mit der Frau in der

Nachbarzelle getan hat, was würde derjenige von ihr denken, wenn sie in Unterwäsche auf dem Bett sitzt und Däumchen dreht? Ihr Blick fällt auf den Lippenstift auf dem Wandbord. Clara hat ihn ihr zum Geburtstag geschenkt, und das erinnert sie daran, dass sie sich einen Spiegel kaufen wollte. Sie schaut auf ihre Taschenuhr. Die Geschäfte werden bald öffnen. Sie zieht sich das Kleid an, mit dem sie im Gefängnis angekommen ist, setzt sich den Hut auf und streift die Handschuhe über.

Am Gefängnistor erwartet sie halb, dass man sie aufhält und wieder hineinschickt, doch die Pförtnerin grüßt sie lediglich.

»Mal was Schönes unternehmen, hm?« Sie schiebt ihr das große grüne Anwesenheitsbuch hin, damit sie sich einträgt.

»Das hab ich vor.« Aber es wird wohl seltsam wirken, wenn ich binnen einer Stunde zurückkomme, denkt Nancy.

Als sie hinter der offenen Tür ins helle Tageslicht tritt, wird ihr von der Sonne schwindlig. Sie bleibt stehen und legt kurz die Hand über die Augen. Den Regenschirm klemmt sie sich unter den Arm und öffnet zwei Mantelknöpfe. Sogar das Wetter legt es heute darauf an, sie in die Irre zu führen. Allerdings entdeckt sie doch ein paar Wolken am Himmel, also kann es vielleicht noch regnen. Nach zwanzig Schritten denkt sie an ihr Portemonnaie. Sie hat bloß das bisschen Kupfergeld, das schon darin war, als sie ihren Koffer gepackt und ihr Elternhaus verlassen hat. Sie macht kehrt.

»Was vergessen?«, fragt die Pförtnerin, und Nancy zieht das gleiche Gesicht wie ihre Mutter, wenn sie ihr vorhielt, zu nichts nütze zu sein. Sie geht zur Krankenstation, weil sie Clara zu finden hofft, aber dort ist niemand außer einem Arzt, einem jungen, geschniegelten, der sich die Haare auf einer Seite mit Pomade nach hinten kämmt.

»Was kann ich für Sie tun?«, fragt er mit einem vielsagenden Grinsen. »Es sei denn, Sie sind hier, um etwas für mich zu tun?«

Nancy weicht seinem Blick aus. »Ich suche Clara. Ist ihr Zimmer hier irgendwo?«

»Was wollen Sie von ihr?«

»Sie ist meine Schwester.«

»Clara ist Ihre Schwester? Wirklich? Wusste gar nicht, dass sie eine hat. Aber jetzt wo Sie es erwähnen, entdecke ich eine gewisse Ähnlichkeit.« Er mustert sie von Kopf bis Fuß. »In den Augen vielleicht?«

»Wissen Sie, wo ihr Zimmer ist?«

»Ja. Ich denke nur nicht, dass ich es Ihnen sagen sollte. Nicht solange ich nicht weiß, worum es geht. Vielleicht haben Sie ja etwas Schändliches vor.«

Schon fühlt sich Nancy wie ein aufgespießter, zappelnder Schmetterling und hofft, eher jetzt als gleich von dem Arzt entlassen zu werden, denn ihr ist klar, was er vorhat.

»Ich muss mir von ihr etwas Geld borgen.« Sie bereut ihre Worte sofort, aber Männer wie er haben etwas an sich. Sie lassen einem keine Freiheit zum Atmen oder zum Denken. Und sie machen es einem schwer, Nein zu sagen.

Sie versucht, die Situation ins Lustige zu ziehen. »Ich stehe bis zum Zahltag ohne einen Penny da.«

»Nun gut, ich werde ihr sagen, dass Sie nach ihr gefragt haben. Ach nein. Ich kann etwas Besseres für Sie tun.« Er greift in die Hosentasche und hält ihr ein paar Shilling hin. »Nur zu. Sie können sich ebenso gut von mir etwas borgen. Schließlich weiß ich ja, wo Sie wohnen. Ich nehme an, man hat Sie oben in einem der Flügel untergebracht?«

»Ja.«

»C-Flügel?«

»Nein.«

»Das ist ungewöhnlich. Normalerweise wohnen die Neuen im C-Flügel. Wo sind Sie denn?«

»D.«

»Dann kann ich Sie ja finden, falls Sie es nicht zurückzahlen.« Er tritt näher und drückt ihr das Geld in die Hand.

»Danke.« Sie geht, und dann an der Tür: »Ich gebe es Ihnen zurück. Am Ende des Monats. Sobald ich meinen Lohn bekommen habe.«

Sie eilt die Camden Road entlang. Zu schnell, denkt sie und erinnert sich daran, dass sie gemächlich bummeln darf. Bewusst bleibt sie stehen und sieht in das erste Schaufenster. Dann merkt sie, dass sie vor einer Metzgerei steht. An der Scheibe kleben Zettel, die Jersey-Schwein, Nackenkoteletts und Bauchschmalz anpreisen. Nicht die Art Geschäft, die sie im Sinn gehabt hat, doch warum sollte sie nicht auch dieses interessant finden können? Hinter der Scheibe hängen Rind- und Lammfleisch an Haken. Ein Rückenfilet. Ein halbes Pfund Schwanzstück. Eine Frau tritt neben sie, sieht etwas, das ihr zusagt, und geht in den Laden. Nancy entdeckt einen Strang Würste und denkt, wie schön es wäre, sich welche zum Abendessen zu braten, und wäre der Frau beinahe gefolgt, als ihr einfällt, dass sie in der Kantine isst und auch gar keinen Herd hat. Trotzdem muntert der Gedanke sie auf, dass sie hineingegangen wäre, dass sie den Mut gehabt hätte.

Sie spaziert weiter an der Castle Tavern und Bessie's Needlemakers vorbei, wo es Haushaltswäsche und Kurzwaren gibt. An der nächsten großen Kreuzung hat ein neues Kaufhaus eröffnet. Da wird man sicherlich Spiegel bekommen, und sie beschließt, hineinzugehen und geschmackvoll einzukaufen, wie es ihre Schwester täte. Sie geht durch die schicke Drehtür und steht in der großen Halle, wo sie über den Lärm und die bunten Auslagen staunt. Über ihr befindet sich ein großer goldener Käfig mit echten Vögeln, allesamt Exoten mit leuchtendem Gefieder in Rot, Türkis oder Gelb. Ein Paar Elefantenstoßzähne, mit eingelegtem Silber an den Spitzen, sind aufrecht über einer Tür befestigt. Das ist wie eine andere Welt – oder vielmehr als könnte man hier die ganze Welt kaufen –, und sie schlendert zwischen den Ladentischen hindurch, betrachtet Schmuck und Parfümflaschen und Kleider in allen Formen und Farben.

Allmählich entspannt sie sich und hat die Muße, andere Kundinnen zu beobachten, auch die Verkäuferinnen, die sie bedienen. Sie hat auch mal als Verkäuferin gearbeitet, allerdings nicht in einem so großen schicken Kaufhaus. Aber trotzdem, sie war mal eine. Plötzlich scheint das gar nicht so lange her zu sein. Vielleicht könnte sie wieder als Verkäuferin arbeiten. Sie hat ein paar junge Frauen kennengelernt, die sich ein eigenes Zimmer leisten konnten, und wenn ihr Vater ihr den Lohn nicht weggenommen hätte, dann hätte sie vielleicht selbst darüber nachgedacht.

Sie findet einen Handspiegel, der ihr gefällt, einen schlichten mit Eichenrahmen. Der Ton passt hübsch zu ihren Haaren, also kauft sie ihn, obwohl er mehr kostet, als sie normalerweise ausgeben würde. Sie steckt das Wechselgeld in ihr Portemonnaie und überlegt, was sie als Nächstes tun könnte. Einen Kaffee trinken, denkt sie. Wie Clara, wenn sie jetzt hier wäre.

An der Haupttreppe bemerkt sie ein Hinweisschild, laut dem sich im dritten Stock ein Café befindet. Dort angekommen, findet sie es sehr ansprechend. Es ist nicht zu voll und nicht zu leer, und sie setzt sich an einen Tisch am Fenster, wo sie Interesse an dem Treiben auf der Straße vortäuschen kann, falls sie sich zu sehr beobachtet fühlt. Sie stellt sich vor, sie warte auf ihre Verabredung, vielleicht auf eine der glanzvollen Damen, die im Stockwerk unter ihr einkaufen. Ihr gegenüber sitzt auch eine Frau allein am Tisch, das findet sie angenehm. Sie trägt einen großen runden zitronengelben Hut mit einer Rosette aus weißer Seide, was Nancy an die Frauen von der Lady Visitor's Association erinnert. Ein Teegedeck wird vor sie hingestellt und dazu eine Auswahl Kuchen auf einem hohen Porzellanständer. Die Frau gegenüber fängt Nancys Blick auf und lächelt sie an. Na bitte, sie wirkt gar nicht deplatziert.

Die Kellnerin kommt und fragt Nancy, was sie ihr bringen darf. Nancy bestellt Kaffee und dann aus einer Laune heraus ein Stück Erdbeerbiskuit. Auf die Frage, ob sie Schlagsahne wünscht, sagt sie Ja, allein weil ihre Mutter missbilligend schnalzen würde. Nachdem das Bestellte serviert wurde, trinkt sie langsam den Kaffee und isst ihren Kuchen in winzigen Häppchen, zwischen denen sie beträchtliche Zeit verstreichen lässt, um die Erfahrung voll auszukosten.

Die Frau am Nebentisch lächelt sie erneut an. »Es sieht so aus, als ob die Sonne die Regenwolken doch noch vertreibt.«

»Ja«, sagt Nancy. »Das scheint mir auch so.«

Ein Weilchen später bittet die Frau die Kellnerin um die Rechnung.

»Für mich auch bitte«, sagt Nancy. Das Café füllt sich gerade mit Kunden, die ein frühes Mittagessen einnehmen möchten, und die beiden beobachten die umstehenden Tische, bis die Kellnerin einen Silberteller mit einer gefalteten Rechnung vor sie hinstellt. Nancy faltet ihre auseinander und sieht die Summe. Sie ist höher als gedacht, und ihr Herz setzt für einen Schlag aus, weil ihr einfällt, wie viel

Geld der Arzt ihr gegeben und was der Spiegel gekostet hat. Sie greift nach ihrer Börse und geht mit dem Zeigefinger durch die Münzen. Sie spürt, dass ihr die Farbe aus dem Gesicht weicht. Ihr Geld reicht nicht aus, um die Rechnung zu begleichen. An den Kauf des Spiegels hat sie nicht mehr gedacht, als sie den Kuchen bestellte, und nun wird sie sich blamieren. Sie wird es der Kellnerin gestehen müssen, und Gott weiß, was dann passiert.

»Du liebe Güte! Ist Ihnen nicht wohl?« Die Frau am Nebentisch beugt sich zu ihr. »Sie sehen aus, als hätten Sie einen Geist gesehen.«

Nancy weiß, sie sollte jetzt lächeln und sagen, es sei alles in Ordnung, doch ihre Zunge gehorcht ihr nicht, sie bringt kein Wort heraus. Und als sich die Kellnerin nähert, die nun bezahlt werden will, schafft Nancy es lediglich weiterzuatmen.

Die Frau mit dem gelben Hut erhebt sich. »Ich möchte auch für die Dame dort zahlen«, sagt sie zur Kellnerin und zückt bereits eine Pfundnote, während sie sich zu Nancy herabneigt. »Sie waren eine so charmante Gesellschaft, meine Liebe. Gönnen Sie mir das Vergnügen.«

»Ich danke Ihnen.« Nancy macht einen Knicks, als sie aufsteht, und der Frau entschlüpft ein kleines Lachen. Sie tippt auf Nancys Handrücken.

»Man sieht selten jemanden ein Stück Kuchen so sehr genießen. Ich persönlich esse so viel davon, da denke ich kaum noch daran, dass er zum Genießen da ist.«

»Vielen Dank«, sagt Nancy noch einmal, dreht sich auf dem Absatz um und flieht aus dem Café. Sie fühlt sich erniedrigt und ärmlich, als sie zwischen den feinen Kleidern und Kostümen hindurchgeht, froh, dass die Frau in Gelb ihr nicht folgt, und entschlossen, nicht zu weinen, bis sie das

Kaufhaus verlassen hat. Aber ach, wie hat sie nur so dumm sein können? Ausgerechnet unter solchen Leuten musste ihr das passieren! Sie hätte klüger sein und nicht hingehen sollen, wo sie nicht hingehört.

Sie wagt nicht, noch einmal die Drehtür zu benutzen, und findet einen Seitenausgang, eine gewöhnliche Tür, die sich öffnen und schließen lässt, wie es sich gehört, und in der man nicht festsitzen kann. Kaum draußen rennt sie über die stark befahrenen Straßen, weicht Pferdewagen und Automobilen aus, dann huscht sie in eine Seitenstraße. Sie möchte das Kaufhaus so weit wie möglich hinter sich wissen und läuft blindlings weiter, als wäre es ihr gleich, wohin ihre Füße sie tragen. Dann jedoch ist sie nicht überrascht, als sie in die Seven Sisters Road einbiegt. Deutlich langsamer geht sie an den Reihenhäusern der Straße entlang, auf der sie gewohnt hat. Sie bleibt auf der Seite gegenüber ihrem Elternhaus und hält auf Höhe der Haustür an. Sie schaut, ob hinter den Fenstern jemand zu erkennen ist.

Die Frau in dem Café hat sich geirrt. Die Sonne hat die Wolken nicht vertrieben. Und es ist noch kälter geworden. Sie hält sich den Mantelkragen zu. Wenn er jetzt herauskommt, wird er sie mit ins Haus nehmen, und sie wird keinen Widerstand leisten. Das weiß sie. Sie denkt, sie will es. Will hineingehen. Will den Trost der vertrauten Dinge. Den Sessel am Kamin. Schmorbratenduft. Eine Zeit lang wäre er gut zu ihr. Das weiß sie. Er würde sie verwöhnen, ihre Mutter zwingen, freundlich zu sein und das Sticheln zu unterlassen. Auch würde er sie für eine Weile nicht anrühren.

Am Fenster des Zimmers, in dem sie niedergekommen ist, meint sie, jemanden zu sehen. Sie schließt die Augen. Wenn er sie jetzt beim Arm nimmt, dann möge es geschehen. Sie fängt an, bis hundert zu zählen, und wenn sie sie wieder öffnet, wird alles vorbei sein. Dann wird etwas passiert sein. Bei fünfzig beginnt es zu regnen. Ein Tropfen fällt auf ihre Nase. Einer auf ein Augenlid. Es hat eine Zeit gegeben, als sie noch ein Kind war, da hatte sie Freude, wenn es regnete. Sie hatte dann immer den Kopf in den Nacken gelegt und lachend den Mund geöffnet. Sie und Clara hatten Regentropfen auf der Zunge gefangen.

Bei siebenundachtzig macht sie die Augen auf. Niemand kommt aus dem Haus auf sie zu. Sie schlägt den Rückweg zur Camden Road ein.

Vor dem Gefängnis stehen Suffragetten mit Protestschildern und Bannern. Eine sieht sie vorbeigehen. »Eine Ausgabe der *Suffragette* gefällig, Madam?«, fragt sie, doch Nancy schaut vor sich auf den Boden und hält auf das Tor zu.

10

Ted erhebt sich, als Clara sich dem Tisch nähert. »Ich möchte mich entschuldigen.«

»Bitte nicht. Wenn überhaupt, bin ich es, die …«

»Nein, das stimmt nicht. Du brauchst dich für nichts zu entschuldigen.«

»Also gut.« Clara versucht zu lächeln. Sie zieht einen Stuhl unter dem Tisch hervor und setzt sich verlegen.

»Ich bin froh, dass du hier bist.« Ted wagt nicht zu lächeln. »War mir nicht sicher, ob du kommst.«

»Ich habe doch gesagt, ich komme.«

»Ja. Und ich bin froh darüber.«

Du lieber Gott! Werden sie mit den Höflichkeiten auch mal aufhören? Wenn sie sich nicht davon abbringen kann, wird es noch Stunden so weitergehen. Sie versucht zu schweigen und schaut sich erst einmal in der Teestube um. Es gibt weiße Korbtische mit Tischdecken aus rosa Spitze. Auf jedem steht eine rote Kerze, gehalten von einem Cupido aus Porzellan, der seinen Bogen spannt.

»Warst du schon mal hier?« Sie fragt sich, ob er die Teestube deswegen ausgesucht hat.

»Vorbeigelaufen, aber nicht reingegangen.« Er schaut peinlich berührt. »Es hat einen eigenen Stil, nicht wahr? Wir können woanders hingehen.«

»Nein. Das ist nicht nötig. Wirklich.« Sie dreht den Kerzenständer so, dass Cupidos Pfeil von ihnen weg zeigt.

»Erzähl mir von deiner Arbeit.« Er verblüfft sie. Schon damit. Schafft es in Sekundenschnelle, dass sie sich entspannt. »Sie ist dir offenbar wichtig, und tatsächlich habe ich dich nie danach gefragt. Ich habe wohl angenommen, dass du nur arbeitest, weil du Geld verdienen musst.«

»Anfangs war es so, Ted. Ich wollte unbedingt zu Hause ausziehen, und die Stelle verpflichtet mich, in der Anstalt zu wohnen. Also war das der günstigste Weg für mich. Ich bin jetzt schon eine Weile dort und bekomme Anerkennung. Es macht mir sogar Spaß. Nicht alles und nicht jeden Tag, aber ich fühle mich geschätzt und leiste etwas Wertvolles.«

»Was für Frauen sitzen dort ein?«

»Du meinst die Mörderinnen?«

»Nein, an die habe ich nicht gedacht. Ich meinte es ganz allgemein. Was für Frauen sind es, die im Gefängnis landen?«

»Du wärst überrascht. Viele können nicht richtig lesen und schreiben und sind dort, weil sie ihr Elend im Alkohol ertränken oder weil sie versuchen, ein Auskommen zu finden.« Sie meint Prostitution. Sie sollte es aussprechen, das Wort laut sagen, doch sie kann sich nicht überwinden, nicht vor Ted. Er wäre nur peinlich berührt, und wenn nicht … nun … Ihr schießt der Gedanke durch den Kopf, auch Ted könnte zu Prostituierten gehen, aber sie verscheucht ihn sofort. »Frauen werden viel härter bestraft als Männer.«

»Tatsächlich? Ich hätte geglaubt, man würde sie milder behandeln. Aber das weißt du besser.«

Clara nickt. »Ja. Es ist wohl wahr.«

Beide zögern, unsicher, wohin die Unterhaltung führen wird, bis Ted fragt: »Und du kannst die Arbeit nicht behalten, wenn du heiratest? Das ist so üblich, nicht wahr?«

»Ja. Ich müsste die Stelle aufgeben, und dazu sehe ich keinen Grund. Du vielleicht?«

»Nicht, wenn du es nicht willst.«

Die Besitzerin der Teestube kommt an ihren Tisch, eine ältere Frau in einem roten Kleid aus Krepp und Spitze. Mit gewandter Geste zündet sie die Kerze an und dreht den Cupido wieder herum. Ob sie die Kuchenauswahl sehen möchten, fragt sie.

»Nein, danke«, antwortet Clara ohne Zögern. »Wir hätten gern Tee für zwei und zwei Scones mit Butter.«

Sichtlich enttäuscht schreibt die Frau die Bestellung auf ihren Block.

»Kein Wunder, dass du dich in der Falle fühlst«, sagt Ted, als sie wieder allein sind. »Also lag es nicht an mir? Du findest mich nicht zu hässlich oder zu dumm?«

»Nein, Ted. Keinesfalls.«

»In der Bank, wo ich arbeite, gab es eine junge Frau, und sie machte ihre Arbeit gut. Sie saß am Empfang und war nett zu den Kunden. Ihr wurde gekündigt, nachdem sie geheiratet hatte. Ich fand das unsinnig. Ich habe ihr gesagt, sie könne doch den Ring ausziehen, doch dazu war es schon zu spät, und sie meinte sowieso, es käme ihr nicht richtig vor, sich für etwas auszugeben, das sie nicht ist.«

»Viele Frauen tun das.«

»Aber sie sollten nicht dazu gezwungen sein. Nachdem sie fort war, dachte ich, dass wir im Grunde alle dabei verlieren.«

Die Kellnerin bringt einen Teller mit zwei Scones und einem Schälchen roter Marmelade. Sie stellt Teegedecke hin und serviert den Tee in einer verschnörkelten Kanne, dazu ein Kännchen Milch.

Ted spielt den Gastgeber und schenkt Clara ein, dann sich selbst. »Meine Mutter war sehr engagiert darin, Gutes zu tun, in der Armenversorgung vor allem. Sie war auch gescheit, genau wie du.«

»Und das gefällt dir an Frauen?«

»Natürlich.«

»Anderen Männern nicht.«

»Mag sein.«

Clara schneidet einen Scone auf und bestreicht ihn mit Butter. »Was gefällt dir noch an mir?«

Ted braucht nicht zu überlegen. »Ich mag deine Art zu sagen, was du denkst.«

»Das tue ich nicht immer.«

»Aber oft. Und du weißt auch, was du willst. Zum Beispiel, als du mich im Bus von Brixton geküsst hast. Das würden nicht viele tun. Nicht so.«

»Es war nur ein Kuss.«

»Aber du hast es riskiert, dass ich dich danach vielleicht weniger achte.«

»So groß war das Risiko nicht. Die meisten Männer lassen sich gerne küssen.«

Eine dumme Bemerkung. Sie klang, als küsste sie ständig Männer. Nicht nur Ted. Und sie bringt die Erinnerung an ihren Ausflug in den Zoo und den Park zurück, mitten in die alberne rosa Teestube, und Ted denkt sicherlich auch daran, denn plötzlich sagt er keinen Ton mehr.

Clara wirft einen Blick über die Schulter zur Ladentheke, wo die Besitzerin steht und sie beobachtet. Sie streckt die Hand über den Tisch und berührt Teds Fingerspitzen. »Ich mag es, wenn man mir zuhört. Das ist einer deiner Vorzüge, die ich am meisten schätze. Du lässt mir Freiraum.«

»Tue ich das?«

»Ja. Wenn ich mit dir zusammen bin, kann ich frei atmen.« Sie drückt seine Hand. »Aber ich will mit meinem Leben etwas anfangen können. Es hat keinen Sinn, gescheit zu sein, wenn man das nicht nutzen darf.«

»Ich finde, du solltest tun können, was du willst, Clara. Ich will dich nicht daran hindern.«

Die Türglocke klingelt, und herein kommt ein kleines Mädchen mit einem Korb Rosen. Es nickt der Besitzerin zu und geht zielstrebig zum Tisch der beiden. »Eine Rose für einen Penny, Mister?«

»Hier, ich möchte eine.« Flink greift Clara nach ihrer Börse und gibt dem Mädchen das Geldstück, bevor Ted sein Geld in der Hand hat. »Die ist für dich«, erklärt sie, und er nimmt die Blume und riecht daran. »Macht es dir etwas aus, wenn eine Frau dir Blumen schenkt?«

»Nicht, wenn du es bist.«

Sie stehen auf, um zu gehen. Am Ladentisch fragt Clara die Besitzerin, wie viel sie ihr schuldig sind.

»Zwo sechs«, antwortet sie an Ted gerichtet.

»Ich bezahle.« Clara hat ihre Börse schon hervorgeholt und legt die Münzen auf den Tresen, was die Frau sauertöpfisch verfolgt.

»Hast du vor, immer zu bezahlen?«, fragt Ted, sobald sie draußen sind.

»War dir das peinlich?«

»Ein bisschen, wenn ich ehrlich bin. Ich werde nächstes Mal schneller sein müssen.«

»Ich möchte nach Belieben bezahlen, Ted. Das ist mir wichtig.«

»Vorsicht! Ich könnte mich daran gewöhnen.«

»Das ist nicht lustig, Ted. Wenn ich nicht mal etwas so Geringfügiges nicht tun kann, was dann?«

»Also möchtest du mich wiedersehen?«

Clara bricht seiner Rose den Stängel ab, um ihm die Blüte ans Revers zu stecken. »Ich glaube, ich kann mich gar nicht davon abhalten. Aber ich möchte, dass es anders ist.«

»Wie zum Beispiel?«

»Ich weiß nicht. Ich möchte jedenfalls nicht, dass wir uns auf Erwartungen festlegen.«

»Inwiefern?«

»Nun … Dinge als selbstverständlich voraussetzen vielleicht.«

»Ja, richtig«, sagt Ted, als müsse er sich angestrengt darauf besinnen.

In sicherer Entfernung vom Gefängnis küsst sie ihn leicht auf den Mund, mit einem Gefühl, als hätten sie einen Neuanfang geschafft. Als wäre alles neu. Und sie glaubt zu verstehen, wieso es manchmal das Beste ist, das zu tun, was keiner versteht. Und man tut es, weil es für einen selbst genau das Richtige ist. Wie zum Beispiel, sich mit einem Mann zu treffen, obwohl das unvernünftig ist. Oder einer Mutter ihr Neugeborenes zu lassen, obwohl klar ist, dass die Situation sie aufreiben würde.

Nach diesem Gedanken ist es ihr ein Bedürfnis, Nancy zu sehen, mit ihr offen zu sprechen, und sowie sie das Gefängnistor passiert hat, steigt sie die Treppe hinauf, die von ihrem eigenen Zimmer wegführt. Es ist schon spät, aber Nancy sollte noch auf sein. Sie möchte sich bei ihr entschuldigen, darüber reden können, was mit dem Säugling geschehen ist, und ihr sagen, dass sie an ihrer Schwangerschaft nicht selbst schuld war.

Auf den Treppen ist niemand, es ist still in dem Flügel, und vor Nancys Tür angekommen, klopft sie und geht sofort in das Zimmer. Als Erstes sieht sie den langen weißen Kittel des Arztes, der erschrocken herumfährt und damit den Blick auf Nancy freigibt. Sie steht mit dem Rücken an der Wand, die oberen drei Knöpfe ihres Dienstkleids sind offen, ein Stoffdreieck ist zur Seite geschlagen und enthüllt das Schlüsselbein und den Brustansatz.

Der Arzt tritt von ihr weg, knöpft sich den Kittel zu, streicht sich über seine pomadigen Haare. »Ich wollte sie nach dem Geld fragen, das sie mir schuldet«, erklärt er Clara steif, schon auf dem Weg zur Tür.

Sie hat Mühe, zu begreifen, was sie soeben gesehen hat. Dass ihre Schwester nichts Gutes im Schilde führt, ist ihr erster Gedanke, doch im nächsten Moment fängt Nancy an zu schluchzen.

»Warum immer ich?« Sie wischt hektisch über ihr Kleid, wie um etwas loszuwerden, das für andere nicht zu sehen ist.

Clara fasst ihre Handgelenke, damit das aufhört. »Das ist nicht deine Schuld.«

»Doch. Es ist, als ob sie etwas an mir wittern, als wüssten sie, dass bei mir etwas nicht stimmt. Ich wollte mir das Geld gar nicht leihen. Ich habe ihn um nichts gebeten, er hat es mir aufgedrängt.«

Clara hält sie bei den Wangen und küsst sie auf die Stirn. »Wie viel war es?«

»Zwei Shilling. Nur bis zum Monatsende.«

»Ich werde ihm das Geld geben«, verspricht Clara. »Sofort. Und ich werde ihm klarmachen, dass es damit vorbei ist.«

11

Fünf Frauen sind nötig, um die Herzogin niederzuhalten, und Nancy ist froh, dass sie keine von ihnen ist. Stattdessen muss sie beim Einflößen helfen, und so steht sie mit dem großen weißen Emailkrug zwei Schritte von dem Stuhl entfernt und versucht, sich zu überzeugen, dass die Prozedur die richtige Methode ist.

Miss Jackson hat eine Hand frei. Sie drückt einen Finger fest gegen das Zahnfleisch, mit dem Daumen hebt sie die Oberlippe an, damit der Arzt es mit eigenen Augen sieht. »Hier.« Sie zeigt auf einen Spalt, der vorhanden ist, obwohl die Herzogin die Zähne zusammenbeißt.

Der Arzt beugt sich näher heran. »Danke, Miss Jackson.« Er geht zu dem Tisch neben der Tür und kehrt mit einer Spreizzange zurück. »Miss Cooper? Wenn Sie lernen wollen, wie das gemacht wird, müssen Sie genau zusehen. Das ist Ihr erstes Mal, nicht wahr?«

Nancy, die den Blick zu Boden gerichtet hat, hebt den Kopf wie eine Schülerin, die im Unterricht aufgerufen wird. »Ja, Sir.«

»Nun also, dann müssen Sie achtgeben.« Er hat offenbar beschlossen, sie wie ein Kind zu behandeln, um sie zu bestrafen. »Wir würden ihr die Suppe lieber mit einer Tasse einflößen, doch sie ist noch zu sehr bei Kräften.« Er steht dicht neben den Wärterinnen, die die Herzogin bei den Gliedmaßen gepackt halten und auf den Stuhl drücken. Miss Jackson hält von hinten den Kopf fest und die Zähne entblößt. Der Arzt setzt die Spreizzange an der besagten Lücke an und schiebt sie langsam, aber entschieden hinein. »So ist es gut.« Er sagt das in einem Ton, als habe er der Herzogin einen Löffel voll Sirup verabreicht.

Er dreht die Schraube, um die Kiefer auseinanderzudrücken, und die Sehnen am Hals der Frau treten hervor, als sie umso fester die Zähne zusammenbeißt. Sie versucht zu schreien, aber ohne Mithilfe der Sprechwerkzeuge gelingt ihr nur ein langes, tiefes Stöhnen, das abreißt, wenn sie Luft holt und schluckt. Der Arzt dreht weiter an der Schraube, bis zwischen den Zahnreihen ein kleiner Spalt entstanden ist. »Das sollte genügen. Jetzt rasch den Schlauch her.« Mit einem Holzspatel drückt er ihre Zunge herunter. Miss Barraclough reicht ihm ein Ende des Schlauchs und rollt den übrigen von ihrer Hand ab, bis er sich in Nancys Reichweite befindet. »Wenn wir einen Schlauch benutzen, können wir die Nahrung unmittelbar in den Magen leiten.« Langsam führt er den Schlauch durch den Rachen.

Die Herzogin erschaudert und stemmt sich ein wenig vom Sitz hoch.

»Dadurch behält sie, wenn sie sich übergibt, wenigstens ein bisschen bei sich.« Er senkt den Kopf bis vor ihren Mund, um zwischen die Zähne zu spähen. »Ich denke, wir sind so weit. Heben Sie den Krug an, Miss Cooper.«

Nancy tut wie geheißen, damit die Suppe in den Trichter läuft, und hoffentlich weder zu schnell noch zu langsam. Sie ist froh, dass die Wärterinnen die Hände vor dem Gesicht der Herzogin haben und deren Augen verdeckt sind, denn Nancy könnte es nicht ertragen, von ihr bei alldem angesehen zu werden.

Die Herzogin erbebt und will sich erneut aufbäumen,

doch die Wärterinnen halten sie noch fester gepackt und drücken sie auf den Sitz zurück. Derweil tritt Miss Jackson heran und hält eine Brechschale für den Moment bereit, wenn der Schlauch herausgezogen wird.

»So«, sagt der Arzt. »Diesmal ohne Verletzung.« Obwohl er weiß, dass es noch dazu kommen kann. Wenn beim Herausziehen Suppe in die Lunge gelangt, kann das zum Tod führen. Er zieht den Schlauch schnell und entschlossen heraus, und nachdem das getan ist, lassen die Wärterinnen die Gefangene los.

Die Herzogin gibt Geräusche von sich wie eine Katze, die einen Haarball hervorwürgt. Nancy verlässt hastig die Zelle und stellt den Krug auf den Rollwagen, dann wartet sie neben der Tür, froh über die kurze Pause. Miss Denton kommt mit dem Stuhl heraus und wischt ihn mit einem Lappen ab, den sie in dem bereitgestellten Wassereimer nass macht. Miss Barraclough spült den Schlauch durch und reinigt den Trichter. Die Wärterinnen folgen dem Arzt aus der Zelle und begeben sich mit ihm auf das untere Stockwerk, wo sie dieselbe Prozedur an einer älteren Frau wiederholen, die im Rollstuhl sitzt.

An diesem Morgen sollen noch neun weitere Suffragetten zwangsernährt werden, und Nancy muss bei allen den Krug halten. Der scheint jedes Mal schwerer zu werden, bis ihr klar wird, dass nur sie selbst sich immer schwerer fühlt. In ihr verhärtet sich etwas und fällt wie ein Stein in ihren Magen. Die Frauen sind selbst schuld, sagt sie sich. Die Unannehmlichkeiten haben sie sich selbst zuzuschreiben. Doch sie weiß, dass das eine Lüge ist. Für Selbsttäuschung hatte sie schon immer ein gutes Gespür.

Am Abend überwindet sie sich und geht in den Gemeinschaftsraum, wo das Feuer im Kamin brennt und wo es ein

Klavier gibt. Einige Wärterinnen können Klavier spielen, und manchmal wird miteinander gesungen. Man braucht jedoch nicht auf Lieder zu hoffen, wie sie derzeit im Varietétheater zu hören sind. Das wäre nicht passend.

Heute Abend sitzt niemand am Klavier. Stattdessen lässt sich Mrs Armitage lang und breit darüber aus, dass »die keine richtigen Frauen sind«.

Sie sitzt an dem Tisch mit ihrem Strickzeug, ihre Nadeln klirren angriffslustig. »Wenn Gott gewollt hätte, dass wir alle gleich sind, hätte er uns alle als Männer erschaffen.«

Manche der Wärterinnen nicken dazu, aber nicht alle. Die Hungerstreiks regen jeden auf, andererseits gibt es hier keine Frau, die in ihrem Leben nicht schon eingeschüchtert und an ihren Vorhaben gehindert worden ist.

»Ich würde sie verhungern lassen«, verkündet Mrs Armitage, die noch lange nicht fertig ist. »O ja. Wenn es das ist, was sie wollen, würde ich sie im Sarg hinausbefördern. Außerdem geschieht es ihnen recht. Was soll denn noch alles kommen? Wollen die Regierung seiner Majestät erpressen. Wo um alles in der Welt soll das noch hinführen?«

Nancy schlüpft aus dem Raum, ehe sie bemerkt wird. Diese Frau hat ein dreistes Mundwerk, denkt sie, dann aber fällt ihr ein, dass das der Lieblingsausdruck ihres Vaters ist, und sofort möchte sie ausspucken und sich den Mund spülen.

Sie kehrt in den Suffragettentrakt zurück. Alles ist still. Kein Laut ist zu hören. Sie hält nach dem Star Ausschau, während sie die Metalltreppe zum obersten Stock hochsteigt. Das Bullauge in der Zellentür der Herzogin starrt sie an. Als sie das Auge daran hält, sieht sie sie auf der harten Pritsche unter der Decke liegen. So steht sie eine ganze Weile da und atmet so leise wie möglich, während sich vor ihrem

Mund ein feuchter Fleck auf dem Holz bildet. Die Herzogin rührt sich nicht. Ob da etwas nicht in Ordnung ist? So reglos schläft doch niemand. Das Beste wäre es nachzusehen, denkt Nancy und greift nach dem Schlüssel. Sie öffnet die Tür und schließt sie hinter sich. Im nächsten Moment hört sie die Gefangene atmen. Und empfindet es als beruhigend, in ihrer Nähe zu sein.

Am Morgen erscheint Miss Needler im Gemeinschaftsraum und teilt Nancy mit, dass sie vorerst ausschließlich im Suffragettenflügel arbeiten wird, und ob sie etwas dagegen habe, denn vielen sei das zu unangenehm, und es wäre besser, sie sage es gleich, anstatt dass es sie dann völlig aus der Fassung bringt. Nancy muss lächeln, denn nun kann sie die Herzogin sehen, wann immer sie möchte. Sie versichert, dass es ihr nichts ausmache.

Bevor sie die Zelle der Herzogin betritt, klopft sie an. »Guten Morgen, Daisy.« Sie freut sich, dass Miss Needler die Anrede mit Vornamen erlaubt, sofern man mit den inhaftierten Frauen allein ist. »Als Zeichen des Respekts«, so ihre Worte, »weil sie aufgrund ihrer Überzeugung hier sind. Aber lassen Sie das nicht Miss Jackson hören.«

Die Herzogin dreht blinzelnd den Kopf zur Tür. Nancy hebt das Brot und die Butter vom Fußboden auf und ersetzt sie durch frische.

»Ich muss fragen, ob Sie heute essen wollen.«

»Ich möchte um Füller und Papier bitten. Ich habe mir überlegt, dass ich wegen meiner Behandlung hier an den Innenminister schreiben sollte.« Sie richtet sich auf, schwingt die Beine aus dem Bett und zieht dabei ihr Nachthemd hoch. Sie zeigt auf einen Halbkreis von Blutergüssen, wo eine Wärterin sie zu energisch festgehalten hat.

»Ich muss nachfragen, ob das erlaubt ist.« Nancy hält das altbackene Brot vor der Brust.

»Dann werde ich also wohl warten müssen. Aber ich werde dafür sorgen, dass der Arzt die blauen Flecke in seinen Notizen festhält.«

»Und wollen Sie heute essen? Ich bin gehalten, Sie das zu fragen.«

»Und ich beabsichtige nicht, die Frage einer Antwort zu würdigen.«

»Also richte ich ein Nein aus?«

Die Herzogin legt sich wieder hin und schließt die Augen.

»Ich wünschte, Sie täten es, Miss. Jeder muss doch essen. Sie können sich ernsthaft schaden, wenn Sie so weitermachen.« Nancy rechnet mit einer scharfen Entgegnung. Als die jedoch ausbleibt, wird sie kühner. »Ich möchte gern wissen, warum Sie das tun, Miss. Warum hungern Sie derartig? Das würde ich gern verstehen.«

Die Herzogin zieht eine Braue hoch und öffnet ein Auge. »Wir befinden uns im Kampf um das Wahlrecht für alle Frauen. Auch für Sie.«

»Ich sehe nicht, wozu das gut sein soll.«

»Dann haben Sie nicht begriffen, wie unsere Gesellschaft funktioniert.«

»Auch viele Männer dürfen nicht wählen.«

»Darum geht es mir nicht.«

Nancy schaut verblüfft. Sie versteht das nicht. Sie ist nicht gut darin, ein Argument herauszukitzeln, nicht wie Clara. Die kann das jederzeit besser.

Plötzlich fährt die Herzogin sie ungehalten an. »Sie verkennen das Problem, wenn ich das mal so sagen darf.«

Nancy hat nichts dagegen. Sie ist es gewohnt, sich sagen zu lassen, dass sie unrecht hat.

»Männer werden lediglich aufgrund ihres finanziellen oder gesellschaftlichen Status benachteiligt. Den können sie aber ändern. Die Frauen dagegen werden wegen ihres Geschlechts benachteiligt, und das können sie nicht ändern. Darum müssen wir die Ordnung der Männer angreifen, die die Macht über uns ausüben.« Die Herzogin drückt sich die Schläfen, als ob der Gedankengang ihr Kopfschmerzen beschert hätte. »Sie sollten ein Buch darüber lesen. Oder besser noch, kaufen Sie eine unserer Zeitungen.«

»Ja, Miss. Danke, dass Sie mir die Zeit geopfert und es mir erklärt haben.«

Auf dem Weg hinaus schließt Nancy die Tür so leise wie möglich.

12

Clara kniet vor dem Stuhl und drückt ein Sprunggelenk mit beiden Händen an das Stuhlbein. Ihre Schwester steht hinter dem Stuhl, um den Kopf der Suffragette festzuhalten. Clara riecht Nancys Schuhwichse, kann sie selbst jedoch nicht sehen, da sie von Miss Barraclough verdeckt wird, die den Arm der Gefangenen festhält. Das einzige Gesicht, das Clara sehen kann, ist das von Miss Needler, die gegenüber kniet und das andere Bein festhält, aber mit geschlossenen Augen, als wäre sie darauf konzentriert, sich gedanklich an einen anderen Ort zu versetzen.

Die Herzogin ist inzwischen geschwächt, der Stuhl wackelt dennoch, als man ihr den Schlauch einführt. Clara packt fester zu und lehnt sich mit ganzem Gewicht auf das Bein. Nancy tritt ihr auf den Fuß. Clara zieht ihn weg und versucht, ihn unter das andere Bein zu schieben. Sie kann jedoch nicht das Gewicht verlagern und zugleich die Herzogin festhalten. Nancy tritt schon wieder auf sie, diesmal schmerzhafter und mit dem Absatz, sodass Clara denkt, sie tue das absichtlich. Böse blickt sie auf, obwohl sie einander nicht sehen können. Während der Schlauch herausgezogen wird, erfasst die Herzogin ein unkontrollierbares Zittern, und Nancy kratzt mit der Schuhschnalle über Claras Wade. Daraufhin rächt sich Clara. Sie lässt das Bein los und kneift Nancy durch den Strumpf. Wenn ihre Schwester sich so benehmen möchte, kann Clara ihr Paroli bieten.

Später, als sie sich umzieht, um sich mit Ted zu treffen, bemerkt sie einen dünnen roten Kratzer, den Nancy verursacht hat, und wird augenblicklich wütend, weil es ungerecht war. Sie steigt in ihren neuen beigen Rock, den sie aus einem Katalog bestellt und vor Kurzem im Postraum abgeholt hat, dann knöpft sie sich ihre Lieblingsbluse zu, die mit der Rüsche an der Knopfleiste. Die Strümpfe zieht sie noch nicht an, sondern steckt sie ein, weil sie Nancy zeigen will, was sie getan hat.

»Du gehst aus?«, fragt Nancy, sowie sie durch die Tür tritt.

Clara hebt den Rocksaum hoch und dreht das Bein, um ihr den Kratzer zu zeigen. »Was hat dich auf die Idee gebracht, ich könnte das verdient haben?«

Nancy zuckt halbherzig die Achseln und schaut zu Boden.

Clara spuckt sich auf den Finger und fährt damit an der wunden roten Linie entlang. »Du warst schon immer boshaft. Wenn du dich nicht in Acht nimmst, werden sie dir die Stelle nicht geben. Glaub nicht, du bekommst sie nur meinetwegen, und erzähl mir ja nicht, dass du sie nicht haben willst, weil du sowieso mal hier landest.«

»Sag das nicht.«

»Es stimmt doch, oder?«

»Ich hätte das nicht tun sollen. Es tut mir leid. Aber ich war wütend. Es ist entsetzlich, ihnen die Suppe gewaltsam einzuflößen.«

»Und wie kommst du darauf, ich könnte daran schuld sein?«

»Ich weiß nicht. Ich nehme an, weil ich ohne dich nicht hier wäre.«

Clara verbeißt sich eine Bemerkung. Sie zieht sich eine Nadel aus dem Hut, nur um sie wieder an dieselbe Stelle zu stecken. Sie setzt sich auf Nancys Bett und holt die Strümpfe hervor. Einen rafft sie bis zur Zehenspitze auf die Daumen. »Das ist eine gute Stellung, Nancy. Das habe ich dir schon mal erklärt.« Sie streift den Schuh ab und zieht sich den Strumpf behutsam über die Wade. »Du darfst sie nicht für selbstverständlich halten. Und du darfst mich nicht bestrafen. Das alles ist nicht meine Schuld. Wenn es dir hier nicht gefällt, kannst du kündigen. Das solltest du dir merken.«

»Du siehst hübsch aus.« Nancy setzt sich neben sie. Sie hat immer einen Weg gefunden, Claras Aufsicht zu entkommen. »Dein Rock gefällt mir. Der ist neu, stimmt's? Hast du was Besonderes vor?«

»Ja, wenn du es unbedingt wissen willst. Ich habe einen Freund. Er bemüht sich um mich.«

»Wie kannst du nur?« Nancy klingt mitleidig.

Clara hat keiner Menschenseele von Ted erzählt, und ihr wäre es lieber gewesen, Nancy wüsste auch nichts davon. Aber nun hat sie sich wegen ihrer Bosheit hinreißen lassen, sie wird also damit leben müssen. »Dir täte es auch gut, mal auszugehen«, erwidert sie und rafft den zweiten Strumpf zusammen. »Ein bisschen Abwechslung bewirkt Wunder. Das weißt du doch.« Sie befestigt den Strumpf, steht auf und zieht ihren Rock zurecht. »Und kein Wort zu irgendjemandem hier. Hast du mich verstanden?«

»Was ist, wenn du ein Kind bekommst?«

»Werde ich nicht.«

»Ich hab eins bekommen.«

»Das war etwas anderes.«

»Wieso bist *du* nicht schwanger geworden?«

Clara benutzt Nancys Spiegel, um ihr Aussehen zu prüfen. »Ich habe wohl Glück gehabt.«

»Du hattest immer mehr Glück als ich.«

Plötzlich schämt sich Clara, weil sie ihre Schwester im Stich gelassen hat, weil sie sie bei ihm gelassen hat. »Wenn wir beide weggelaufen wären, stünden wir jetzt noch auf der Straße. Das ist dir klar, oder? Darum musste ich erst mal für mich ein Auskommen finden. Das verstehst du doch sicher.«

Nancy hat ein Stück ihres Rocks zwischen Daumen und Zeigefinger gegriffen und zwirbelt es. »Hat sie ein gutes Zuhause bekommen?«

»Ich denke schon.« Sie nimmt Nancys Hand. »Du darfst sie nicht besuchen, Nancy. Das weißt du.«

»Möchte ich auch gar nicht. Wo immer sie jetzt ist, ohne mich ist sie besser dran.«

Und Clara weiß, dass das nicht wahr ist. Es ist genau andersherum. Nancy ist besser dran ohne das Kind. Das ist das Traurige daran. Und Clara hat nicht anders handeln können, wenn sie ihre Schwester retten wollte.

13

»Sie sind die Einzige, die anklopft«, sagt die Herzogin, ohne die Augen zu öffnen. »Wissen Sie das?«

Nancy freut sich, dass es ihr aufgefallen ist, sie ist stolz, unter den anderen hervorzustechen. Sie ersetzt Brot und Butter vom Vortag, die wieder auf dem Boden liegen. »Das tue ich nur, wenn ich allein komme.«

»Und nie, wenn Sie mich durch das Fenster beobachten.«

Nancy erschrickt, dann schluckt sie ihre Verlegenheit hinunter. »Woher wollen Sie wissen, ob ich das bin?«

»Ich kann mir nicht vorstellen, wie Sie der Versuchung widerstehen wollen. Ich könnte das nicht. Natürlich bin ich ein viel größeres Publikum gewöhnt, aber ich wäre verärgert, wenn mich überhaupt niemand beachten würde. Bitte geben Sie es zu. Ich tue das alles nicht umsonst.«

Mittlerweile sollte sie nicht mehr ganz so zusammenhängend denken und reden können. Nancy hat mit anderen gesprochen, die seit kürzerer Zeit im Hungerstreik sind und keinen zusammenhängenden Satz mehr hervorbringen. Die Herzogin dagegen spricht zwar schon langsamer, aber immer noch flüssig.

Nancy nimmt die Gelegenheit wahr und gesteht es. »Manchmal tue ich es. Ich muss auf Sie achtgeben.«

»Nun, das freut mich, obgleich ich noch nie eine weniger glamouröse Rolle gespielt habe, kann ich Ihnen versichern.«

Während der vergangenen paar Tage haben ihre Haare

den Glanz verloren, ihre Haut hat Fältchen bekommen wie feine Risse, als würde ihre Fassung bald bröckeln.

»Wie ist es, vor so vielen Leuten auf der Bühne zu stehen?«

Die Herzogin findet die Kraft, sich auf einen Ellbogen zu stützen, und ihre Augen vermögen noch zu strahlen. »Meine Liebe, es gibt keinen schöneren Nervenkitzel, als auf die Bühne zu treten. Schauspielern heißt lebendig zu sein, alles zu riskieren, die Buhrufe zu fürchten, auf Bewunderung zu hoffen.«

»Ich glaube nicht, dass Sie jemals ausgebuht worden sind! Das würde niemand wagen!«

»Ich musste mein Handwerk erlernen wie jeder andere auch. Aber auf einer großen Bühne zu stehen, zu wissen, dass ich die Leute gleich zum Staunen oder zum Weinen bringe oder dass sie mir lauthals zujubeln: Ein schöneres Leben gibt es nicht, glauben Sie mir.«

Nancy stellt sich vor, ins Scheinwerferlicht zu treten, und schaudert. »Das ist nichts für jeden.«

»Ich kann mir nicht vorstellen, warum. Nun ja, vielleicht doch. Wo würden wir noch ein Publikum finden, wenn wir alle Schauspieler wären?« Sie legt sich wieder hin. »Ich werde heute nicht essen.« Sie faltet die Hände auf der Brust.

»Ich wünschte, Sie würden.«

»Tatsächlich?«

»Ich will nicht zusehen müssen, wie Sie verfallen. Und weiß der Himmel, wie das endet. Bitte, möchten Sie es versuchen? Das würde mich beruhigen.«

»Sie sind die höflichste Wärterin, die wir hier haben. Aber mit Höflichkeit erreichen Sie nichts. Als Frau sollten Sie das wissen.«

Nancy versucht, sie zu beeindrucken. »Ich bin nicht zu

jedem höflich.« Sie ist sich dessen sicher, aber sie kann sich nicht entsinnen, wann sie zuletzt jemandem gesagt hat, was sie wirklich denkt, außer Clara. Wenn sie überhaupt je die Bühne betritt, dann höchstens als Komparsin, die tun muss, was man ihr sagt. »Es tut mir leid«, sagt sie leise.

»Wie bitte?« Die Herzogin hebt den Kopf und blickt sie direkt an.

Nancy schaut weg.

»Sie haben sich entschuldigt. Ich habe es gehört.«

»Ja.«

»Weshalb?«

»Ich muss mitmachen, wenn wir Ihnen die Suppe einflößen, und ich wollte mich dafür entschuldigen.«

»Das akzeptiere ich nicht.«

»Nein. Das habe ich auch nicht angenommen. Aber ich wollte nicht, dass Sie denken …«

Die Herzogin hebt den Zeigefinger. »Taten statt Worte! Was Sie tun, darauf kommt es an, junge Dame. Nicht darauf, was Sie reden. Gute Reden werden die Welt nicht verändern. Man muss auf die Bühne treten und handeln, oder man macht sich ewig etwas vor.«

Nancy fühlt sich sofort schuldig. Weil sie über ihr Leben nicht selbst bestimmt. Weil sie tut, was von ihr erwartet wird.

Die Herzogin schließt die Augen. Die Unterhaltung ist damit zu Ende. Doch Nancy bleibt noch einen Moment lang und fragt sich, wie sie wohl auf die Herzogin wirkt, wenn sie in ihrem Dienstkleid vor ihr steht, so verzweifelt auf Anerkennung angewiesen. Was hält wohl eine Frau wie sie von einer wie ihr? Es ist nicht verwunderlich, dass die Herzogin sie bemitleidet. Und auf mehr braucht sie nicht zu hoffen.

Am Nachmittag beendet sie frühzeitig ihre Schicht und hat ein wenig freie Zeit bis zum Abendessen. Sie entschließt sich zu einem Spaziergang, ohne besonderes Ziel, aber sie findet, sie sollte es sich zur Gewohnheit machen, möglichst oft auszugehen. Die frische Luft wird ihr guttun, und zumindest wird sie dabei Clara entkommen, die nur ständig auf sie einredet.

Vor dem Gefängnistor protestieren wie gewohnt Suffragetten. Am Straßenrand steht ein Pferdewagen mit einem Banner, auf dem steht: *Kämpft weiter, und Gott schenkt euch den Sieg*. Daneben haben sich einige Frauen versammelt, die quer über der Brust Schärpen in Grün, Violett und Weiß tragen. Auf ihren Protestschildern ist zu lesen: *Wahlrecht für Frauen*. Nancy senkt den Kopf und geht schneller.

»Eine *Suffragette* für Sie, Miss?« Die Zeitungsverkäuferin, die sie anspricht, steht ein Stück abseits und hält die Zeitung hoch, damit man die Schlagzeile sieht.

Nancy blickt auf und erkennt auf dem Foto auf der Titelseite die Herzogin. Sie geht weiter und fragt sich, was wohl über sie in der Zeitung steht. Als sie zu einem Park gelangt, folgt sie einem Weg am Rand entlang und überlegt, ob sie eine *Suffragette* kaufen soll. Schließlich ist das nicht verboten. Also, warum nicht? Es steht ihr frei, zu lesen, was sie möchte.

Bei Nancys Rückkehr steht die Verkäuferin noch da. Sie ist jünger als die anderen Demonstrantinnen, etwa in Nancys Alter und hübsch. Nancy geht langsamer. Sie lächelt unbeholfen. »Wie viel?«

»Einen Penny, bitte.« Die junge Frau reicht ihr ein Exemplar von ihrem Zeitungsstapel.

Nancy sieht sich das Foto näher an. Es wurde offenbar während einer Theateraufführung aufgenommen. Die Herzogin steht allein am vorderen Bühnenrand und streckt die Arme dem Publikum entgegen. Nancy greift in ihre Tasche nach dem Portemonnaie. Dabei fällt ihr am Mantel der Frau ein Abzeichen auf, von der Actresses Franchise League, und ohne zu überlegen zeigt sie auf das Zeitungsfoto. »Kennen Sie sie persönlich?«

»O ja, wir alle kennen Daisy.«

»Ich auch.« Dann denkt Nancy, dass sie das vielleicht erklären sollte. »Ich arbeite in dem Gefängnis. Da bekomme ich sie ziemlich oft zu sehen.«

Das bringt ihr zunächst einen argwöhnischen Blick ein, aber die Zeitungsverkäuferin besinnt sich. »Erzählen Sie ihr, dass Sie Ada getroffen haben. Sie wird wissen, wen Sie meinen. Und dass Lily die Rolle der Ophelia im Garrick Theatre gekriegt hat. Das wird sie zum Lachen bringen.«

Nancy nickt, faltet die Zeitung zusammen und verstaut sie rasch in ihrer Tasche. Zurück in ihrem Zimmer holt sie sie hervor und liest die Bildunterschrift: *Daisy Divine führt den Hungerstreik im Holloway an.* Nancy ist enttäuscht, weil der Artikel nichts Neues verrät und weil er eigentlich nicht von Daisy handelt. Sie blättert durch die Seiten, schaut sich die Ankündigung von Ratssitzungen oder von Debatten über die Mutterrolle an. Das ist eine ganz neue Welt, von deren Existenz sie bisher nichts gewusst hat. Sie findet die Ideen aufregend, aber auch beängstigend. Wie eine Mutprobe oder ein Pfänderspiel. Es ist, wie am Rand eines Steilfelsens zu stehen und zu überlegen, wie es wohl wäre zu springen.

Sie steckt die Zeitung unter ihre Matratze, aus Furcht, jemand könnte sie bei ihr entdecken und wüsste dann, worüber sie nachdenkt. Doch so lange sie auch dasitzt und näht, sie kann nicht ignorieren, was sie versteckt hat und wie es sie insgeheim beschäftigt. Sie versucht zu schlafen, aber vergeblich. Als es spät und im Gefängnis still geworden ist, steht sie auf und zieht sich ihr Dienstkleid an. Sie will die Zeitung der Herzogin geben. Als Geschenk. Daisy wird die kleine Geste offenen Ungehorsams zu schätzen wissen.

So holt sie die Zeitung aus dem Versteck, rollt sie fest zusammen und steckt sie sich unters Kleid in den Strumpf. Wenn sie leise ist, kann sie unbemerkt in die Zelle schlüpfen und sie der schlafenden Herzogin unter das Bett legen, dann am nächsten Morgen »entdecken«, wenn sie ihr das Essen bringt. So leise es irgend geht, dreht sie den Schlüssel im Schloss, schleicht hinein und drückt die Tür hinter sich zu.

»Ah, mein Mäuschen.«

Nancy fährt erschrocken zusammen.

Die Herzogin ist hellwach und betrachtet sie im Halbdunkel. »Da sind Sie wieder, um nach mir zu sehen.«

»Nein, nicht deshalb.« Nancy tritt näher. »Ich bringe Ihnen etwas.«

Die Herzogin wartet, und Nancy kehrt ihr verlegen den Rücken zu, hebt den Rock hoch und holt die Zeitung hervor. Mit dem auseinandergerollten Blatt geht sie zum Bett. »Ein Exemplar der *Suffragette.* Ich dachte, die möchten Sie vielleicht lesen. Auf der Titelseite sieht man Sie auf einer Bühne.«

Die Herzogin nimmt es und kneift die Augen zusammen. »Bei dem Licht kann ich nichts erkennen.«

»Einen Augenblick.« Nancy geht auf den Gang hinaus, nimmt eine der Lampen von der Wand und trägt sie in die Zelle. »So.«

Die Herzogin schaut sich ihr Foto an, ist jedoch unbeeindruckt. Wahrscheinlich ist sie daran gewöhnt, sich ständig irgendwo abgedruckt zu sehen, denkt Nancy.

»Ich dachte, Sie möchten sie vielleicht lesen, das Neueste über Ihre Freundinnen erfahren.«

»Möchte ich. Danke.« Die Herzogin blättert zur zweiten Seite und kneift erneut die Augen zusammen. »Meine Augen sind zu schwach. Würden Sie bleiben und es mir vorlesen?«

Nach einem Blick zur Tür holt Nancy den Stuhl aus der Ecke und setzt sich neben das Kopfende des Bettes.

»Sie müssen mir Ihren Namen verraten.«

»Nancy, Miss. Ich heiße Nancy Cooper.«

»Nun, Nancy Cooper, es würde mich sehr freuen, wenn Sie mir vorlesen.«

»Aber nur eine Seite. Ich darf nicht lange bleiben.« Sie schlägt die Titelseite um und beginnt mit einem Bericht auf der zweiten Seite. »Auf Alstone Lawn Manor, einem unbewohnten Haus bei Cheltenham, brach am Sonntag, dem 21. Dezember, in den frühen Morgenstunden ein schwerer Brand aus. Die Feuerwehr wurde sofort gerufen, und das Haus konnte vor der völligen Zerstörung bewahrt werden. Die Höhe des Sachschadens liegt jedoch zwischen vierhundert und fünfhundert Pfund. In der Nähe des Gebäudes wurden Schriften von Suffragetten gefunden und im weiteren Verlauf des Tages zwei Frauen festgenommen und vor dem örtlichen Gericht angeklagt.«

Die Herzogin kichert. »Ich weiß, wer die beiden sind.«

»Dann verraten Sie es mir bitte nicht. Ich möchte das lieber nicht wissen.« Als Nächstes wählt sie einen längeren Text. Es ist ein Brief von Christabel Pankhurst an Mitglieder der Women's Social and Political Union. Sie räuspert sich. »Der Premierminister hat angekündigt, dass in der Woche ab dem 20. Januar über den Frauenzusatz für den Gesetzesentwurf zum Männerwahlrecht diskutiert und abgestimmt wird. Das bedeutet, dass innerhalb weniger Tage über das Schicksal dieser Ergänzung abschließend entschieden wird. Die WSPU hat es von Anfang an abgelehnt, aufgrund des sogenannten Versprechens des Premierministers einen Burgfrieden zu schließen und sich auf die Novellierung des Gesetzes zu verlassen, denn die Regierung sieht sich nicht in der Verantwortung, das Gesetz durchzubringen. Es gibt jedoch Suffragetten – und es könnten sogar welche in den Reihen der WSPU sein – die wider alle Vernunft hoffen, dass trotz der Regierungsintrigen eine inoffizielle Gesetzesnovelle durchkommt. Deshalb sind diese Suffragetten versucht, ihre Militanz auszusetzen, bis der Ausgang der Parlamentsabstimmung bekannt ist. Aber jedes Mitglied der WSPU begreift, dass eine Ablehnung der Gesetzesnovelle Militanz noch mehr zu einer moralischen Pflicht und politischen Notwendigkeit machen wird als bisher. Wir müssen uns schon jetzt auf eine solche Situation vorbereiten!«

Nancy wünscht, sie hätte einen anderen Artikel gewählt, einen der nicht so offensichtlich ihre Anstellung gefährdet oder bei dem sie Worte aussprechen muss, die sie sonst nicht in den Mund nehmen würde. Und dennoch ist es aufregend, sie zu sagen. Sie liest weiter.

»Es gibt verschiedene Stufen der Militanz. Manche Frauen sind fähig, bei militanten Aktionen weiterzugehen als andere, und jede Frau muss selbst beurteilen, was sie für ihre Pflicht hält. Auf die eine oder andere Art militant zu sein ist jedoch moralische Pflicht, eine, deren Erfüllung jede Frau ihrem eigenen Gewissen, ihrer Selbstachtung sowie anderen Frauen schuldig ist, die in keiner so glücklichen Lage sind wie sie selbst oder die in der Generation nach ihr kommen. Wenn eine Frau auf militanten Protest gegen das Unrecht verzichtet, das den Frauen und dem Volk vonseiten der Regierung und des Unterhauses zugefügt wird, macht sie sich an dem Verbrechen mitschuldig. Willfährigkeit unter solchen Umständen wird zum Verbrechen. Ich weiß, die Ablehnung der Gesetzesnovelle wird Tausenden Frauen beweisen, dass Militanz unverzichtbar ist. Denn sich geduldig zeigen und sich allein auf friedliche Maßnahmen verlassen heißt, den Misserfolg riskieren.«

Danach steht Nancy sofort auf. »Das ist fürs Erste genug.«

»Was für eine Frau, nicht wahr?«

Nancy faltet die Zeitung wieder zusammen und schiebt sie unter die Matratze.

»Die dürfen Sie nicht bei mir lassen. Die wird beim nächsten Bettwäschewechsel entdeckt.«

Nancy holt sie wieder hervor und blickt sich in der kargen Zelle um, ratlos, was sie damit tun soll.

»Wenn Sie die Seiten herausreißen und einzeln zusammenfalten, können Sie sie zwischen den Seiten meiner Bücher verstecken. Am besten in *Ein makelloses Heim*. Ich glaube nicht, dass das je mal eine gelesen hat.«

Nancy folgt dem Vorschlag. Sie breitet die Zeitung auf dem Boden aus, reißt die Blätter sorgfältig entlang dem Falz auseinander, faltet sie und steckt sie in das Buch, um es wieder zwischen die anderen aufs Regal zu stellen, sodass es zusammengedrückt wird.

»Sie müssen mir wieder einmal vorlesen«, sagt die Herzogin. »Das hat mir sehr gefallen.«

»Ich werde es versuchen«, verspricht Nancy.

An der Tür fällt ihr die Zeitungsverkäuferin ein. »Ich soll Ihnen etwas ausrichten, von Ada. Lily hat die Rolle der Ophelia im Garrick bekommen.«

»Ada Wheatley?« Die Herzogin ist plötzlich ganz Ohr. »Das hat sie Ihnen gesagt? Wie ist es dazu gekommen?«

»Sie stand vor dem Gefängnis und hat die Zeitung verkauft. Von ihr habe ich das Exemplar bekommen. Sie denkt an Sie, soll ich Ihnen sagen.«

»Tatsächlich? Nun, ich werde auch an sie denken.« Die Herzogin legt sich auf ihr Kissen, verschränkt die Hände auf dem Bauch und macht die Augen zu. »Lily wird keinen Erfolg haben«, hört Nancy sie sagen, bevor sie die Zellentür hinter sich schließt. »Sie ist nicht so gut wie ich.«

14

Zehn Suffragetten befinden sich im Hungerstreik. Zehn Frauen, die nicht mehr die Kraft haben zu stehen, und deshalb werden jeden Morgen zehn andere Häftlinge in den Flügel geführt, damit sie deren Zellenböden schrubben. Sie wirken recht froh darüber. Das bringt etwas Abwechslung in ihren Alltag, und sie geben sich mehr Mühe als so manche Suffragette, die an solche Arbeit nicht gewöhnt ist. Daisy bildet die Ausnahme. Sie weiß genau, wie man Böden reinigt, und weist die arme Frau dementsprechend an.

»Sie müssen gründlicher sein. Da an der Wand ist eine Stelle, die besondere Beachtung verlangt. Und nehmen Sie reichlich Seife, ja? Ich muss mit dem Gestank von Erbrochenem leben, und an den gewöhnt man sich nie.«

Nancy beaufsichtigt sie von der Tür aus. »Genug geredet jetzt.«

Die Frau, die sich auf allen vieren über den Boden bewegt, blickt zu ihr hoch. »Ich hab kein Wort gesagt, Miss.«

»Dann fangen Sie auch jetzt nicht damit an.« Sie geht zum Bett hinüber und hinterlässt Abdrücke ihrer Sohlen auf dem nassen Zellenboden.

»Sehen Sie, was Sie getan haben, Miss.« Die Frau wischt hinter ihr her.

Nancy möchte näher bei der Herzogin sein. Sie spürt sie hinter sich in dem Bett, eine Ausstrahlung, die ihren Rücken wärmt. Noch lieber wäre sie mit ihr allein. »Das genügt für heute«, sagt sie zu der Gefangenen, die sich beim Wischen rückwärts zur Tür bewegt und den Eimer mitzieht. Nancy steht mit hinter dem Rücken verschränkten Händen da, wie man es ihr gezeigt hat, und als die Herzogin sie an den Händen streift, ist sie nicht überrascht. Sie krümmt die Finger um etwas Kleines und hält die Faust geschlossen.

»Gehen Sie jetzt, und gießen Sie den Eimer in der Putzkammer aus«, befiehlt sie. Die Frau steht auf, klaubt die Sachen zusammen und poltert mit ihren Holzpantinen den Gang hinunter. Dann erst öffnet Nancy die Faust. Auf ihrer Handfläche liegt ein kleines, eng zusammengefaltetes Papierknäuel. »Was ist das?«

»Eine Nachricht«, erklärt die Herzogin. »Nicht für Sie. Geben Sie sie Nelda.«

Hastig schließt Nancy die Faust. Sie geht zur Tür, späht den Gang entlang, dann weicht sie in die Zelle zurück und schließt die Tür. Erneut öffnet sie die Faust, halb hoffend, der Kassiber könnte sich in Luft aufgelöst haben, aber da ist er noch, gefährlich wie eine kurze Zündschnur.

»Sie haben mir eine Nachricht überbracht«, erinnert die Herzogin sie. »Das hier ist nichts anderes.«

Aber das ist etwas anderes. Etwas völlig anderes, und sie beide wissen das.

Mit einem Mal möchte Nancy möglichst weit von der Herzogin weg sein. Ohne ein weiteres Wort verlässt sie hastig die Zelle. Sie geht zur Personaltreppe und bleibt mit dem Rücken gegen die Tür gelehnt auf dem Treppenabsatz stehen. Sie weiß, dass sie dort unbemerkt ihre Faust öffnen kann. Da liegt sie, die Nachricht. Nancy wendet das Papierknäuel auf der Handfläche und bemerkt eine Seitenzahl am

Rand einer Falte. Der Zettel wurde anscheinend aus einem Buch herausgerissen. Aus dem *Schmalen Pfad* vielleicht? Doch woher hat die Herzogin einen Füllfederhalter? Sie versteckt den Kassiber im Ärmel, sodass erst einmal nichts passieren kann. Sie muss in Ruhe nachdenken, ihrer Aufregung Herr werden und sich dann entscheiden.

Was könnte auf dem Zettel stehen? Alles Mögliche. Ein Freundschaftsgruß. Eine scherzhafte Anspielung. Eine Beobachtung. Aber auch etwas Wichtiges. Etwas Geheimes. Ein Plan. Sie könnte es lesen. Mit einem Finger holt sie den Kassiber aus dem Ärmel, stellt fest, dass das Papier sehr eng zusammengerollt ist, und schiebt ihn wieder in sein Versteck. Besser, wenn sie es nicht weiß. Und nicht erwischt wird. Vor allem darf sie nicht erwischt werden. Also muss sie es rasch tun. Egal wofür sie sich entscheidet. Vernichten oder abliefern. Auf jeden Fall schnell.

Nelda hat eine Zelle im darunterliegenden Stockwerk. Nancy begibt sich sofort dorthin. Sie wirft einen Blick durch das Bullauge. Nelda ist allein. Sie sitzt auf dem Stuhl und liest ein Buch. Nancy schließt auf. Kaum durch die Tür geschlüpft, drückt sie der Frau die Nachricht in die Hand und eilt wortlos wieder hinaus.

»So«, murmelt sie aufatmend, als sie ein gutes Stück weit entfernt ist. »Das wäre erledigt.«

Sie setzt ihre Arbeit fort, beaufsichtigt die Frauen beim Gang in die Kapelle und übernimmt den Namensaufruf. Ein Lastwagen bringt neue Frauen in den Hof. Alles ist wie immer. Niemand kommt sie holen. Das war es also. Ein Gefallen für jemanden, der es nicht selbst tun konnte. Wie einem Häftling einen Brief vorzulesen. Und nun ist Schluss damit. Also wozu sich aufregen?

Wieder ein Kassiber. Dieser wird ihr in die Hand geschoben, draußen beim Hofgang der Frauen, als sie es am wenigsten erwartet, in einem Moment, als sie allein am Rand steht.

»Für Daisy«, raunt ihr jemand zu, und Nancy dreht sich um. Sie sieht gerade noch das Gesicht der Frau, die sich entfernt. Sie kennt sie nicht einmal! Sie fühlt sich benutzt. Eine Fremde kennt nun ihr Geheimnis, und Nancy fragt sich, wer noch. Wer bezieht sie bereits in Pläne ein? Wer redet gerade über sie?

Sie schiebt den Kassiber in den Ärmel, dann spaziert sie an der hohen Ziegelmauer entlang, um das Gesicht von Mrs Armitage zu beobachten, die auf der anderen Seite des Hofes steht. Die Wärterin kann es nicht bemerkt haben, sonst käme sie schon energisch auf sie zu, um die Sache zu klären. Doch Nancy ist noch immer erschrocken, und das mit gutem Grund. Die Sache ist ihrer Kontrolle entglitten. Und Mrs Armitage ist schlau. Ihr kann man nicht lange etwas vormachen.

Bei der ersten Gelegenheit eilt Nancy in eine Toilette. Und schon wieder steht sie aufgeregt mit dem Rücken an eine Tür gelehnt. Es wird nicht aufhören. Wenn sie die Nachricht überbringt, wird es weitere geben. Besser, sie wirft sie jetzt ins Klo und spült sie weg. Besser, sie macht mit dem Unfug sofort Schluss. Genug ist genug.

Doch sie tut es nicht.

Der Zettel in ihrer Hand ist ein Band, das direkt zur Herzogin führt. Das sie beide miteinander verbindet. Das Nancy für sie kostbar macht. Den Kassiber die Toilette hinunterspülen hieße, ihr den Rücken zu kehren. Und wenn sie ihn nicht abliefert, dann ist sie genau wie die anderen Wärterinnen. *Taten statt Worte.* Das macht einen Menschen aus. Also wenn sie nicht sie selbst sein will, wenn sie sein will wie die … Nun, es reicht nicht, nur darüber nachzudenken.

Sie wird die Nachricht überbringen. Und hinterher, wenn es erledigt ist, braucht nichts weiter gesagt zu werden, denn dann gehört Nancy dazu. Darin besteht die Entscheidung, die sie diesmal trifft. Sie will dazugehören.

»Was stand da drauf?«, fragt Nancy die Herzogin.

»Haben Sie nicht nachgesehen?«

»Das würde ich nie tun.«

Die Herzogin liegt auf ihrer Pritsche und starrt an die Decke. »Diese Nachrichten sind nicht so wichtig.«

»Dann weiß ich nicht, warum ich das auf mich nehme. Wenn ich erwischt werde, verliere ich meine Arbeit. Wahrscheinlich sperrt man mich gleich zu Ihnen in die Zelle.«

»Das ist mir bewusst.« Die Herzogin wählt ihre Worte mit Bedacht. »Dann sagen wir, sie sind bedeutend.«

»Wahrscheinlich ist es ganz gut, dass ich den Inhalt nicht kenne.«

Die Herzogin legt die Hände auf dem Bauch übereinander. Als sie sie öffnet, liegt ein zusammengefalteter Zettel darin.

Nancy ignoriert ihn. Sie geht zum Bücherbord und zieht den Band *Der schmale Pfad* heraus, blättert, bis sie eine Seite mit abgerissener Ecke findet. Die zeigt sie der Herzogin. »Ich bin noch nicht darauf gekommen, wie Sie an einen Füllfederhalter gekommen sind.«

»Es ist ein Bleistift.« Daisy hat die Faust wieder geschlossen. Ihr muss klar sein, dass sie jemand durch das Bullauge beobachten kann. Normalerweise würde sie auch die Augen zumachen. Alles hat sie in den vergangenen paar Tagen langsam und mit Absicht getan. Doch sie wartet auf Nancy, beobachtet sie, und Nancy schwelgt in dem Privileg, von ihr beachtet zu werden. Als sie wieder an das Bett tritt, öffnet Daisy die Faust, und Nancy nimmt den Zettel an sich.

»Für Constance.«

»Ist das die Neue?«, fragt Nancy. »Die gestern eingeliefert wurde?«

»Ich will, dass sie ihn schnell bekommt.«

»Die Nachricht ist also wichtig?«

»Bedeutend, würde ich es nennen.«

»Wenn möglich, warte ich auf eine Antwort.«

Die Herzogin belohnt sie mit einem Lächeln. »Das wird man sehr zu schätzen wissen.«

Constance ist nur wenig älter als Nancy. Sie nimmt die Nachricht entgegen, löst den Knoten und entrollt das Papier. Sie hält es dicht vor die Augen und schaut angestrengt, um die Schrift zu entziffern, während Nancy ihr Gesicht beobachtet und davon abzulesen versucht, welcher Art die Nachricht ist, neidisch, weil sie es nicht weiß.

»Ich warte auf eine Antwort«, erklärt sie und fügt dann hinzu: »Aber beeilen Sie sich damit.« Es fühlt sich gut an, Constance einen Befehl zu geben.

Die hebt ihr Kleid hoch und macht sich am Saum zu schaffen. Dabei bringt sie behutsam ein Stückchen Bleimine zum Vorschein. Sie nimmt den *Schmalen Pfad* als Unterlage zum Schreiben, doch nach wenigen Worten hält sie inne, vielleicht weil ihr bewusst wird, dass eine Wärterin bei ihr steht.

Nancy zuckt die Achseln. »Ich kann es sowieso lesen, wenn ich will.«

Constance schreibt weiter. Sie rollt das Papier auf und schlingt es zu einem Knoten. Nancy trägt die Nachricht zur

Herzogin, bevor eine halbe Stunde vergangen ist. Sie muss sie wecken, aber Daisy nimmt ihr das nicht übel. Sie weiß, Nancy hat ihre Sache gut gemacht.

»Sie sind ein richtiger kleiner Postbote«, sagt sie, während ihr die Augen wieder zufallen.

15

Clara sitzt an ihrem Schreibtisch, breitet den Dienstplan vor sich aus und streicht das Papier glatt. Ihr neues Büro ist klein, aber ordentlich. Zwei Aktenschränke, ein Regal mit Handbüchern über Abläufe im Gefängnisalltag und eine Schublade mit Aktenklammern. Es ist nicht so behaglich wie bei Miss Hardgrave, doch Clara hat eine Tür, die sie hinter sich schließen kann, und eine Sekretärin im Raum gegenüber, die Diktate entgegennimmt. Clara ist begeistert.

Am Morgen hat sie die Wärterinnen zusammengerufen und darüber informiert, dass sich die Aufgabenverteilung unter ihnen nun ändern wird. Sie kennt sie alle – ihre Stärken und Schwächen, ihre kleinen Gewohnheiten – und weiß, sie kann die Fähigkeiten dieser Frauen fördern. Es braucht nur ein bisschen Zeit und Geduld, bis jede restlos akzeptiert, dass sie die Vorgesetzte ist. Sie nimmt einen Bleistift aus dem Becher und schreibt ihre Namen untereinander, dazu die derzeitige Arbeit und die Aufgaben, die sie ihnen künftig zuteilen will.

Ein Klopfen an der Tür unterbricht sie. Miss Barraclough kommt herein, ohne auf ihre Aufforderung zu warten. »Sie müssen schnell kommen, Ma'am. Es gibt einen Notfall im B-Flügel.«

Clara steht augenblicklich auf, den Bleistift noch in der Hand. »Welche Art von Notfall?«

»Eine Suffragette hat sich in ihrer Zelle verbarrikadiert.«

»Welche?«

»424. Constance Rigby heißt sie, Ma'am. Eine der neuen.«

Als Clara in dem Flügel ankommt, hört sie Pfiffe und Gerenne auf der Treppe. Eine Reihe von Häftlingen wird vom Innenhof zu den Zellen geführt. Auf dem Gang vor Constances Tür kommen ihr etliche Wärterinnen entgegen.

»Sie will nicht nachgeben«, berichtet Miss Needler. »Sie hat mit den Brettern ihrer Pritsche die Tür von innen verkeilt. Wir können sie keinen Spaltbreit aufdrücken.«

Clara stellt fest, dass auch das Bullauge verhängt wurde. »Was macht sie da drin?«

»Das können wir nur vermuten, Ma'am. Aber sie wurde am Zellenfenster gesehen.«

»Und?«

»Sie ist nackt, Ma'am. Und sie singt die *Marseillaise*.«

Die Vorsteherin erscheint in Begleitung des Direktors. Clara tritt auf die beiden zu, um sie über das wenige zu informieren, was sie weiß, aber der Direktor ignoriert sie. Nach einem Blick durch das Bullauge dreht er sich besorgt zu Miss Hardgrave um. »Wissen wir, was sie will?«

»Das Wahlrecht für Frauen, Sir«, antwortet die Vorsteherin ruhig.

Sein Gesicht verfinstert sich. »Und was glaubt sie, wie ich ihr das verschaffen kann?« Er klopft an die Tür. »Hier ist der Gefängnisdirektor!«, ruft er, den Mund dicht an der Tür. »Ich muss Sie warnen. Es wird sehr ernste Konsequenzen haben, wenn Sie die Tür nicht freigeben.« Er wischt sich die Stirn mit einem sauberen Taschentuch, das er aus der Brusttasche zieht. Als er keine Antwort bekommt, tritt er beiseite und denkt einen Moment lang nach. »Wir werden Geduld zeigen«, teilt er Miss Hardgrave mit. »Sie wird zur Vernunft kommen, wenn sie durchgefroren ist und

Hunger hat. Dann werden wir sehen, aus welchem Holz sie geschnitzt ist.«

Er entfernt sich so rasch, wie er gekommen ist. Während er den Gang entlangläuft, zertrümmern die Gefängnisinsassinnen ihre Zellenfenster, sodass die Glasscheiben zerspringen und klirrend auf dem Zementboden im Hof landen.

Clara möchte sich am liebsten die Ohren zuhalten. Schon als kleines Mädchen konnte sie es kaum ertragen, wenn etwas zerbrach.

Miss Hardgrave muss bei dem Lärm die Stimme heben. »Stellen Sie eine Wärterin vor die Zelle, und kommen Sie sofort zu mir, wenn sich die Lage ändert.«

»Ja, Miss.«

Sie wählt Miss Needler dafür aus. »Lassen Sie mich holen, wenn sich etwas tut.«

Zwei Stunden später klopft die Vorsteherin bei Clara an. »Ich bringe Neuigkeiten. Offenbar ist dem Direktor geraten worden, die Ordnung möglichst bald wiederherzustellen, und deshalb werden in Kürze ein paar Helfer eintreffen. Würden Sie die Leute bitte zu der Zelle führen und mit allem unterstützen, was sie benötigen?«

»Ja, Ma'am. Soll ich Ihnen Bescheid geben, wenn sie da sind?«

»Das wird nicht nötig sein. Ich muss mich um andere Dinge kümmern. Sie brauchen nur zu tun, worum man Sie bittet.«

Sieben Männer warten schließlich an der Pforte, zwei Polizisten in Uniform, vier in billigen Wollanzügen mit flacher Schirmmütze, die große Segeltuchtaschen mit Werkzeug neben sich abgestellt haben. Der siebte Mann, der offenbar verantwortlich ist und vielleicht aus dem Innenministerium geschickt wurde, steht abseits von den übrigen und trommelt mit den Fingern auf dem Empfangstresen der Pförtnerin. Clara ist unsicher, ob sie ihm die Hand geben soll, und tritt zögernd auf ihn zu.

»Sie müssen die angekündigten Helfer sein«, sagt sie.

»Wir kommen wegen des kleinen Problems«, erklärt der Beamte fröhlich. Clara fragt sich, was er wohl so amüsant findet. »Das haben wir in Nullkommanichts im Griff, machen Sie sich keine Sorgen.«

»Dann hier entlang, bitte.«

»Wir wollen im Hof anfangen, wenn Sie gestatten.«

Clara findet die Idee sonderbar, doch sie bringt den Trupp rasch in den Innenhof, ohne eine Erklärung zu verlangen. Dort warten vier weitere Männer bei einem Spritzenwagen. Der Schlauch liegt bereits ausgerollt am Boden wie eine lange rosa Schlange. Bei dessen Anblick, bei dem Gedanken, wofür er benutzt werden und welche Folgen das haben kann, wird ihr schwindlig. Sie kämpft ihre aufsteigende Panik nieder und überlegt kurz, nach Miss Hardgrave zu schicken. Doch dann kommt ihr der Gedanke, dass sie gewusst haben muss, was passieren würde, und ihr deshalb die Aufgabe überlassen hat.

»Ein kleines Abschreckungsmittel.« Der Beamte reißt sie aus ihren Überlegungen. »Wir wollen schließlich verhindern, dass andere das nachahmen, nicht wahr?« Er blickt an der Gebäudewand hoch. Alle Fensterscheiben sind zerschlagen. »Eine ganz schöne Bescherung, was? In welcher sitzt sie?«

Clara versucht, wieder einen klaren Kopf zu bekommen, und zeigt auf das vierte Fenster von links. »Da oben im vierten Stock.«

»Gut. Dann gehen wir mal rein.« Er wendet sich an die

Männer, die den Schlauch handhaben. »Ich lasse Bescheid geben, sobald wir anfangen können.«

Clara führt die Männer durch die Korridore in den betreffenden Flügel und zur Treppe. Die Besucher des Gefängnisses sind meist angespannt und still, und Clara sieht es als ihre Aufgabe an, sie zu beruhigen, um ihnen das Gefühl zu geben, dies sei ein Ort wie jeder andere. Doch jetzt ist es anders. Diese Männer benehmen sich zwanglos. Gelassen. Sie vermitteln den Eindruck, dass sie das Sagen hätten und auf nichts und niemand Rücksicht zu nehmen bräuchten. Clara fühlt sich mitschuldig an dieser Invasion.

Miss Needler wartet mit besorgter Miene vor der Zelle. »Ist das wahr?«, fragt sie flüsternd. Sie fasst Clara an den Oberarm und versucht, sie von den Männern wegzuziehen. Diese öffnen bereits ihre Taschen, um Hämmer und Stemmeisen und Metallstangen mit zwei Krallen an den Enden auszupacken. Miss Needler steht dicht vor Clara. »Das ist überhaupt nicht nötig. Wissen Sie das?«

Clara nimmt sie beiseite. »Die Männer wurden vom Innenministerium hergeschickt. Wir können hier nicht mehr entscheiden.«

Die Männer tasten den Türrahmen ab, prüfen, wie stark er ist, schieben die Fingerspitzen in die Lücke zwischen Zarge und Tür. Einer nickt. »Die wird nachgeben. Soll ich den Jungs sagen, sie können anfangen?«

»Miss Needler, würden Sie ihn bitte begleiten.« Clara möchte sie los sein. »Sie werden ihm unterwegs aufschließen müssen.«

Miss Needler tut wie geheißen. Inzwischen haben wohl die Suffragetten den Schlauch im Hof liegen sehen, denn sie schlagen mit ihren Blechtassen gegen die Gitterstäbe vor den Zellenfenstern und rufen: »Schämt euch!« Clara denkt, dass Constance es bestimmt hinter ihrer verkeilten Tür ebenfalls hört und neugierig ans Fenster tritt.

»Wir gehen besser von der Tür weg«, sagt der Beamte. Die Männer weichen zu den Seiten aus und warten auf das Wasser. Clara stellt sich zu ihnen mit dem Rücken zur Wand. Sie meint noch immer, sie müsste etwas sagen, sollte versuchen, die Sache aufzuhalten, doch eigentlich ist ihr klar, dass sie das nicht tun wird. Sie wüsste auch gar nicht, wie.

Das Wasser kommt mit enormer Wucht. Es schlägt gegen die Mauer und trifft zischend auf die Gitterstäbe. Clara hält den Atem an, möchte sich gar nicht ausmalen, wie es jetzt für die Frau in der Zelle ist, die nass an der Wand kauert oder gar von dem harten Strahl getroffen wird. Wasser dringt durch den Spalt unter der Tür, wird rasch zu einem Strom, der die Stiefelsohlen der Männer umfließt und unter dem Geländer des Ganges in die Halle hinabregnet.

Der Wasserstrahl reißt ab. Für einen Moment ist es still.

Die Männer wenden sich wieder der Tür zu.

»Hier.« Einer deutet nach unten, ein anderer setzt seinen Schraubenschlüssel an der Lücke an, hebelt mit seinem ganzen Gewicht, bis das Holz knackt und splittert und ein schmaler Spalt entsteht, und dann noch einer, bis etwas nachgibt und der untere Teil der Tür aus dem Rahmen springt wie ein gebrochener Knochen. Wasser quillt durch das Loch. Der Mann schiebt den Arm hinein und tastet nach etwas, dann zerrt er an einem Brett und reißt es heraus wie einen verfaulten Zahn. Die Männer werfen sich mit der Schulter gegen die geschwächte Tür und stürzen damit in die Zelle. Augenblicke später zerren sie Constance an den Armen heraus. Sie wirkt schmächtig wie ein Kind – so nackt und nass und blau gefroren, wie sie ist. Die Männer legen sie auf den Gang und treten zurück, unsicher, was sie jetzt tun sollen. Sie schauen wie Fischer, die in ihrem Netz etwas Undefinierbares aus dem Wasser gezogen haben.

Miss Needler kommt herangeeilt. »Eine Schande ist das«, murmelt sie, als sie sich über die junge Frau beugt, dann blickt sie böse zu Clara hoch. »Bringen Sie mir eine Decke.«

Und Clara gehorcht.

16

Die Herzogin riecht ganz leicht nach Fäulnis. Es ist fast nichts, nur ein Hauch, als ob in der Zelle etwas vor sich hin fault, so als hätte jemand einen Apfel unter der Matratze versteckt und vergessen.

Nancy beugt sich zu ihrem Ohr. »Wachen Sie auf.« Daisy atmet, ihre Stirn ist feucht, also ist sie am Leben. Doch sie will die Augen nicht öffnen. »Sie waren das, nicht wahr? Sie haben Constance befohlen, sich in ihrer Zelle zu verbarrikadieren. Hab ich recht? Und ich habe den Befehl überbracht.«

Die Herzogin leckt sich mit der Zungenspitze über die Lippen. »Ich bin heute so müde«, flüstert sie.

»Warum wollen Sie mich nicht ansehen?«

»Wenn Sie nur wüssten, wie schwer meine Lider sind«, erwidert die Herzogin langsam, als koste sie jedes Wort enorme Kraft.

Das jagt Nancy Angst ein. Es sieht ihr nicht ähnlich, sich gehen zu lassen, so schwach zu sein, und Nancy erkennt, dass sie sich über den Ernst der Lage Illusionen gemacht hat. Die Herzogin ist offenbar ein Mensch wie jeder andere. Wenn sie nichts isst, stirbt sie. Ihr Zustand hat sich plötzlich so schnell verschlechtert, es kann nur Willensstärke gewesen sein, was sie so lange aufrecht gehalten hat. Nancy schiebt die Hand unter ihren Nacken, bewegt sanft ihren Kopf und streicht ihr beruhigend mit dem Daumen über die Haut hinterm Ohr.

Miss Needler kommt mit dem Arzt, einem alten, erfahrenen, der einem besorgten Gesichtsausdruck mit Autorität begegnet.

»Richten Sie sie auf, bitte.«

Nancy drückt die Hand ins Kissen und greift ihr unter eine Schulter und mit der anderen um den Nacken, sodass sie sie mit den Unterarmen hält. So hebt sie die Herzogin an und schiebt ihr das Kissen unter. Auf dem Laken liegen Haarsträhnen, die ihr über Nacht ausgefallen sind. Die Herzogin wehrt sich nicht. Sie füttern sie im Bett, indem sie ihr eine Tasse an die Lippen halten und kleine Schlucke einflößen, wie man es bei einem Kätzchen oder Kleinkind täte, und sie beißt weder die Zähne zusammen, noch dreht sie den Kopf weg. Nancy wünscht, es wäre anders, der Arzt möge die Spreizzange benutzen. Denn die Herzogin ohne Widerstand ist nicht die Herzogin. Aber wenn sie die Kraft besäße, sich zu wehren, dann wäre die Lage nicht so ernst.

»Nicht zu viel jetzt.« Miss Needler wischt Daisys rissige Lippen so behutsam wie möglich mit einem Tuch ab.

Die Herzogin übergibt sich und hustet. Es gibt noch Anzeichen von Leben, von Widerstand in ihr, tief im Innern, wohin sie sich zurückgezogen hat, um ihren Protest auszudrücken. Nancy klaubt die Haare vom Laken, bevor sie die geschwächte Frau wieder hinlegt.

Der Arzt hört sie mit dem Stethoskop ab. »Hat sie in den letzten zwei Tagen etwas bei sich behalten?« Er tastet ihre Leber und die Nieren ab, alle Organe, die versagen könnten. Er befühlt die Drüsen unter dem Kinn, dann sagt er Miss Needler, dass es dieser Gefangenen von allen am schlechtesten gehe und sie als Erste sterben könne. Er schaut in seine Notizen. »Sie hat einige Wundstellen. Könnten Sie sie bitte einmal umdrehen?«

»Wir werden Sie jetzt umdrehen, Daisy«, kündigt Miss Needler mit lauter Stimme an, als wäre die Herzogin weit weg und nicht unmittelbar vor ihr.

Sie greift unter ihre Hüfte und Nancy unter die Schulter, und bei drei drehen sie sie um. Miss Needler schiebt das Nachthemd bis zum Brustkorb hoch, entblößt die Stellen, wo Knochen dicht unter der Haut liegen. Nancy ist bestürzt über die Gebrechlichkeit, aber nicht über die Nacktheit. Sie erinnert sich daran, wie sie in der Nacht, als sie ihr Baby zur Welt brachte, das Nachthemd ausgezogen hat. Die Wundstellen auf Daisys Rücken ziehen sich an der Wirbelsäule entlang, drei davon sind faustgroß und offen, zwei andere halb so groß und kurz vor dem Aufplatzen. Es riecht schwach, aber eindeutig nach Eiter, Wundsalbe, Verwesung und Sauberkeit.

Der Arzt nickt. Er wirft noch einen flüchtigen Blick in seine Notizen auf dem Klemmbrett, als Miss Needler ihr ein frisches Nachthemd überstreift. »Geben Sie ihr stündlich etwas aus der Tasse. Die Wunden betupfen Sie alle zwei Stunden. Ihr Zustand ist äußerst kritisch.« Er notiert sich seine Anweisungen. »Das Innenministerium muss informiert werden. Ich werde sofort einen Bericht schreiben.«

Von der Krankenstation wird eine Schwester geschickt, die sich an das Bett setzt. Nancy fasst sofort eine Abneigung gegen sie, und Miss Needler sieht ihr das offenbar an. »Kommen Sie mit«, sagt sie und lenkt Nancy aus der Zelle. Vor der Tür nimmt sie sie bei den Schultern. »Geht es Ihnen gut?«

»Was wird mit ihr werden?«

»Das kann ich Ihnen nicht sagen.«

»Es muss doch etwas geben, das man tun kann, jetzt wo

sie so schwach ist. Man muss ihr doch irgendwas geben können.«

»Wir haben bereits alles getan. Jetzt können wir nur noch warten und beobachten.«

»Aber sie könnte sterben, Miss. Der Arzt hat es gesagt, nicht wahr?«

»Wir wollen hoffen, dass es nicht so weit kommt. In der Zwischenzeit müssen wir mit unserer Arbeit fortfahren. Andere Frauen warten auf ihr Bad. Wollen Sie sich bitte darum kümmern?«

Nancy befolgt die Anweisung und holt drei Frauen in ihren Zellen ab, geht mit ihnen die Treppe hinunter, durch die Gittertür und den Gang entlang, der zu den Baderäumen führt.

»Sie dürfen sich leise unterhalten«, sagt sie, als die Frauen anfangen, sich auszuziehen, dann geht sie in die Kabinen, steckt die Stöpsel in die Wannen und lässt das Wasser ein. Eine der Frauen ist im mittleren Alter und hat eine taktvolle Art, vielleicht eine Krankenschwester oder Lehrerin, und eine ist jung und stammt aus den Baumwollfabriken in Lancashire, die dritte kommt offensichtlich aus den feineren Häusern in London oder Surrey. Alle drei sind frisch inhaftiert und nicht im Hungerstreik, vielleicht, weil sie nur eine kurze Strafe abzusitzen haben. Nancy erlaubt ihnen zehn Minuten im heißen Wasser, schreitet jedoch vor den Kabinen auf und ab und gibt barsche Anweisungen zur Benutzung der Seife und des Luffaschwamms, wie man es ihr beigebracht hat. Als die Frauen wieder angekleidet sind, bringt sie sie in ihre Zellen und schließt hinter ihnen zu. Nachdem sie die letzte eingeschlossen hat, schaut sie zu Daisys Tür hoch und sieht Miss Needler und Miss Barraclough zu ihr hineineilen.

Nancy rennt zur Treppe und nimmt zwei Stufen auf einmal, während sie hofft und bangt. Sie hastet den Gang entlang und stürmt in die Zelle. Das Bett ist leer, die Herzogin fort.

Miss Barraclough rollt gerade die Matratze auf, um sie hinter der Tür zu verstauen. Ein Haufen Bettzeug liegt zusammengeknüllt am Boden, daneben das Nachthemd und das Häftlingskleid. Nancy greift sich erschrocken an den Mund.

Miss Needler kommt sofort zu ihr. »Sie ist nicht tot, Miss Cooper, falls Sie das denken.«

Nancy atmet auf. »Wo ist sie denn hin?«

»Sie wurde auf Anordnung des Innenministers entlassen. Man hat sie am Tor abgeholt.«

»Wer? Wer hat sie abgeholt? Hat sie Familie?«

»Das weiß ich nicht, Miss Cooper, aber gewöhnlich sind es Suffragetten, die die Entlassenen abholen. Für Daisy wird gut gesorgt, also schauen Sie nicht so verzweifelt. In den letzten paar Monaten haben diese Frauen sich allerhand Kenntnisse über die richtige Pflege angeeignet.«

»Aber sie kann auch jetzt noch sterben, Miss. Das stimmt doch, oder?«

»Ja, Miss Cooper. Jedoch nicht im Gefängnis.«

Nancy fühlt sich leer. Es gab schon immer ein finsteres Loch in ihr, ein Teil von ihr war immer verloren. Ihr Kind hätte den Platz füllen können. Das glaubte sie in den kurzen Augenblicken, als sie ihr Töchterchen im Arm hielt. Und nun ist die Entlassung der Herzogin ein erneuter Verlust für sie. Noch mehr Leere in ihr. Eine noch tiefere. Wie ein finsterer, nasskalter Brunnenschacht, der vom Mund bis in die Eingeweide reicht, und sie weiß, sie kann nichts tun, damit er verschwindet.

Mechanisch erledigt sie ihre Arbeiten, bis die Stunden ihrer Schicht verstrichen sind und sie sich in ihr Zimmer zurückziehen kann. Als sie allein auf dem Bett sitzt, geht es ihr nur noch schlechter, sie fühlt sich gefangen wie der Star zwischen den Dachbalken, angewiesen auf jedes bisschen Trost wie der Vogel auf die Brotkrümel. Laut Miss Needler wird Daisy gut umsorgt, sodass sie vielleicht nicht stirbt. Doch Nancy kann sich nicht vorstellen, morgen früh aufzustehen und weiterzuarbeiten, ohne die Herzogin zu sehen. Ohne sie unter demselben Dach zu wissen. Also könnte sie ebenso gut tot sein, denn Nancy wird sie nicht wiedersehen, so viel ist sicher.

Noch einmal geht sie zu Daisys Zelle, findet die Tür angelehnt und geht hinein. Nichts ist von ihr geblieben. Der Raum ist so gründlich gereinigt worden, dass sogar ihr Geruch verschwunden ist. Nancy fühlt sich innerlich wie wund gescheuert. Aber es könnte doch noch etwas zurückgeblieben sein. Sie geht an das Wandbord, nimmt das Buch heraus, in dem sie die Zeitungsseiten versteckt hat, und tatsächlich sind sie noch da. Rasch steckt sie sie ein, kehrt in ihr Zimmer zurück und faltet sie auseinander, um zu lesen. Nachdem sie alle Artikel gelesen hat, beginnt sie von vorn, und diesmal sieht sie nur überall denselben Satz schwarz auf weiß:

Taten statt Worte.

17

Clara bemerkt Nancys Fehlen erst, als die Wärterinnen sich zur Anwesenheitskontrolle einfinden. Bevor sie sie auffordert, in eine Reihe zu treten, wartet sie noch einen Moment lang, weil sie hofft, ihre Schwester werde ihr doch noch die peinliche Stille beim Aufruf ihres Namens ersparen. Sie bittet Miss Needler, sie suchen zu gehen, und schließlich meldet die Wärterin, dass Nancy weder in ihrem Zimmer noch in den Waschräumen zu finden war. Niemand wisse, wo sie ist.

Clara begibt sich direkt zu Nancys Zimmer, um selbst nachzusehen. Das Dienstkleid hängt am Türhaken. Die Reisetasche mit der Unterwäsche zum Wechseln steht noch da. Der Spiegel, den sie sich gekauft hat, liegt auf dem Bücherbord. Es scheint also, als habe sie nicht geplant, zu verschwinden. Andererseits plant Nancy nie. Ihr fehlte immer die nötige Disziplin dafür. Es sähe ihr ähnlich, einfach das Haus zu verlassen und nicht mehr wiederzukommen, ohne sich darüber Gedanken zu machen. So war sie schon immer.

Clara steht mitten in der Zelle und ärgert sich, weil sie die Hinweise auf den Grund ihres Verschwindens, die es ganz sicher gibt, nicht erkennt. Und dann wird sie unruhig, weil es solche Hinweise vielleicht gar nicht gibt. Was, wenn Nancy etwas zugestoßen ist? Wenn sie gar nicht freiwillig verschwunden ist? Aber nein, was für ein alberner Gedanke. Derlei passiert nicht so häufig, wie man meint. Es ist viel wahrscheinlicher, dass sie vom Gefängnis genug hatte und nach Hause gegangen ist. Ja. Das ist die wahrscheinlichste Erklärung. Und wenn das so ist, dann war es Nancy zu peinlich, um es ihrer Schwester vorher zu sagen. Oder sie war zu ängstlich. Clara überlegt, nach Hause zu gehen und sie zurückzuholen. Doch sosehr ihr der Gedanke missfällt, beschließt sie, Miss Hardgrave umgehend in Kenntnis zu setzen, denn genau das würde sie tun, wenn es sich um eine andere Wärterin handelte.

Dennoch zögert sie vor Miss Hardgraves Tür mit dem Anklopfen. Bisher ist sie in deren Büro immer als tüchtige Angestellte erschienen, die ihre Vorgesetzten zufriedenstellen und beeindrucken will. Sie mag vor sich selbst so tun, als wäre Nancy ein gewöhnliches Mitglied des Personals, andere werden die Verwandtschaft zwischen ihnen jedoch sicher nicht vergessen. So war es auch bei dem Kind. Beide Schwestern wurden über denselben Kamm geschoren.

Miss Hardgrave ist überrascht, sie zu sehen. Sie bereitet sich noch auf ihren Arbeitstag vor. An ihrem Kleid ist der oberste Knopf offen, und die Tür zu ihrer Wohnung steht auf, sodass Clara einen Blick auf ihr Frühstück erhascht, das neben der Morgenzeitung auf dem Tisch steht.

Clara entschuldigt sich für die frühe Störung und kommt sofort zur Sache. »Es geht um meine Schwester. Es scheint, dass sie das Haus verlassen hat.«

»Verlassen? Wann?«

»Vermutlich gestern Abend. Gestern jedenfalls. Ihr Bett ist unbenutzt.«

Die Vorsteherin bleibt ruhig. »Und Sie wissen nicht, wo sie ist?«

»Nein, Ma'am.« Clara spürt, dass sie rot wird, als sie ihr Versagen eingesteht.

»Halten Sie es für wahrscheinlich, dass sie gestern Abend jemanden getroffen hat und nicht heimgekehrt ist?« Miss Hardgrave schließt den obersten Knopf. Sie bemüht sich wohl um einen sachlichen Ton, denkt Clara, doch zugleich schwingt eine gewisse Gereiztheit mit. »Hat sie einen jungen Mann?«

»Nein«, antwortet Clara instinktiv, obwohl sie auf den Gedanken noch nicht gekommen ist. »Nein. Ich bin mir ganz sicher.«

»Das scheint mir unter diesen Umständen das Wahrscheinlichste zu sein. So etwas läuft meistens auf eine Liebesangelegenheit hinaus, auf fleischliche Schwäche. Es wäre nicht das erste und nicht das letzte Mal, dass eine unserer jungen Frauen der Arbeit deshalb fernbleibt. In ihrem Zimmer haben Sie schon nachgesehen?«

»Ja, Ma'am. Ich habe keinen Hinweis darauf gefunden, wo sie sich aufhalten könnte.«

»Keine Nachricht für Sie?«

»Nein.«

»Dennoch möchte ich mir selbst ein Bild machen.«

Die Vorsteherin durchsucht Nancys Zimmer langsam und gründlich. Mit Bedacht nimmt sie jeden persönlichen Gegenstand in die Hand wie eine Hellseherin, die mit einem Toten Kontakt aufnehmen will. Sie schaut sogar in den Spiegel. »Es wundert mich, dass sie den nicht mitgenommen hat.«

»Sollten wir die Polizei verständigen?«

Miss Hardgrave schüttelt den Kopf. »Allenfalls in drei Tagen. Vorher wird man das Verschwinden nicht ernst nehmen, und überhaupt kann die Polizei nichts tun, außer im Leichenschauhaus oder in den Krankenhäusern nachzufragen, und das können wir selbst erledigen.«

Clara ist bestürzt. »Sie meinen, das sollte ich tun?«

»Nein, Miss Cooper. Das ist noch nie nötig gewesen. Liebesaffären kommen früher oder später heraus und nehmen selten ein glückliches Ende. Versprechen werden gegeben und gebrochen. Fehler werden begangen. Ich rechne damit, Ihre Schwester sehr bald wiederzusehen.«

Sie wirft einen Blick unter die Matratze und wendet sich den Büchern zu, nimmt jedes einzeln in die Hand und blättert rasch mit dem Daumen durch. Die zusammengefalteten Zeitungsseiten fallen auf das Bett.

Sie faltet eine auseinander, überfliegt den Text und reicht das Blatt Clara. »Ein Foto von Daisy Divine. Sie erkennen sie sicherlich. Wir haben sie gestern entlassen.«

Clara fühlt sich genau beobachtet, während sie die Zeitungsseite betrachtet.

»Sympathisiert Ihre Schwester mit den Suffragetten, Miss Cooper?«

»Nicht, dass ich wüsste.«

»Und doch hat sie deren Zeitung bei sich versteckt? Nun, vielleicht gibt es dafür eine andere Erklärung. Das werden wir sehen.«

Clara beschließt, zu ihren Eltern zu gehen, wenn sie bis zum Schichtende nichts von ihr gehört hat. Vielleicht ist Nancy ja dort.

Sie lässt sich Zeit. Sie nimmt nicht die Straßenbahn, sondern geht zu Fuß. Als sie die Haustür verschlossen findet, klopft sie und wartet, anstatt ihren Schlüssel aus der Handtasche zu nehmen.

Ihre Mutter öffnet ihr nach ein paar Augenblicken. »Ach, du bist es. Du klopfst doch sonst nicht.«

»Ihr schließt die Haustür neuerdings ab.«

»Ja, weil hier weniger Menschen als früher ein und aus gehen.«

»Darf ich reinkommen?«

»Ist das Clara?«, fragt ihr Vater aus dem Wohnzimmer. »Sie soll reinkommen. Lass sie nicht auf der Schwelle stehen.«

Sie betritt das Haus und sieht ihn unbeholfen dastehen. Er weiß nicht mal, wohin mit seinen Händen.

»Es ist eine Weile her«, sagt er. »Wie lange? Zwei Wochen?«

»Ungefähr.«

»Nun, wie auch immer. Setz dich.« Er deutet auf den Sessel gegenüber. »Bring uns eine Tasse Tee, Mutter.«

»Bleibt sie denn?«

»Natürlich bleibt sie. Zumindest lange genug für eine Tasse Tee.« Er bedeutet Clara, Platz zu nehmen. »Sie muss uns erzählen, was es Neues gibt.«

Clara setzt sich in den Sessel ihrer Mutter. Ans Feuer. Normalerweise würde sie, wenn sie sich überhaupt mal ins Wohnzimmer setzt, für sich einen Stuhl aus der Küche holen, anstatt ihrer Mutter den Platz wegzunehmen. Aber heute bringt sie es nicht über sich, ihm zu widersprechen, und sie will ohnehin nicht lange bleiben. Es ist offensichtlich, dass Nancy nicht bei ihnen ist, andernfalls würde ihr Vater sich hämisch vor ihr freuen.

Der Egoismus ihrer Schwester ärgert sie, weil sie ihretwegen das Elternhaus betreten musste. »Ich bin zufällig hier vorbeigekommen. Und da dachte ich …«

»Du siehst gut aus.« Ihr Vater wirkt verlegen. Er weiß nicht recht, wie er sich weiter verhalten soll, nachdem er ein wenig Zuneigung bekundet hat. »Wirst du gut behandelt?«

»Ich kann mich nicht beklagen.«

Seltsam, wie das sein kann, dass sie nach Hause kommt und ihr Vater sie willkommen heißt und an ihren Lippen hängt. Sie vergisst immer wieder, dass er so sein kann. Dass bei ihm alles vorkommen kann. Dass alles miteinander vermengt ist. Zeitweilig hat jede der Schwestern mal geglaubt, sie sei sein Liebling, und mal, die andere sei sein Liebling.

»Also, was gibt's Neues?«, fragt er wieder.

Ihre Angst, es ihm zu sagen, steckt ihr wie ein Kloß im Hals, das Grauen des ältesten Kindes, Schwester oder Bruder zu verlieren. All die Jahre, die sie auf Nancy aufgepasst hat, haben sie geprägt, haben sie vernünftig und sicher gemacht. Sie entscheidet, dass es warten kann. Es gibt keinen Grund, warum die Eltern es gerade jetzt erfahren sollten. So oder so wird Nancy wieder zum Vorschein kommen, und dann kann sie es ihnen erzählen, wenn es unbedingt sein muss.

Ihre Mutter bringt eine Kanne Tee und zwei Tassen. Sie werde ihren in der Küche trinken, sagt sie und geht wieder hinaus. In vieler Hinsicht ärgert Clara sich mehr über ihre Mutter als über ihn. Weil sie aus ihr vorzeitig eine Mutter und Ehefrau macht.

»Ich bin befördert worden«, erzählt Clara, denn wenn sie schon hier ist, kann sie ihn auch beeindrucken. »Ich bin jetzt Oberaufseherin und brauche mich nur vor der Vorsteherin zu verantworten.«

»Das überrascht mich nicht. Du konntest schon immer gut Befehle erteilen.«

»Es bedeutet ein bisschen mehr Lohn.«

»Das ist auch richtig so. Du hast hart dafür gearbeitet. Zumindest haben wir dich nicht mehr zu Gesicht bekommen.«

»Die Bösen kennen keine Ruhe.«

»Du wirst also ein Auge auf deine Schwester haben können. Sorge dafür, dass sie anständige Arbeit bekommt. Ich nehme an, sie wird auch bald besser bezahlt.«

»Das bezweifle ich. Du weißt, wie das ist.«

Sobald ihre Tasse leer ist, entschuldigt sie sich und steht auf.

An der Tür, als sie sich bereits abwendet, sagt er noch: »Es wäre schön, sie mal zu sehen. Sag ihr, sie soll von sich hören lassen.«

Und sie findet, er sieht resigniert aus, als hätte er etwas Kostbares verloren und alles Suchen wäre zwecklos.

Auf dem Rückweg zum Gefängnis nimmt sie die Straßenbahn und sagt sich während der ganzen Fahrt, dass sie sich keine Sorgen zu machen braucht. Was immer aus Nancy wird, sie hat es sich wahrscheinlich selbst zuzuschreiben, und Clara würde es nicht guttun, Tag um Tag zu grübeln, wo zum Teufel sie steckt.

Am Morgen des dritten Tages kommt ein Brief für sie, mit dem Poststempel von Mount Pleasant, was jedoch nicht viel heißt. Nancy schreibt, es gehe ihr gut. Für sie sei gesorgt, und Clara brauche sich nicht zu beunruhigen.

Also nicht tot.

18

Clement's Inn, wurde ihr gesagt. Als Adresse der Zeitung. Nancy steht am Empfangstresen. Darauf liegen drei Schachteln mit Abzeichen und Plaketten mit grünen und violetten Bändern.

Eine junge Frau lächelt zu ihr hoch. »Kann ich Ihnen helfen?«

»Ich bin hier, um … Ich möchte Miss Daisy Divine sprechen.«

»Ich verstehe. Werden Sie von ihr erwartet?«

»Ich habe eine Nachricht für sie.«

Die Frau nickt. »Einen Moment. Ich will sehen, ob da jemand helfen kann.«

In dem Büro hinter der Rezeption stehen sechs Schreibtische, an jedem arbeitet eine Frau. Einige tippen auf einer Schreibmaschine, andere telefonieren. Die Rezeptionistin durchquert das Büro bis zur hinteren Ecke, wo eine ältere Dame an einem großen Tisch sitzt, die vor sich haufenweise Papier ausgebreitet hat. Hinter ihr an der Wand hängt eine große Landkarte Großbritanniens, an der Gruppen roter Heftzwecken leuchten.

Die Rezeptionistin spricht sie an, hört ihr zu und kommt zum Empfang zurück. »Ich fürchte, Sie haben sie verpasst. Sie ist gegen Mittag aus dem Gefängnis entlassen worden. Sie war kurz hier, ist jetzt aber weg.«

Nancy bekommt Angst, ihr ganzer Mut versiegt schon

an der ersten Hürde. »Könnten Sie mir wohl sagen, wo sie ist?«

»Vielleicht vertrauen Sie uns die Nachricht an, und wir geben sie weiter?«

Nancy schüttelte den Kopf. »Sie muss persönlich überbracht werden. Können Sie mir sagen, wo ich sie finde?«

»Ich glaube nicht.«

Nancy weicht nicht von dem Empfangstisch. »Aber es muss doch jemand wissen, wo sie ist. Es ist wirklich sehr wichtig.«

Die junge Frau schaut verblüfft. »Einen Moment.« Sie geht noch einmal zu der älteren Dame vor der Landkarte, spricht mit ihr und kommt zurück. »Bitte kommen Sie herein, und warten Sie.«

Sie führt Nancy in den Flur und weist ihr einen Stuhl neben einem verschnürten Zeitungsstapel an. Nach einigen Augenblicken kommt eine Frau von der Eingangstür, hebt vier solcher Packen auf einen Rollwagen und geht auf demselben Weg hinaus. In dem Haus geht es zu wie im Taubenschlag, es herrscht ein ständiges Kommen und Gehen. Von ihrem Platz aus beobachtet Nancy das Geschehen. Im Raum gegenüber dreht eine Frau die Kurbel eines Matritzendruckers, die frisch gedruckten Flugblätter fallen in den Ablagekorb darunter.

»Guten Tag.«

Nancy blickt auf. Zwei Frauen stehen vor ihr, genau gesagt, zwei ältere Damen, die sehr höflich, ja geradezu vornehm erscheinen.

»Wir hörten, Sie hätten eine Nachricht für Daisy Divine?«

»Ja, Ma'am. Können Sie mich zu ihr bringen?«

»Ich fürchte, das ist unmöglich.« Die Dame schenkt ihr

ein warmes, gütiges Lächeln, worauf Nancy glaubt, dass sie es täte, wenn sie könnte. Aber wenn diese Frau nicht weiß, wo Daisy ist, dann weiß es eben jemand anders.

»Haben Sie einen Brief, den ich ihr geben könnte?«

»Nein, Ma'am. Es ist eine mündliche Nachricht. Sagen Sie ihr, Nancy muss sie sprechen. Ich muss sie dringend sehen.«

»Also ist es wichtig?«

Nancy nickt. »Sagen Sie ihr, es ist bedeutend.«

»Und Sie wollen mir nicht erlauben, ihr die Nachricht auszurichten?«

»Nein, Ma'am. Ich bitte um Verzeihung, aber ich muss sie persönlich sprechen.«

Die andere Frau mischt sich ungeduldig ein, indem sie sich zu Nancy neigt und mit dem Finger auf sie zeigt. »Wissen Sie, wen Sie vor sich haben? Sie sprechen mit Mrs Pankhurst persönlich, und wenn Sie ihr die Nachricht nicht anvertrauen wollen, dann bezweifle ich, dass sie überhaupt von Bedeutung ist.«

Nancy schnappt nach Luft. Plötzlich erkennt sie Mrs Pankhurst von den Fotos in der Zeitung und schämt sich, weil man sie erst darauf aufmerksam machen musste. Doch sie bleibt bei ihrer Forderung. »Ich muss die Herzogin persönlich sprechen«, beharrt sie und überlegt, was diese beiden an ihrer Stelle täten, was eine Suffragette unter solchen Umständen sagen würde. »Und ich werde erst wieder gehen, wenn ich das getan habe«, fügt sie hinzu, verblüfft, dass sie es gewagt hat.

»Also gut.« Die Frauen gehen, ohne anzudeuten, was sie tun werden oder was Nancy tun könnte.

Eine Stunde lang wartet sie auf ihrem Stuhl. Allmählich wird sie wütend und fühlt sich hilflos. Was, wenn man sie vergessen hat oder kurzerhand ignoriert? Will sie sich wirklich weigern, wegzugehen, wenn alle anderen Feierabend machen? Und wohin könnte sie sich wenden? Zu ihren Eltern will sie nicht zurück. Dessen ist sie sich sicher. Dann bleibt ihr nur das Gefängnis. Woandershin kann sie nicht.

Jemand tippt ihr auf die Schulter. Es ist eine junge Frau, die sagt, sie könne sich ebenso gut nützlich machen, wenn sie tatsächlich eine Weile zu bleiben gedenkt. Sie nimmt Nancy mit in den Postraum und setzt sie an die Aufgabe, Briefmarken auf die Umschläge zu kleben, die sie selbst mit Werbezetteln und Flugblättern füllt.

Es dauert noch drei Stunden, bis wiederum jemand auf Nancy zutritt. »Würden Sie mit mir kommen?« Die junge Frau führt Nancy in den Hausflur und zur Tür. »Haben Sie einen Regenschirm bei sich?«

»Wohin gehen wir?«

»Sie wollen mit Daisy sprechen?«

Nancy nickt.

Die Frau greift in den Schirmständer neben der Tür. »Nehmen Sie den. Es regnet, und wir haben weit zu laufen.« Sie mustert Nancy von oben bis unten, als wüsste sie nicht so recht, was sie von ihr halten soll. »Sie haben Glück, sie möchte Sie sehen. In ihrem Zustand sollte sie eigentlich nichts anderes tun als schlafen.«

Sie begleitet Nancy zum Omnibus, stellt aber keinerlei Fragen und spricht auch kaum mit ihr. In Kensington steigen sie aus und laufen eine Straße entlang, die am Holland Park vorbeiführt. In diesem Teil Londons ist Nancy noch nie gewesen. Dafür gab es bisher keinen Anlass. Es ist eine ruhige Straße mit großen weißen Häusern und hübschen Vorgärten. Sie biegen in eine andere ein, wo die Häuser zwar noch groß, aber weniger vornehm sind und gemusterte Plattenwege zur Haustür führen.

»Hier wohnt Daisy?«, fragt Nancy.

»Daisy? In so einem Haus?« Die Frau schnaubt ungläubig. »Ganz bestimmt nicht. Sie ist in einem sicheren Versteck untergebracht. Es wird von einer Freundin geführt.« Sie deutet über die Straße. »Da drüben ist es.«

Sie überqueren die Fahrbahn, gehen um ein geparktes Automobil herum, wo ein Mann Zeitung lesend an einem Laternenpfahl lehnt.

An der Haustür zieht die Frau Nancy zu sich heran. »Sehen Sie den Mann da?«, flüstert sie. »Das ist Polizei!«

Nancy wagt nicht hinzusehen. »Woher wissen Sie das?«

»Ist das nicht offensichtlich?« Die Frau drückt auf die Türklingel, und Nancy traut sich, einen raschen Blick über die Schulter zu werfen. Für sie ist es gar nicht offensichtlich.

Ein Dienstmädchen öffnet ihnen und führt sie durch den Flur in ein Wohnzimmer, wo eine ältere Frau in einem hohen Lehnstuhl am Kamin sitzt. Sie trägt ihr weißes Haar mit einer silbernen Spange hochgesteckt und ein Kleid, das zwar schlicht und praktisch geschnitten, aber keineswegs ärmlich ist.

»Ethel Birnstingl«, so stellt das Dienstmädchen die alte Dame vor.

Diese erhebt sich und gibt Nancy die Hand. Dabei bemerkt Nancy ihre Anstecknadel in Violett, Grün und Weiß, den Farben der Suffragetten, und die fremden Schriftzeichen darauf. Jüdische?

»Nancy Cooper, Ma'am«, sagt sie so tapfer wie möglich. »Freut mich, Sie kennenzulernen.«

»Daisy sagt, Sie sind Wärterin im Holloway.«

»Das stimmt, Ma'am. Nun jedenfalls war ich das, aber …

aber jetzt …« Sie spricht den Satz nicht zu Ende, da sie merkt, wie töricht sie sich in den Ohren solch einer Frau anhören muss.

Die mustert sie. »Sie müssen ja Nerven haben, hierher zu kommen«, sagt sie. Ihr Tonfall macht es Nancy jedoch schwer zu entscheiden, ob das als Tadel oder Kompliment gemeint ist.

»Ist sie hier?«, fragt Nancy ungeduldig. »Kann ich zu ihr?«

»Sie schläft. Und in keinem Fall werde ich erlauben, dass man sie aufweckt. Allerdings hat sie den Wunsch geäußert, Sie zu sehen. Bitte nehmen Sie Platz. Sie können warten. Ich lasse Tee und Kuchen bringen.«

Sie nimmt Nancys Begleiterin mit in den Flur und schließt die Zimmertür hinter sich. Nancy hört sie leise miteinander reden. Anscheinend begeben sie sich in den Raum gegenüber. Das Wohnzimmer ist mit großen Chaiselongues und Sesseln behaglich eingerichtet. An den Wänden hängen Gemälde mit Bergen oder Bäumen, Landschaften des Kontinents, wie Nancy vermutet. Nach hinten hinaus blickt man durch französische Fenster in einen schönen Garten. Sie setzt sich in den Sessel, der am weitesten vom Feuer entfernt steht. In ihrem Elternhaus gehörte der wärmste Platz am Kamin ihrem Vater, und sie wäre barsch hinausgeschickt worden. Auf dem niedrigen Tischchen neben ihr liegt eine Zeitschrift, *The Freewoman.* Sie blättert darin und stößt auf einen Artikel über die Vorzüge der freien Liebe, und da sie nicht weiß, was damit gemeint ist, fängt sie an zu lesen: *Durch Heirat sichert sich der Mann das Exklusivrecht auf den Körper der Frau, durch den die Frau wiederum den Mann an sich bindet, damit er sie auf Lebenszeit ernährt … ein schmachvolleres Abkommen ist nicht denkbar.*

Sie legt die Zeitschrift wieder hin.

Nach ein paar Augenblicken hört sie, dass die Haustür geöffnet und geschlossen wird. Durch das Frontfenster sieht sie die Frau aus dem Clement's Inn vom Haus weggehen. Das Dienstmädchen bringt ihr Tee auf einem Silbertablett. Nancy lässt sich eine Tasse einschenken, lehnt die Scheibe Kuchen aber ab, obwohl sie hungrig ist. Im Flur tickt die Standuhr und erinnert sie unangenehm an das Gefängnis und ihre Schicht, zu der sie morgen früh erwartet wird. Inzwischen wird ihr Verschwinden schon aufgefallen sein. Sie werden sich fragen, wo sie ist. Sie denkt an Clara, die sicherlich ins Büro der Vorsteherin bestellt wurde.

Bis Ethel Birnstingl zurückkommt, ist es dunkel. Sie geht ans Fenster und zieht die Vorhänge zu.

»Kommen Sie mit«, sagt sie.

Sie verlassen das Zimmer, steigen eine Treppe hinauf und folgen einem Flur, der von Gaslampen beleuchtet wird, einer am Treppenabsatz und einer neben dem Fenster am anderen Ende. Miss Birnstingl bleibt vor einer Tür stehen, klopft an und tritt ein und lässt Nancy ebenfalls eintreten. In dem Zimmer steht ein Doppelbett mit einem hübschen blau-grünen Quilt. Im Kamin brennt ein Feuer. Und in dem Bett sitzt die Herzogin an einen Berg von Kissen gelehnt und wartet auf sie. Ihr Gesicht ist noch grau und eingefallen. Tatsächlich sieht sie umgeben von solcher Behaglichkeit sogar schlechter aus als in der Zelle. Und sie hält die Augen geschlossen. Man könnte glauben, sie schläft, denn sie gibt durch nichts zu erkennen, dass sie die Besucher bemerkt hat.

Miss Birnstingl wendet sich Nancy zu. »Sie haben eine Nachricht für sie.«

Nancy schaut zwischen ihr und Daisy hin und her und schlingt nervös die Finger ineinander.

»Ich warte im Flur.« Die alte Dame lässt sie nur widerstrebend allein, schließt aber die Tür hinter sich.

Nancy setzt sich auf die Bettkante. Wenn Daisy sie nicht ansehen kann, spürt sie wenigstens ihre Nähe. Sie überlegt, ihre Hand zu halten, traut sich aber nicht. Nun da sie bei ihr ist, weiß sie nicht, was sie sagen soll, und ringt um die passenden Worte. Schließlich spricht sie aus, was ihr das Wichtigste ist. »Bitte, schicken Sie mich nicht weg.«

Daisy rührt sich nicht.

Auf dem Nachttisch steht eine Schale mit Brühe. Nancy nimmt sie in die Hand. »Sie sollten essen.« Sie hebt einen Löffel voll an den Mund und bläst. »Ich bin gekommen, um nach Ihnen zu sehen.« Sie führt den Löffel an Daisys Lippen. »Stündlich etwas zu sich nehmen und alle zwei Stunden Wundversorgung. Das hat der Arzt angeordnet. Ich habe es gehört.«

Die Zungenspitze erscheint zwischen den Lippen, verschwindet aber wieder.

»Kommen Sie. Sie schaffen das. Es ist nicht Ihre Art, aufzugeben, nicht wahr?«

Daisy öffnet die Lippen nur einen Spalt weit, und Nancy träufelt ihr langsam die Brühe ein. Sie sieht sie schlucken. Darauf füllt sie den Löffel von Neuem und bläst, bis die Brühe lauwarm ist. Beim Einflößen aber spuckt und hustet Daisy, sodass ihr die Brühe übers Kinn läuft, dann dreht sie den Kopf weg. Nancy springt auf und reißt die Zimmertür auf.

»Eine Serviette, bitte, rasch.«

Miss Birnstingl kommt herein, nimmt ein Tuch, das gefaltet über dem Bettgestell hängt, und tupft Daisy damit den Mund ab. »Wir kommen sehr gut ohne Pflegerin zurecht, Miss Cooper. Wenn Sie nur aus diesem Grund gekommen sind, haben Sie die Fahrt umsonst gemacht.« Sie schaut Nancy böse und ungeduldig an. »Würden Sie bitte unten warten?«

Nancy geht hinaus, kann sich aber nicht überwinden, nach unten zu gehen, und begibt sich stattdessen ans Ende des Flurs, wo sie sich fragt, was Miss Birnstingl jetzt wohl tut und ob die beiden miteinander reden und was sie wohl sagen. Vom Fenster aus sieht sie den Polizisten mit seinem Bowler und Regenmantel an dem Laternenpfahl lehnen. Er blickt zu ihr hoch, weil er vielleicht ihre Silhouette bemerkt hat, dann liest er weiter Zeitung. Miss Birnstingl kommt aus dem Schlafzimmer. Sie schließt die Tür hinter sich, und Nancy denkt, dass sie nun aufgefordert wird, das Haus zu verlassen.

»Kommen Sie mit mir«, sagt die alte Dame leise, und während sie die Treppe hinuntergehen, fügt sie hinzu: »Miss Divine hat darum gebeten, dass Sie fürs Erste bei uns bleiben, und ich habe widerwillig zugestimmt. Ich lasse Ihnen im Zimmer nebenan das Bett richten.«

19

Clara erlaubt sich, die Häftlingspost auszutragen. Viel ist es nicht, eine kleine Tasche voller Briefe jeden Tag, die sie im Postraum auf dem Tisch sortiert, um sodann die Namen auf den Umschlägen durchzustreichen und die Zellennummer danebenzuschreiben. Jeder Morgen führt sie zu einer Frau, die sie noch nicht kennt. Eine Insassin, die noch kein Wort von der Außenwelt gehört hat, schaut beim Anblick des Umschlags überrascht. Die Briefe enthalten gewöhnlich schlechte Nachrichten. An diesem Morgen ist es Nr. 347. Clara hat sich vorgenommen, sich die zu den Zellennummern gehörigen Namen zu merken.

Die Frau stemmt sich vom Boden hoch, als Clara eintritt. Sie legt die Bürste in den Wassereimer. Der Boden ist zur Hälfte geputzt und glänzt in dem Lichtfleck am Fenster.

Clara hält den Brief bereits in der Hand. »Der ist für Sie.« Maud Maguire, weiß sie noch. Zelle 347. Maude Maguire.

Zögernd blickt die Frau auf den Umschlag, als könnte er beißen. Dann nimmt sie ihn rasch, reißt ihn ihr geradezu aus der Hand und dreht ihn hin und her, um ihn gleich darauf zurückzugeben. »Miss? Würden Sie ihn mir vorlesen?«

Das ist nicht ungewöhnlich, und gerade das Vorlesen schätzt Clara an der Aufgabe. Sie schließt behutsam die Tür und setzt sich auf das nackte Holz der Pritsche.

»Wissen Sie, wer Ihnen geschrieben hat? Ist es jemand, der Ihnen viel bedeutet?« Sie spricht sanft wie zu Nancy, wenn sie Trost oder einen Rat brauchte. Wie eine große Schwester es tun sollte. Wie ihre Mutter früher mit ihr gesprochen hat, bevor Nancy zur Welt kam. »Kommen Sie, und setzen Sie sich.«

Die Frau setzt sich neben sie, nicht zu nah, aber auch nicht weit weg. »Er ist bestimmt von ihm.« Ihre Augen fixieren ihren in blasser Tinte hingekritzelten Namen. »Kann kein anderer sein.«

Clara reißt den Umschlag mit dem Daumennagel auf und zieht ein einzelnes Blatt Papier heraus. Schon beim Auseinanderfalten schaut sie nach dem Namen am Ende. »Unterschrieben von Jim. Ist das Ihr Mann?«

»Ja, Miss.«

»Er hat eine gute Handschrift. Was für Arbeit hat er?«

»Keine«, antwortet die Frau rundheraus. »Ist nicht der Rede wert, was er macht. Er hat sich einen besorgt, der für ihn schreibt.«

Clara nickt. Sie hält das Blatt ein wenig weiter weg. »An Maude«, beginnt sie. »Lassen Sie mich rasch sehen, was er schreibt.« Sie hat sich angewöhnt, die Briefe still zu überfliegen und beim Vorlesen manches lieber auszulassen. »Wann kommst du raus? Weißt du's schon, oder haben sie es dir noch nicht gesagt?« Sie überspringt ein, zwei Zeilen. »Du fehlst uns. Shirley wird arbeiten müssen, wenn du nicht bald kommst.« Sie lässt den Brief sinken. »Wer ist Shirley?«

»Meine Tochter.«

»Und wie alt ist sie?«

»Neun.« Die Frau starrt auf das Papier, als wäre es ein Foto ihres Kindes.

»Und die Arbeit, von der er schreibt? Wäre das dieselbe wie Ihre?«

»Ja, Miss.«

Clara nickt. Die Frau wurde wegen Prostitution verurteilt, wie sie weiß. Sie überfliegt den Rest und gibt ihn mit eigenen Worten wieder. »Er schreibt, Bob habe sich das Bein verletzt. Er erwähnt nicht, wie, aber wenn es etwas Ernstes wäre, hätte er es sicher erklärt. Untendrunter steht: In Liebe, Jim.« Sie dreht das Blatt um, damit Maude die leere Seite sieht. »Ich werde mich bei der Vorsteherin nach Ihrem Entlassungsdatum erkundigen und sehen, ob Sie für eine frühere Entlassung infrage kommen.« Sie steht auf und geht zur Tür, froh, dass sie durch ihre Beförderung etwas Gutes bewirken kann. »Danach kann ich den Brief für Sie beantworten.« Sie streicht sich die Sitzfalten aus dem Kleid. »Nun fahren Sie bitte mit der Arbeit fort.«

Miss Hardgrave bietet diesmal kein Pfefferminzbonbon an, gewährt ihr aber ein wenig Zeit. »Was bringt Sie zu mir?« Sie bedeutet Clara, Platz zu nehmen.

»Ich habe in die Akte der Gefangenen 347 gesehen, Ma'am. Sie hat noch zwei Monate Haft vor sich. Ich möchte sie für eine frühere Entlassung empfehlen.«

»Aus welchen Gründen?«

»Wegen guter Führung, aber auch wegen der häuslichen Situation. Sie ist besorgniserregend.«

Die Vorsteherin zieht eine Braue hoch. »Was genau macht Ihnen Sorge?«

»Das geht aus einem Brief hervor, den ich ihr vorgelesen habe, eine verschleierte Drohung von ihrem Ehemann, der die Tochter zur Prostitution zwingen will, wenn seine Frau nicht bald nach Hause kommt.«

»Ich verstehe. Und Sie halten das für einen guten Grund, ihre Haft zu beenden?«

»Ja, Ma'am, das tue ich.«

»Und deshalb würden Sie die Frau ermutigen, die Prostitution wiederaufzunehmen, um ihre Tochter davor zu bewahren?«

»Ich meine nur, dass …«

»Wäre es nicht besser, die Polizei davon zu unterrichten, dass der Mann ein Verbrechen plant?«

»Nun, ja, Ma'am … aber das Mädchen …«

»Wäre vielleicht in einem Waisenhaus besser dran?« Miss Hardgrave berührt das Kreuz an ihrer Halskette. »Das sind schwierige Entscheidungen, Miss Cooper, aber zum Glück müssen wir sie nicht fällen. Je länger sie in Holloway verbringt, desto wahrscheinlicher ist es, dass wir einigen Einfluss auf die Entscheidungen genommen haben, die diese Frau nach ihrer Entlassung treffen wird. Wenn sie einsieht, dass sie bisher einen Irrweg beschritten hat, könnte sie sowohl sich selbst als auch ihre Tochter künftig davor bewahren.«

»Oder keine von beiden.«

Miss Hardgrave widerspricht ihr nicht, und Clara wird kühner. »Manchmal scheint mir, dass die Frauen hier doppelt bestraft werden.«

Die Vorsteherin nickt knapp. »In gewisser Hinsicht ist das wahr. Den Frauen wird stets mehr Leid aufgebürdet.«

Clara sieht eine Gelegenheit, ihre Vorgesetzte zu beeindrucken. »Mir ist oft aufgefallen, dass sie verglichen mit Männern härter bestraft werden. Zum Beispiel wird eine Frau, die für Trunkenheit und Zügellosigkeit verurteilt wird, mit sechs Wochen Haft bestraft, ein Mann dagegen mit einer. Kürzlich habe ich sogar von einem Mann gehört, der eine Zange nach seiner Frau geworfen und dadurch den Säugling getötet hat, den sie auf dem Arm hielt. Er bekam vier Monate Haft, wogegen wir hier eine Frau haben, die für den Diebstahl einer goldenen Uhr drei Jahre absitzt.«

»Vielleicht kann man die beiden nicht miteinander vergleichen?«

»Wieso denn, Ma'am? Vor dem Gesetz sind wir doch alle gleich.«

»Oberflächlich betrachtet, stimme ich Ihnen zu: Die Bestrafung erscheint ungerecht. Aber gerade deshalb sind wir hier, Miss Cooper. Das Verbrechen einer Frau, ganz gleich welches, wiegt schwerer, weil es gegen ihre Natur ist. Zwar ist es wahr, dass auf eine Prostituierte viele Männer kommen, die für ihre Dienste zahlen, aber wir dürfen nicht vergessen, dass dieses Verhalten in der Natur des Mannes liegt. Er ist in erster Linie ein gemeines Geschöpf, nur zum Guten fähig, wenn seine schlimmsten Impulse beschnitten werden. Und das kann nur geschehen, solange die Frauen ein Vorbild an Tugend sind. Das ist meiner Ansicht nach der Punkt, wo die Suffragetten zu Recht die schändlichen Gesetze bloßstellen, die Frauen verbieten, einflussreiche Positionen zu besetzen. Je mehr Einfluss Frauen über Männer gewinnen, desto bessere Menschen werden wir alle sein. Wir sollten jedoch nicht gestatten, dass der Kampf um Frauenrechte eine Gleichstellung mit dem kleinsten gemeinsamen Nenner wird, Miss Cooper. Wenn eine Frau gegen ein Gesetz verstößt, begeht sie auch ein Verbrechen gegen die Natur. Das ist eine doppelte Verfehlung. Begreifen Sie es? Und daher ist es angemessen, sie härter zu bestrafen als den Mann.«

Clara fühlt sich betrogen. Sie war sich sicher, die Vorsteherin werde ihr beipflichten, stattdessen hat sie die missliche Lage der Frauen in etwas anderes verkehrt. »Bei Ihnen klingt das nach einem Krieg, Miss Hardgrave.«

»Vielleicht ist es einer. Und die Frauen in Holloway sind Abtrünnige. Sie haben unsere Sache verraten. Sie mögen Mitleid verdienen, aber Nachgiebigkeit ist fehl am Platz.

Andernfalls sind wir bald alle verloren.« Sie beobachtet Claras Mienenspiel, sieht, wie schwer es ihr fällt, das Argument anzuerkennen. »Vielleicht haben Sie gegenüber 347 zu wenig Distanz gewahrt?«

Maude Maguire. Fast hätte Clara den Namen ausgesprochen.

»Das mag sein, Miss. Aber nur aus dem Wunsch heraus, etwas Gutes zu tun.«

»Das stimmt.« Miss Hardgrave lächelt versöhnlich. »Es gibt immer mal wieder eine, die unser Mitgefühl weckt.«

»Mir ist aufgefallen, dass viele Frauen bei uns nicht lesen können. Vielleicht könnte ich für regelmäßigen Unterricht sorgen. Dadurch würden sie ihre Entscheidungsmöglichkeiten besser begreifen.«

»Schon möglich. Oder sie fühlen sich für ihr Verbrechen auch noch belohnt. Solche Frauen erhalten außerhalb des Gefängnisses wohl kaum solch ein Angebot.« Miss Hardgrave blickt zur Tür, und damit ist das Gespräch beendet. »Es freut mich, dass ich helfen konnte.«

In Wirklichkeit hat sie nicht geholfen, findet Clara. Niemandem.

20

Als Nancy aufwacht, scheint bereits die Sonne. Einen Moment lang fragt sie sich, wo sie ist. Nicht in ihrer Gefängniszelle. Es ist mehr wie zu Hause und zugleich ganz anders als bei ihren Eltern. Auf dem Nachttisch steht eine Ballerina aus Porzellan. Über dem Kopfende des Bettes hängen gut gefüllte Bücherborde. Von einem Gemälde über dem Kamin lächelt eine Frau mit hellblauem Hut herunter, und auf einem Tisch in einer Ecke liegen Partituren von Mozart und Brahms.

Das Fenster geht auf den Garten hinaus, wo der Rasen in der Morgensonne glänzt. Sie findet eine Schüssel und einen Krug mit frischem Wasser auf der Frisierkommode und macht sich präsentabel, bevor sie sich auf die Suche nach dem Badezimmer begibt.

Als sie dieses wieder verlässt, kommt das Dienstmädchen mit einem Tablett die Treppe herauf, zwei Stufen hinter ihr Miss Birnstingl.

»Guten Morgen, Miss Cooper. Ich hoffe, Sie haben gut geschlafen?«

»Ja, danke.«

Miss Birnstingl öffnet die Tür zu Daisys Zimmer und lässt das Dienstmädchen hinein.

»Entschuldigen Sie.« Nancy tritt auf die Tür zu. »Dürfte ich Miss Daisy vielleicht sehen?«

»Nicht jetzt, nein.«

»Ich könnte Ihnen behilflich sein.« Über Miss Birnstingls Schulter erhascht sie einen Blick auf Daisys Kopf.

»Im Esszimmer steht Tee. Gehen Sie, und bedienen Sie sich. Das Frühstück wird gleich serviert, sobald wir hier fertig sind.«

Nancy geht nach unten. Im Esszimmer ist der Tisch für zwei gedeckt, an den Stirnseiten der Tafel. Nancy schenkt sich eine Tasse Tee ein und wählt den entfernteren Stuhl. Kurz darauf hört sie das Dienstmädchen auf der Treppe, dann sieht sie es vorbeigehen. Es ist ein junges Mädchen in ihrem Alter, und Nancy fragt sich, wie es sein mag, in diesem Haus zu arbeiten und mit so ungewöhnlichen Leuten zu tun zu haben. Vielleicht kann sie notfalls auch so eine Anstellung finden. In der Küche wird ein Topf auf den Herd gestellt. Augenblicke später kommt Miss Birnstingl die Treppe herunter und ins Esszimmer, wo sie Nancy gegenüber Platz nimmt. Sie steckt sich eine Serviette in den Kragen. Das Dienstmädchen bringt für jeden ein gekochtes Ei in zierlichen gelben Eierbechern. Eine Scheibe gebuttertes Brot wird in Streifen geschnitten. Nancy faltet ihre Serviette auseinander und verfährt damit wie ihr Gegenüber. Das Schweigen allerdings macht sie nervös. Eine leichte Plauderei würde das Frühstück angenehmer machen, doch sie weiß nicht, wie sie beginnen soll, bis sie die Anstecknadel an Miss Birnstingls Kleid bemerkt, dieselbe wie am Vortag.

»Äh, verzeihen Sie, aber … die Anstecknadel, die Sie tragen …«

Miss Birnstingl schreckt auf, als hätte sie Nancys Anwesenheit völlig vergessen. »Wie bitte?«

»Ja. Die Anstecknadel an Ihrem Kleid. Das sind jüdische Buchstaben, nicht wahr?«

Miss Birnstingl schlägt ihr Ei mit dem Löffel auf. »Hebräische, ja.«

»Und da steht: Wahlrecht für Frauen, nicht wahr? Auf Hebräisch?«

»So ist es.«

»Wie wirkt das? Ich meine, bei den Juden.«

»Genauso wie bei allen anderen auch.«

»Ja. Natürlich.« Nancy kommt sich dumm vor. Sie dachte an die Synagoge in der Nähe ihres Elternhauses, die zwei Eingänge hat, einen für die Frauen und einen für die Männer. Sie wollte ihrer Gastgeberin nicht zu nahetreten und würde sich gern entschuldigen, um die Unterhaltung unbeschwert fortzusetzen. Aber vermutlich würde sie sich nur noch tiefer hineinreiten. Sie pellt die Spitze ihres Eis mit den Fingern.

»Es ist nicht unsere Mission, die bestehenden Institutionen niederzureißen, sondern sie zum Guten zu verändern, Miss Cooper«, erklärt ihr Gegenüber plötzlich.

Mit ihren Blicken kann sie einen Obstbaum zum Verdorren bringen, denkt Nancy. Miss Birnstingl sticht mit dem Löffel die Spitze ihres Eis ab und führt ihn zum Mund, dann jedoch fragt sie in ärgerlichem Ton: »Miss Cooper, wissen Sie überhaupt irgendetwas über unsere Sache?«

Nancy senkt den Kopf, wie die Gefängnisinsassinnen, wenn ihnen eine Frage gestellt wird, auf die sie gar nicht antworten sollen. Nein, sie weiß gar nichts, außer dass sie einer Frau wie Daisy noch nie begegnet ist, auch keiner anderen Suffragette, und wenn man so sein muss wie Daisy, um zu ihnen zu gehören, dann will sie alles lernen, was dazu nötig ist.

Schweigend essen die beiden Frauen ihr Frühstücksei.

»Erzählen Sie mir von dem Gefängnis, in dem Sie arbeiten.« Miss Birnstingl klingt ein wenig gütiger.

»Was meinen Sie?«

»Die Aufsichtspersonen sind lauter Frauen?«

»Ja.«

»Und sind sie grausam? Ich nehme an, Sie hatten außer mit Daisy auch mit anderen unserer politischen Gefangenen zu tun. Wie werden sie behandelt?«

»Wir müssen sie mit Gewalt ernähren, wie Sie wissen, aber in mancher Hinsicht werden sie weniger streng behandelt als die übrigen inhaftierten Frauen. Beim Hofgang zum Beispiel. Sie dürfen sich unterhalten, solange sie dabei leise sind.«

»Und wie denken die Wärterinnen über uns? Haben sie Verständnis für unsere Sache?«

Nancy denkt an Miss Needler und Miss Armitage, an Miss Barraclough und die Vorsteherin. Und an Clara, die so wenig von sich preisgibt, dass man nie weiß, wie sie denkt. »Das ist ganz verschieden. Viele werden Ihnen zustimmen, da bin ich mir sicher, aber manche nicht.«

»Und dennoch würden sie durch das Frauenwahlrecht genauso viel gewinnen wie wir. Vielleicht sogar mehr.«

»Ja, Miss. Das glaube ich auch.«

»Warum um Himmels willen tun Sie dann diese Dinge?«

»Das ist nun mal unsere Arbeit, Miss, ob bei den Suffragetten oder bei den anderen Gefangenen.« Nancy überlegt. Sie findet ihre Antwort unzureichend. »Die meisten von uns können sich ihre Aufgabe nicht aussuchen, Miss. Ganz genau weiß ich das nicht, weil ich nicht sehr lange da gearbeitet habe, aber ich schätze, dass es so ist.« Das Dienstmädchen bringt Platten mit Sardinen auf Toast und gebratenen Kartoffeln. Die leeren Eierschalen nimmt es mit hinaus.

Nancy rechnet fest damit, dass sie gleich nach dem Frühstück aufgefordert wird, das Haus zu verlassen, und überlegt fieberhaft, was sie sagen könnte, um das zu verhindern. Aber wenn sie eines über die Suffragetten gelernt hat, dann dass sie aussprechen, was sie denken. Also wird man ihr nicht vorwerfen können, wenn sie das auch tut. Und ohnehin hat sie nichts zu verlieren.

»Dürfte ich Sie etwas fragen, Miss Birnstingl?«

»Nur zu.«

»Ich glaube, Sie halten nichts von mir.«

»Das war keine Frage.«

»Nein. Aber ist es so? Lehnen Sie mich ab?«

Ihr Gegenüber zögert. »Möglicherweise.« Sie nimmt eine Prise Salz aus der zierlichen Porzellanschale. »Andererseits weiß ich so gut wie nichts über Sie. Sie sind eine Frau. Das immerhin. Und dennoch sind Sie unsere Gefängniswärterin.«

»Ich würde es verstehen, wenn Sie mich ablehnen. Ich würde es nicht ungerechtfertigt finden.«

»Ob ich Sie ablehne oder nicht, ist nicht entscheidend, Miss Cooper. Ich halte auch nicht viel von Daisy Divine, und dennoch habe ich sie in mein Haus aufgenommen. Entscheidend ist, ob ich Ihnen vertrauen sollte. Miss Divine kann ich restlos vertrauen. Was Sie angeht … nun … wir werden sehen. Verstehe ich recht, dass Sie sich nicht mehr als Angestellte des Holloway betrachten?«

Nancy bricht in Tränen aus. Es passiert so plötzlich und heftig, sie kann es nicht verhindern. Vielleicht weil sie gleich aus dem Haus gewiesen werden wird. Oder weil die Herzogin sie nicht einmal ansehen wollte, wogegen sie mit Miss Birnstingl sogar redet. Nun, es liegt wohl an beidem und an mehr – an der ganzen Hoffnungslosigkeit ihrer Lage.

Miss Birnstingl sagt kein tröstendes Wort. Sie isst weiter und hat ihr Frühstück halb verzehrt, bis Nancy ihren Tränenstrom eindämmen kann.

»Nun«, sagt sie schließlich. »Wenn Sie bei uns bleiben

sollen, werde ich wohl eine Aufgabe für Sie finden müssen. Fürs Erste können Sie Mary im Haus helfen. All die Gäste machen ihr die Arbeit nicht leichter, und ich möchte sie nicht verlieren.«

Nach dem Frühstück tritt Mary mit Freude an Nancy heran. »Sie können mit dem Polieren anfangen.« Sie nimmt sie mit in die Küche und zeigt auf die Kupfertöpfe und Pfannen, die von einem Gitter an der Decke hängen. »Wenn Sie damit fertig sind, machen Sie bei dem Messing an der Haustür weiter.«

Nancy murrt nicht. Tatsächlich ist sie froh, eine Aufgabe zu haben, der sie gewachsen ist, und sie poliert das Kochgeschirr, bis es glänzt. Als sie nach draußen geht, um an der Haustür weiterzuarbeiten, sieht sie einen anderen Mann an dem Laternenpfahl stehen. Er trägt keine Uniform, aber die Suffragette hatte recht – er beobachtet sie viel zu aufmerksam, er kann nur Polizist sein.

Als sie in die Küche zurückkommt, schöpft Miss Birnstingl aus einem Stieltopf Brühe in eine Suppentasse und füllt ein Glas mit Wasser, gießt Zitronensaft dazu und einige Tropfen aus einem blauen Fläschchen.

»Ich kann das übernehmen«, sagt Nancy. Sie hofft, endlich zu Daisy zu dürfen.

»Ich komme sehr gut allein zurecht. Danke.«

»Sie sollte etwas Besseres als Suppe essen. Es steht noch Hühnchenfleisch in der Küche. Davon könnte ich ihr doch etwas bringen?«

»Nein. Ihr Körper verkraftet das noch nicht. Es dauert mindestens noch eine Woche, bis sie feste Nahrung zu sich nehmen darf.«

»Aber ein paar Bissen können ihr doch nicht schaden, oder? Ich könnte es sehr klein schneiden.«

»Es geht nicht um die Größe der Bissen, Miss Cooper. Sie haben nicht zugehört.«

Nancy erkennt, dass sie sich wie ihre Mutter verhält. Sie denkt darüber nach, warum sie das soeben gesagt hat, welche Empfindung dahintersteckt. »Der Gefängnisarzt dachte, Daisy könnte sterben. Wird sie sterben?«

Miss Birnstingl blickt sie fest an. »Ich habe noch keine verloren. Aber sie braucht sehr sorgfältige Pflege.«

Am Abend hat Nancy die Herzogin noch immer nicht gesehen, und nachdem sie sich entschuldigt hat, sie sei müde und wolle sich schlafen legen, schleicht sie die Treppe hinauf. Im Haus ist es so still, dass sie halb erwartet, einem Geist zu begegnen. Leise klopft sie an und geht hinein. Daisy schläft, oder zumindest nimmt Nancy das an. Sie geht ans Kopfende des Bettes und wartet, ob sie die Augen aufmacht oder spricht, wie im Gefängnis, wenn sie sie mitten in der Nacht besucht hat.

Sie holt eine Bürste von der Frisierkommode. »Sagen Sie mir, wenn es Ihnen zu viel ist, aber ich werde ganz sanft sein.« Sie setzt sich auf den Bettrand und streicht mit den Fingern durch die unteren Haarsträhnen. Sie fühlen sich trocken und spröde an, als könnten sie bei der nächsten Berührung abbrechen. Darum bürstet sie sehr behutsam vom Scheitel zu den Spitzen. »Ich habe meiner Schwester immer die Haare frisiert«, erzählt sie, »als wir jünger waren. Ich habe sie ihr jeden Abend gebürstet, bis sie glänzten.« Sie zieht die losen Haare aus der Bürste. »So«, sagt sie und bringt die Bürste wieder an ihren Platz zurück.

»Danke«, haucht Daisy.

21

Es ist das Fahrrad, das Claras Aufmerksamkeit erregt. Schwarz glänzend lehnt es an der Mauer. Sie bleibt stehen, um es sich näher anzusehen, und streicht mit einem Finger über den weißen Streifen des Gummireifens und den glatten Ledersattel.

»Radfahren ist nicht schwer«, sagt eine Frau hinter ihr. Es ist eine Suffragette, die Zeitungen verkauft. Sie ist mit einer Hose bekleidet, die eigens fürs Radfahren geschneidert wurde.

Sehr gewagt, denkt Clara.

»Es braucht sicher allerhand Übung«, sagt sie.

Die Frau zuckt die Achseln. »Ein wenig, bis man das Gleichgewicht hält, aber wenn man den Bogen raushat, fühlt es sich ganz natürlich an, wie angeboren.«

»Ja. Das glaube ich.«

Die Frau schenkt ihr ein breites Lächeln und zeigt ihr die Titelseite der *Suffragette.* »Möchten Sie eine?«

Clara hat es immer abgelehnt, diesen Frauen Geld zu geben. Beim Geld zieht sie die Grenze. Die Suffragetten mögen ganz vortrefflich sein, vielleicht sogar bewundernswert, aber für Clara ist das nichts. Parolen schreien in aller Öffentlichkeit, sich selbst zum Ärgernis machen. Doch nun erinnert die Zeitung sie an Nancy. Es ist über einen Monat her, seit sie zuletzt von ihr gehört hat. Nicht mal eine Karte hat Nancy geschrieben, um sie wissen zu lassen, ob es ihr gut geht. Die ganze Angelegenheit beschäftigt sie ständig im Hinterkopf. Nicht so sehr, dass Nancy in Gefahr sein könnte – wäre sie tot, wüsste sie es inzwischen –, sondern eher der Gedanke, sie könnte sich solchen Frauen angeschlossen haben. Zwar ist es ihr unvorstellbar, dass ihre Schwester sich ihnen anpasst, andererseits, wie Miss Needler kürzlich einräumte, strahlt besagte Herzogin wohl etwas aus, das Nancy gefallen hat.

Clara findet es jedenfalls beunruhigend, dass sie ihr etwas verheimlicht hat. Dass sie sich verändert hat, über Dinge nachgrübelte, von denen Clara nichts ahnte, Entscheidungen traf, die Clara ihr nicht zugetraut hätte. Vielleicht weiß Nancy etwas, das ihr entgangen ist? Das sie während des langen Arbeitstages oder in den Abendstunden, die sie mit Ted verbrachte, nicht mitbekommen hat? Sie kauft der Frau eine Zeitung ab und eilt davon, um einer weiteren Unterhaltung zu entgehen.

Allein in ihrem Zimmer schlägt sie die Zeitung auf und blättert sie durch. Sie ist überrascht. Es gibt Artikel, wie sie sie erwartet hat, provokante Überschriften tragen wie *Lieber Rebellin als Sklavin!* oder *Der Weg der Militanten ins Parlament*, dazwischen findet sie aber auch Werbeanzeigen, die sie interessieren. Maison Robert in der Regent Street bietet Haarfärbung mit Henna an: *eine Pariser Neuheit zu Pariser Preisen. Ein Pfund fünf Shilling für die Neufärbung und achtzehn Shilling sechs Pence fürs Nachfärben. Die genannten Preise gelten für gebräuchliche Farbtöne. Hellblond und Grau kosten mehr.*

Angesichts der Summen fallen ihr fast die Haare aus.

Bei Debenham & Freebody's sind Blusen im Ausverkauf. Aber für das, was dort eine Bluse kostet, bekäme sie in ihrem Katalog sechs. Die Suffragetten sind anders als sie, das wusste sie schon immer. Diese Frauen haben es auf die Macht abgesehen, die zu ihrem Reichtum passt. Also was könnten sie da an Nancy finden? Und was sieht Nancy in ihnen?

Lieber Rebellin als Sklavin. Für Letzteres ist Claras Selbstachtung zu groß, für Ersteres fehlt ihr die Rücksichtslosigkeit. Nancy dagegen kann beides sein, Sklavin ganz sicher, aber auch rebellisch, wenn sie ihren Mut zusammenrafft. Beides liegt näher beieinander, als man denkt, und das eine führt zum anderen, wie das Oben und Unten eines rollenden Rades.

Clara wendet sich den Kleinanzeigen auf der Rückseite zu und stößt auf eine Welt, die ihr näher ist. Da sucht eine Frau ein Zimmer zur Miete in Marble Arch, aber nur in Wohngemeinschaft mit Frauen. Es gibt noch freie Plätze bei einer Schulung zum Wahlrecht, eine Woche lang in Bow, wer zuerst kommt, mahlt zuerst. Nancy könnte durchaus hinter einer dieser Anzeigen stecken, da sie allein ein neues Leben beginnt und sich einen Platz zum Wohnen und eine Anstellung suchen muss, von der sie sich ernähren kann. Clara könnte eine Verbindung zu ihr finden, und sie studiert die Anzeigen gründlicher, versucht zwischen den Zeilen zu lesen, ob sich Nancy darin verbirgt, und dabei wird ihr bewusst, wie sehr sie ihre Schwester vermisst. Es ist wie ein quälender Hunger, der sie schwächt.

Und dann entdeckt sie die Zeitungsnotiz über eine Delegation. Die Suffragetten werben um Freiwillige für einen Protestmarsch zum Parlament in der übernächsten Woche. Nancy könnte dabei sein. Sie könnte dort sein. Und wenn Clara auch hingeht, wird sie sie vielleicht finden. Das ist durchaus möglich. Sie muss es nur wagen.

22

Als sich die Tür öffnet, wird Nancy wach. Miss Birnstingl bringt ein Tablett mit Frühstück herein – eine Kanne Tee, ein Teller mit Toast und ein Schälchen warmes Kompott. Sie stellt es aufs Bett und tippt auf die Zeitung, die zusammengefaltet am Rand liegt. »Die sollten Sie lesen. Sie werden sie nämlich heute Morgen verkaufen. Felicity holt Sie in einer Stunde ab.«

Nancy erschrickt. »Sie meinen, ich muss das Haus verlassen?«

»Genau das.«

»Aber ich muss hier bei Daisy bleiben!«

»Nein, durchaus nicht. Daisy wird noch hier sein, wenn Sie zurückkommen, und ich kann mich sehr gut allein um sie kümmern.« Sie verlässt das Zimmer und zieht die Tür hinter sich zu.

Nancy starrt auf ihr Frühstück, während sie überlegt, ob sie tun will, was Miss Birnstingl sagt. Sie kann sich schlecht weigern, und irgendwann wird sie ihr vertrauen müssen. Sie beißt von der Toastscheibe ab und faltet die Zeitung auseinander. Auf der Titelseite sieht man einen Mann, der einen feuerspeienden Drachen auf eine Frau loslässt, die wie Jeanne d'Arc aussieht. Die Bildunterschrift lautet: *Die Mächte des Bösen prangern die Überbringer des Lichts an.* Sie schlägt die Zeitung auf, sucht sich einen Artikel aus und beginnt zu lesen. Nach zwanzig Minuten fällt ihr die Uhrzeit ein. Sie springt aus dem Bett, wäscht sich das Gesicht an der Schüssel und bürstet sich die Haare. Sie ist gerade fertig angezogen, als es an der Haustür klopft.

Felicity ist lebhaft und hübsch, die Art von Mensch, der sich über die Trägheit anderer ständig wundert. Sie hat etwas an sich, das Nancy an Clara erinnert. An Clara, wie sie gewesen sein könnte, wenn sie die jüngere statt der älteren Schwester gewesen wäre. Felicity erzählt, sie sei Lehrerin, verheiratet und habe eine Tochter, und durch die Schulferien habe sie nun Zeit, sich für die gemeinsame Sache einzusetzen.

Sie nehmen eine Straßenbahn zum Piccadilly und stellen sich vor die Erosstatue. Felicity holt einen Stapel Zeitungen aus der großen Segeltuchtasche, die sie sich umgehängt hat.

»Da haben Sie auch welche.« Sie drückt die Zeitungen aufrecht in Nancys Armbeuge. »Wir verkaufen sie immer zu zweit. Gehen Sie also nicht weg.« Sie holt außerdem eine Schärpe in den Suffragettenfarben aus der Tasche und zieht sie Nancy über den Kopf. »Haben Sie eine Tasche für Wechselgeld bei sich?«

»Ich habe gar nichts bei mir.«

»Hier, nehmen Sie die.« Sie gibt Nancy eine Stoffbörse voller Münzgeld.

Nancy steckt sie in ihre Handtasche und schließt den Schnappverschluss, während Felicity sich ein paar Schritte entfernt und sich dem Menschenstrom zuwendet, der von der Regent Street kommt.

»Die neueste *Suffragette*«, ruft sie in den Straßenlärm hinein.

Bei dem Gedanken, das nun auch tun zu sollen, wird Nancy ganz starr, aber die Passanten bremsen bereits ihre Schritte, um sie zu mustern, also sollte sie besser aktiv werden. Sie räuspert sich, dann dreht sie sich in die andere Richtung und rempelt beinahe einen Mann mit Bowler und Brille an. Er starrt sie an und wartet, sie starrt zurück, während sie erschrocken überlegt, was er wollen könnte, denn er will ganz offensichtlich etwas. Schließlich drückt er ihr einen Penny in die Hand und nimmt sich die oberste Zeitung aus ihrem Arm.

Sieh mal an, denkt sie, nachdem er weitergegangen ist. Ich habe eine verkauft! An einen Mann noch dazu! Ein Mann hat eine *Suffragette* gekauft. Sie weiß nicht mal, ob sie ihm eine hätte überlassen dürfen.

Das zweite Exemplar verkauft sie einer sehr vornehmen Dame, die gleich von ihrer Arbeit in der Armenhilfe spricht und erzählt, wie die allgemeinen Verhältnisse zum Nachteil der Frauen wirken, die mit ihren Einkünften nicht über die Runden kommen. Nancy hört höflich zu, bis die Frau ihr auf die Schulter klopft und sich mit einem »Weiter so« verabschiedet.

Eine halbe Stunde lang kauft ihr niemand eine Zeitung ab, aber sie gewöhnt sich daran, von Leuten fixiert zu werden, und viele Passanten sind interessiert, das ist eindeutig. Sie gewöhnt sich sogar an die anzüglichen Zurufe.

»Als Ehefrau würde ich dich nicht nehmen!«, ruft ein Kutscher zu ihnen hinunter, aber Felicity lacht nur.

»Du würdest mich so und so nicht bekommen«, ruft sie zurück.

Eine Frau bleibt stehen und fragt Nancy, warum sie so viel Ärger machen müssen, und Nancy erwidert aufgeregt, dass das nicht nötig wäre, wenn die Regierung das Richtige täte.

Sie tippt auf das Titelblatt. »Hier können Sie alles nachlesen. Die Antworten auf all Ihre Fragen.«

Die Frau lehnt jedoch ab und sagt: »Eine Frau, die etwas taugt, weiß ihren Willen auf andere Art durchzusetzen.«

Nach ihrer Rückkehr wird Nancy in die Küche gerufen. Miss Birnstingl übergibt ihr ein Tablett mit einem Glas Apfelsaft und einer Tasse Brühe. »Daisy ist wach und muss etwas zu sich nehmen. Ich glaube, sie möchte gern mit Ihnen sprechen. Aber bitte, strapazieren Sie sie nicht. In fünfzehn Minuten komme ich nachsehen.«

Nancy geht nach oben. Sie balanciert das Tablett in einer Hand, während sie anklopft und die Tür öffnet. Daisy sieht ihr vom Bett aus entgegen. Ihre Augen wirken noch müde, in ihrem Blick liegt jedoch dieselbe Neugier und Vorsicht wie bei ihrer ersten Begegnung in der Gefängniszelle.

Nancy ringt sich ein Lächeln ab. »Sie sehen heute schon viel besser aus.« Sie stellt das Tablett auf den Nachttisch und reicht ihr das Glas.

Daisy nippt daran und schluckt den Saft mühsam hinunter. Sie stellt das Glas aufs Tablett zurück. »Ich warte auf eine Erklärung.« Ihre Stimme klingt rau, als müsse sie sie an einer langen schweren Kette aus dem Rachen hochziehen.

»Ich wusste nicht, was ich sonst tun sollte«, platzt es aus Nancy heraus.

Daisy runzelt die Stirn.

»Warum haben Sie Miss Birnstingl gebeten, mich aufzunehmen?«

Daisy greift nach dem Glas und trinkt den Saft aus. »Aus Neugier.« Ihre Hand zittert, als sie es wieder abstellt.

Nancy versteht nicht, traut sich aber nicht nachzuhaken. Sie nimmt etwas Brühe mit dem Löffel, bläst darauf und hält ihn Daisy an den Mund. »Sie sollten essen.«

Die Herzogin schließt die Augen, bevor sie an der Brühe nippt. »Halten Sie mich für freundlich?«

»Nein. Das wohl nicht.«

»Gut. Ich habe Ihnen schon einmal etwas zu Mitleid gesagt.«

Nancy hält ihr einen neuen Löffel voll hin. »Ich gehe nicht wieder zurück«, erklärt sie.

Die Herzogin ist schon erschöpft von der Anstrengung. »Das haben Sie allein zu entscheiden. Aber was wollen Sie von *mir?*«

Nancy fällt es schwer, darauf zu antworten. Sie hat ein seltsames Gefühl im Bauch, einen Schmerz oder ein Ziehen, sie kann es nicht benennen. Sie spürt dem Gefühl nach und versucht, es in Worte zu fassen. »Ich will Sie sehen.«

»Natürlich wollen Sie das«, sagt die Herzogin befriedigt und schließt die Augen.

In den nächsten drei Tagen verkauft Nancy Zeitungen, und abends darf sie Daisy das Essen bringen und eine Viertelstunde bei ihr bleiben. Miss Birnstingl überwacht das streng. Nach und nach überträgt sie Nancy weitere Aufgaben wie das Betupfen der Wunden und das Handhaben der Bettpfanne. Als die Herzogin wieder ein wenig bei Kräften und außer Lebensgefahr ist, teilt Miss Birnstingl mit, dass sie die Arbeit in ihrer Buchhandlung wiederaufnehme und Daisy in Nancys Obhut übergebe.

»Sie müssen meine Anweisungen genauestens befolgen, und dazu gehört auch, dass Sie sich gegen Ihre Ladyschaft durchsetzen müssen. Sechs Mal am Tag muss sie etwas essen. Lassen Sie sich nicht verleiten, vom Essensplan oder den festgesetzten Mengen abzuweichen. Sorgen Sie dafür, dass sie die Mahlzeit vollständig einnimmt. Sie ist zum Reden wieder kräftig genug und kann sehr überzeugend sein, aber bedenken Sie: Daisy verachtet Schwäche und wird Ihrer schnell überdrüssig werden, wenn Sie ihr nachgeben. Wenn ich abends nach Hause komme, erwarte ich einen ausführlichen Bericht von Ihnen. Bitte machen Sie sich Notizen. Wenn Sie Hilfe brauchen, steht Ihnen Mary zur Verfügung.«

»Danke, dass Sie mir eine Chance geben«, sagt Nancy. »Ich werde Sie nicht enttäuschen.«

Am nächsten Morgen sieht Daisy müde aus. »Wie ist es möglich, dass es mir heute schlechter geht als gestern?«

Nancy reicht ihr das Glas Dörrpflaumensaft. »Miss Birnstingl meint, es dauert seine Zeit.«

»Ich hatte gehofft, heute die Toilette zu benutzen, aber meine Beine schmerzen furchtbar.«

»Dann bleibt es noch bei der Bettpfanne.« Nancy holt sie unter dem Bett hervor und stellt sie auf die Tagesdecke. »Brauchen Sie sie jetzt?«

»Die Gefängniswärterin stand Ihnen nicht so gut zu Gesicht. Als Pflegerin machen Sie sich besser. Ich habe nie verstanden, wie Sie die Stelle im Gefängnis annehmen konnten.«

»Meine Schwester hat sie mir besorgt. Sie war auch dort angestellt.«

»Die meisten Leute würden bei solch einer Stelle gleich abwinken.« Daisy wartet, aber Nancy ist nicht geneigt, darüber zu reden. »Waren Sie dazu gezwungen?« Nancy nickt. »Und warum das?«

Nancy zuckt die Achseln. Sie ist den Tränen nahe.

»Nun, das kann vielleicht warten. Ich möchte nach wie vor erfahren, was Sie sich davon versprechen, bei mir zu sein.« Sie sieht Nancy aufmerksam an. »Ich denke, Sie sind mir eine ehrliche Antwort schuldig.«

Nancy ringt nach Worten. »Weil … weil ich lernen will … wie Sie zu sein.«

»Das kann ich Ihnen sofort erklären.« Die Herzogin scheint weder geschmeichelt noch überrascht. »Es ist wirklich ganz einfach. Sie müssen danach handeln, wie Sie denken und empfinden. Wir sind, was wir tun, Nancy, und wenn unsere Gedanken und Worte nicht unserem Handeln entsprechen, dann kennen wir uns entweder selbst nicht, oder wir sind unehrlich.«

»Das glauben Sie?«

»Das weiß ich.« Die Herzogin lässt bewusst einen Moment verstreichen. »Was von beidem trifft auf Sie zu?«

»Ich weiß nicht.«

»Also eindeutig Ersteres und möglicherweise auch das Zweite.«

»Aber woher nehmen Sie den Mut dazu?«

»Wie könnte mir das schwerfallen? Handeln heißt leben. Wenn Sie das einmal erkannt haben, gibt es nichts anderes mehr.«

»Und wenn Sie dabei alles verlieren?«

»Ohne Risiko gibt es nichts zu gewinnen, und die meisten Frauen erkennen schließlich, dass der Verlust gar keiner war.« Sie macht die Augen zu. »Jetzt muss ich ein wenig schlafen.«

Nancy greift mit beiden Armen unter sie, um sie im Bett ein Stück nach unten zu rücken, und die Herzogin hält sich an ihr fest. Dabei kommen sich ihre Gesichter sehr nah.

»Ich habe von meinem Vater ein Kind bekommen«, sagt Nancy leise. Sie glaubt, die Welt müsse aus den Angeln springen, stattdessen stellt sie fest, dass sie sich erfrischt fühlt, als sei sie in einen klaren Teich getaucht.

Die Herzogin macht die Augen auf.

»Ich habe es weggegeben. Ich weiß nicht mal, wo es jetzt ist.« Sie senkt Daisy aufs Kopfkissen und tritt einen Schritt vom Bett weg.

»Das ist sehr traurig«, sagt die Herzogin sanft. »Vielleicht erinnern Sie mich deshalb an meine Tochter. Sie haben etwas an sich, ich kann den Finger nicht drauflegen, aber ich musste meine Tochter auch weggeben. In meinem Beruf kann man kein uneheliches Kind aufziehen.«

»Wissen Sie, wo sie ist?«

»Ja. Sie wurde von Freunden aufgenommen, die sie nun großziehen wie ihr eigenes, unter der Bedingung, dass sie erst von mir erfährt, wenn sie einundzwanzig ist.«

»Und ich erinnere Sie an sie?«

»In gewisser Weise ja.«

Nancy spürt eine Wärme im Bauch, die von dort aus in den Körper strömt. »Also wollen Sie mich in gewisser Weise auch sehen.«

Am folgenden Tag steht Daisy zum ersten Mal aus dem Bett auf. Nancy trifft sie am Zimmerfenster stehend an, wo sie in den Garten schaut.

»Wissen Sie, wie lange es her ist, seit ich einen Baum gesehen habe?«, fragt sie, als sie Nancy hereinkommen hört. »Komisch, was man so alles für selbstverständlich nimmt, nicht wahr?«

Nancy möchte sie sofort tadeln, weil sie aufgestanden ist, aber das würde bei Daisy nichts nützen. Stattdessen fasst sie ihr an die Taille, um sie zu stützen, falls sie plötzlich schwach wird. »Wie geht es Ihren Beinen?«

»Ich hatte immer starke Beine. Ohne Kraft in den Beinen kommt man nicht weit.« Daisy atmet tief, als stünde das Fenster weit offen. »Sehen Sie den Vogel dort? Auf dem Ast? Er ist auf der Jagd nach Würmern.«

»Im Gefängnis flog ein Vogel umher, in dem Trakt, wo ich gewohnt habe. Ein Star.«

»Wirklich? Wie ist er da hineingeraten, was glauben Sie?«

»Das weiß ich nicht. Er muss irgendwo reingeflattert sein, und dann war ihm der Rückweg versperrt.«

»Und man hat ihn nicht fangen können?«

»Sicherlich nicht.«

»Ja, das wäre wohl schwierig. Man hätte ihn mit einem Luftgewehr töten können.«

»Wie schrecklich, so etwas zu sagen!«

»Nein, überhaupt nicht. Für ein Tier, das in einer Falle steckt, können Sie nichts Besseres tun. Apropos, steht der Polizist noch vor dem Haus?«

Nancy nickt. Inzwischen kennt sie die Gesichter der drei, die im Wechsel an der Laterne postiert sind.

»Sie werden mich bald abholen«, erklärt Daisy. »Wir müssen uns vorbereiten.«

Am Abend trifft Miss Birnstingl im Wohnzimmer auf Nancy.

»Es ist an der Zeit, dass wir beide einen Spaziergang unternehmen.« Sie ist bereits in Hut und Mantel und hält eine große Reisetasche in der Hand. »Gehen Sie Ihren Mantel holen. Ich warte hier auf Sie.«

Beklommen kommt Nancy der Aufforderung nach. Sie weiß, die alte Dame schätzt ihre Gesellschaft nicht und hält auch nicht viel von oberflächlicher Plauderei. Zurück im Flur findet sie sie an der Haustür, eine Hand schon am

Riegel. Sie gehen hinaus, durch das Gartentörchen, an dem Polizisten vorbei und die einsame Straße entlang. An jeder Abzweigung zur Hauptstraße erwartet Nancy, dass sie dorthin abbiegen, doch Miss Birnstingl läuft weiter geradeaus, als hätte sie kein bestimmtes Ziel und nichts anderes vor, als sich die Zeit zu vertreiben. Mit jedem Schritt wächst Nancys Beklommenheit, und schließlich bleibt sie stehen.

»Miss Birnstingl, ich nehme an, Sie wollen über etwas Bestimmtes mit mir sprechen.«

Ihre Gastgeberin dreht sich zu ihr um. »So ist es.«

»Wollen Sie, dass ich Ihr Haus verlasse? Ich weiß, Sie lehnen mich ab …«

»Miss Cooper, ich lehne Sie nicht ab. Aber ich kann es nicht leiden, wenn Leute etwas aus den falschen Gründen tun.«

»Und Sie meinen, das tue ich?«

»Ist es nicht so?«

»Ich finde, Sie sind ungerecht. Sie wissen doch gar nichts über mich.«

»Ich mag alt sein, meine Liebe, aber ich weiß, was es heißt, verliebt zu sein.«

Nancy ist sprachlos. Was meint sie denn damit? Glaubt sie, ich sei in Daisy verliebt? Ihrem Tonfall nach ja, und sie missbilligt es offenbar. »Ich bedauere, aber das verstehe ich nicht.«

Miss Birnstingl geht ein paar Schritte weiter, und Nancy folgt schräg hinter ihr. »Sie kann Ihnen nicht geben, was Sie möchten. Das wissen Sie, nicht wahr?«

»Nein. Ich weiß nicht, was Sie meinen.«

»Kennen Sie den Begriff des verwundeten Heilers? Er beschreibt einen Menschen mit großem Charisma, in dessen Gegenwart man sich mal vollkommen heil und mal tief verletzt fühlt. Oft kann er einem anderen geben, was er sich selbst nicht geben kann. Das kann er jedoch nur impulsiv tun. Er kann seinen Pflichten nicht gerecht werden, weil er selbst tief verletzt ist.«

»Und so ist Daisy Ihrer Ansicht nach?«

»Es ist zwecklos zu glauben, Sie könnten sie an sich binden. Früher oder später, auf die eine oder andere Weise, werden sich Ihre Wege trennen. Sie müssen jetzt also einige Entscheidungen treffen.«

»Und welche wären das?«

»Ich denke, Daisy überlegt, Sie mitzunehmen, wenn sie geht.«

Nancy bleibt die Luft weg. Damit hat sie nicht im Mindesten gerechnet. »Hat sie mit Ihnen darüber gesprochen?«

»Nicht im Detail, nein.«

Sie gelangen an eine Kreuzung. Dort steht ein großer roter Briefkasten an der Ecke, und Miss Birnstingl bleibt stehen, öffnet ihre Tasche und schaut hinein. Um einen Brief einzuwerfen, glaubt Nancy. Stattdessen nimmt sie etwas heraus, das aussieht wie die Feuerwerkskörper, die sich die Jungen am Guy Fawkes Day basteln, der an das Attentat auf König Jakob I. erinnert. Miss Birnstingl hält einen zwanzig Zentimeter langen Streifen mit Klebeband in der Hand, an dem eine fünfundzwanzig Zentimeter lange Zündschnur hängt.

»Hören Sie mir gut zu. Ich werde Ihnen jetzt zeigen, wie man einen Brandsatz benutzt.« Sie holt ein Feuerzeug aus der Handtasche und lässt den Deckel aufschnappen. Den Brandsatz hält sie in den Briefschlitz. »Halten Sie ihn fest, bis die Zündschnur brennt. Halten Sie ihn nicht an der Zündschnur, sonst reißt sie ab.« Sie zündet das Feuerzeug an, hält die Flamme an die Lunte und sowie die zischend brennt, lässt sie den Brandsatz fallen. »Und jetzt schnell weg.« Sie schließt die Handtasche, fasst Nancy beim Arm und zieht sie mit sich. Sie beschleunigen ihre Schritte, und als Nancy über die Schulter blickt, raucht der Briefkasten wie ein Schornstein.

»Nicht umdrehen«, sagt Miss Birnstingl. Sie biegt mit ihr nach rechts in eine Straße ein, und sobald sie außer Sicht sind, gehen sie in normalem Tempo weiter. »Wie gesagt, Sie müssen sich entscheiden, und es ist wichtig, dass Sie es aus den richtigen Gründen tun. Daisy muss in Kürze umziehen, und ich nehme an, Sie wollen mit ihr gehen. Ich biete Ihnen jedoch an, in meinem Haus wohnen zu bleiben, sofern Sie das möchten.«

»Das ist sehr freundlich von Ihnen«, sagt Nancy behutsam. »Aber wie Sie vermuten, werde ich mich Daisy anschließen.«

»Ich habe einen Freund, der ein Geschäft führt. Er ist ein netter Mann. Er sorgt für seine Angestellten. Er ist bereit, Ihnen Arbeit zu geben, sechs Shilling pro Tag, wenn Sie die Stelle wollen. In Ihrer freien Zeit könnten Sie weiterhin Zeitungen verkaufen, wenn Ihnen das ein Anliegen sein sollte. Und wie gesagt, Sie dürfen bei mir wohnen, bis Sie genügend Mittel haben, um unabhängig zu sein.«

»Aber das will ich gar nicht sein.«

Miss Birnstingl wird ärgerlich. »Daisy Divine hat einen Weg gewählt, den nur wenige gehen können. Sie sollten nicht glauben, dass sie Ihretwegen davon abweicht.«

»Warum sollte ich sie ändern wollen?«

»Weil sie allerhand von Ihnen verlangen wird, das Sie meiner Ansicht nach nicht tun können oder das Sie sich nicht reiflich genug überlegt haben.«

»Dann werde ich es eben lernen müssen«, erwidert Nancy

sofort, noch immer zu aufgeregt, um richtig zu verstehen, was Miss Birnstingl ihr sagen will.

»Also gut. Ich kann nicht behaupten, dass mich das überrascht. Jetzt müssen Sie sich bereit machen. An der nächsten Kreuzung steht wieder ein Briefkasten. Ich habe einen zweiten Brandsatz bei mir. Wie er benutzt wird, wissen Sie nun.«

Nancy reißt die Augen auf.

»Wenn Sie das nicht tun können, sollten Sie nicht mit Daisy gehen. Mit ihr wird es wesentlich gefährlicher, sie wird viel mehr von Ihnen fordern.«

Ungefähr hundert Meter entfernt sieht Nancy den Briefkasten. Ein Mann geht darauf zu, wirft einen Brief ein und wendet sich in ihre Richtung.

»Da ist jemand.« Nancy merkt, wie ängstlich sie sich anhört. »Wir müssen warten, bis er weg ist«, sagt sie rasch, um es zu überspielen.

»Ich sehe ihn.« Sie gehen langsamer und lächeln, als der Mann an ihnen vorbeikommt. Als sie den Briefkasten erreichen und niemand mehr in Sichtweite ist, öffnet Miss Birnstingl ihre Tasche und gibt Nancy den Brandsatz. »Tun Sie es sofort, oder geben Sie ihn mir zurück.«

»Haben Sie das Feuerzeug parat?«

Ohne Zögern hält Nancy die Flamme an die Zündschnur.

»Treten Sie zurück«, befiehlt sie Miss Birnstingl und lässt den Brandsatz los.

23

Miss Penny, die Sekretärin, klopft an Claras Bürotür. »Ich bin's nur.« In einer Lavendelwolke kommt sie hereingeschwebt. »Wie geht es Ihnen heute? Haben Sie schon etwas von Ihrer Schwester gehört?«

Es ist über einen Monat her, seit Nancy sich aus dem Staub gemacht hat, und Clara ärgert sich, weil ihr Leben offenbar Thema beim Büroklatsch ist. »Nein, Miss Penny. Nichts mehr seit ihrem Brief.«

»Oje«, sagt Miss Penny gut gelaunt. »Sie sind bestimmt schrecklich besorgt um sie.«

»Kann ich etwas für Sie tun?«

»Miss Hardgrave möchte Sie unverzüglich sprechen.«

»Danke, Miss Penny.« Clara steht von ihrem Schreibtisch auf.

»Nur zur Warnung: Sie hat einen vornehmen Besucher. Einen Parlamentsabgeordneten, wenn ich es richtig verstanden habe.«

Clara ist augenblicklich auf der Hut. »Wissen Sie, worum es geht?«

»Nein, Miss. Da möchte ich nicht spekulieren.«

»Nein«, pflichtet Clara ihr bei. Dabei tut sie es bereits selbst.

»Ich setze den Kessel auf, damit Sie hinterher eine schöne Tasse Tee trinken können.«

Clara geht zum Büro der Vorsteherin, klopft an und wartet.

Miss Hardgrave öffnet selbst. »Miss Cooper. Gut. Kommen Sie herein.«

Der fragliche Herr sitzt auf ihrem Platz hinter dem Schreibtisch. Er hat Papiere vor sich liegen und einen Füllfederhalter in der Hand. Die Vorsteherin weist Clara den Stuhl ihm gegenüber an.

»Das ist Sir Herbert Randolph, Mitglied des Parlaments. Er würde Ihnen gern einige Fragen stellen zu dem Vorfall mit Constance Rigby.« Die Vorsteherin zieht sich an den Kamin zurück, wo ein zusätzlicher Stuhl steht. Clara kann aus dem Augenwinkel von ihr nur die Schuhe sehen.

Sir Randolph nimmt seine Lesebrille ab. »Miss Cooper? Bitte nehmen Sie Platz.«

Clara setzt sich.

Er legt die Hände auf den Schreibtisch. »Ich komme im Auftrag eines Parlamentsausschusses und soll einen Bericht über den Einsatz eines Feuerwehrschlauchs gegen die jüngste Protestaktion von Constance Rigby verfassen. Soweit ich weiß, waren Sie unter den Anwesenden die ranghöchste Angestellte.«

»Ja, Sir.«

»Und das war Ihr erster Tag als Oberaufseherin?«

»Ja, Sir. Ich war gerade erst befördert worden.«

»Wussten Sie vorher von dem Einsatz der Männer?«

»Es wurde mir eine Stunde vorher mitgeteilt.« Clara überlegt, wohin das Gespräch führen könnte, wie viel sie sagen und wem ihre Loyalität gelten sollte. Aus dem Augenwinkel sieht sie, dass die Vorsteherin die Füße zusammenstellt. »Miss Hardgrave bat mich, sie in Empfang zu nehmen und zu unterstützen.«

»Und wann wurde Ihnen klar, dass sie einen starken Wasserstrahl gegen die Inhaftierte einsetzen werden?«

»Die Männer wollten in den Innenhof. Da habe ich den einsatzbereiten Spritzenwagen gesehen.«

»Und Ihnen ist nicht eingefallen zu fragen, wofür er benutzt werden soll?«

»Ich erinnere mich, dass ich das ungewöhnlich fand. Ich wusste nicht, aus welchem Grund das notwendig sein sollte.«

»Sie haben aber keine Erklärung verlangt?«

»Nein, Sir.«

»Warum nicht?«

»Das waren Polizisten, Sir. Und ein Mann vom Innenministerium. Ich nahm an, die Leute wären dazu befugt.«

»Haben Sie daran gedacht, sich bei Ihrer Vorgesetzten Rat zu holen?«

»Nein, Sir.« Clara fragt sich, was sie getan hätte, wenn sie nicht Männern, sondern Frauen gegenübergestanden hätte.

»Aber Sie haben den Häftlingen gegenüber eine Fürsorgepflicht.«

»Und die Pflicht, die Ordnung aufrechtzuerhalten, Sir. Zum Wohle aller.«

Miss Hardgrave schaltet sich ein. »Miss Cooper hat sich als sehr gewissenhaft erwiesen, Sir Randolph. Ich habe ihr in jeder Hinsicht zugetraut, das Vorgehen der Verantwortlichen zu beaufsichtigen.«

»Und dennoch erscheint es jetzt als Missgriff.« Sir Randolph setzt die Brille wieder auf und notiert etwas. »Danke, Miss Cooper. Das wäre alles.«

Miss Hardgrave bringt Clara zur Tür, und Miss Penny erscheint augenblicklich auf dem Gang, um sie ins Sekretariat zu lenken. Dort drückt sie ihr eine Tasse Tee in die Hand, für die Clara ihr sehr dankbar ist.

»Sie sehen blass aus, Miss Cooper. Setzen Sie sich doch,

und erzählen Sie mir alles. Ging es um die kleine Suffragette und die Polizisten?«

»Wie es scheint, wird man mir die Sache anlasten.« Clara ist verärgert wegen der Ungerechtigkeit und wird dennoch den Gedanken nicht los, vielleicht doch schuld zu sein, weil sie die Situation anders hätte handhaben müssen.

»Ich bin mir sicher, dass sie das nicht denken«, entgegnet Miss Penny beruhigend, doch sie wissen beide, dass es wahr ist.

Clara trinkt ihren Tee und grübelt über die möglichen Konsequenzen nach. Sie hört Miss Hardgrave, die soeben den Abgeordneten hinausbegleitet, auf dem Gang reden, und als sie zurückkommt, wartet Clara vor ihrem Büro.

»Miss Hardgrave? Hätten Sie kurz Zeit für mich?«

Die Vorsteherin nimmt sie mit hinein. »Ich fand, Sie haben Ihre Sache sehr gut gemacht, Clara.«

»Was wird sich daraus ergeben, Ma'am?«

»Gar nichts, Clara.«

»Aber der Bericht? Was passiert damit?«

»Jeder wird einem anderen die Schuld zuweisen, und am Ende wird man es auf einen Fehler im System schieben und empfehlen, zukünftig auf solche Maßnahmen zu verzichten. Danach wird der Bericht abgeheftet, und die Angelegenheit ist damit abgeschlossen.«

»Es kam mir vor, als würde ich dafür verantwortlich gemacht, Ma'am, als bliebe die Sache nun an mir hängen.«

Miss Hardgrave fasst sie tröstend am Arm. »Das denkt man immer, wenn einem heikle Fragen gestellt werden.«

»Es wäre aber für alle die bequemste Schlussfolgerung, nicht wahr, Ma'am?«

»Ich habe meinen Bericht über den Vorfall eingereicht und Ihre Arbeit bei uns positiv beurteilt. Man wird das Vorgehen einem Übereifer der Polizei und einem Fehlurteil Ihrerseits zuschreiben, Miss Cooper.«

»Das ist aber doch ungerecht.«

»Wie Sie selbst gesagt haben, es ist im Interesse aller Beteiligten.«

»Außer in meinem.«

»Die Verantwortung wird denen zugerechnet, denen das am wenigsten schadet, und wird bald vergessen sein. Sie brauchen sich keine Sorgen zu machen, Miss Cooper. Das ist nur ein winziger Makel in einer ansonsten vielversprechenden Laufbahn.«

»Werde ich bestraft?«

»Ich bezweifle, dass es dazu kommt.«

Clara hat das Gefühl, dass bereits alles abgemacht ist, dass das Ergebnis beschlossen wurde, bevor der Einsatztrupp am Gefängnistor eintraf. Und so ungerecht das auch sein mag, sie kann nichts dagegen unternehmen, und Miss Hardgrave wird auch nichts weiter für sie tun.

»Sie müssen mir vertrauen, Miss Cooper. Das geht vorüber.« Sie lässt Clara an der Tür stehen und setzt sich hinter ihren Schreibtisch.

Die plötzliche Distanz zwischen ihnen kommt Clara übertrieben vor, als ob sie sich beide nicht mehr im selben Raum befänden, sondern einander über eine Schlucht hinweg beobachteten. Und auf der Seite der Vorsteherin scheint es einsam zu sein. Für Clara würde es dort auch einsam werden, sollte sie je dorthin gelangen, und sie fragt sich, wie sie darauf gekommen ist, diese Frau um ihren Beruf zu beneiden.

»Haben Sie noch Fragen, Miss Cooper?«

»Nein, Ma'am.« Clara greift zu Klinke. »Danke für die hilfreiche Erklärung.«

24

Miss Birnstingl hat Daisy und Nancy ins Wohnzimmer gebeten und auf Eile gedrungen. Als die beiden eintreten, dreht Mary gerade die Lampen auf und zieht die Vorhänge zu, damit von draußen niemand hereinsehen kann. »In zehn Minuten werden sie hier sein«, erklärt die alte Dame. »Rasch. Wir müssen bis dahin fertig sein.«

»Was ist denn los?«, fragt Nancy. »Wir verlassen das Haus?«

Daisy knöpft sich bereits das Kleid auf und lässt sich von Mary helfen, die es ihr von den Schultern zieht, dann ordentlich zusammenfaltet und in einen der beiden Rupfensäcke packt, die auf dem Tisch liegen. Sie scheint Bescheid zu wissen.

»Sie auch.« Miss Birnstingl nickt Nancy zu.

Die Säcke enthalten bereits eine Garnitur Kleidung zum Wechseln – Hut, Handschuhe, einen warmen Mantel, ein Paar Strümpfe –, und Nancy legt ihr Kleid obendrauf. Dann steckt sie sich die Haare hoch.

»Gehen Sie in das vordere Schlafzimmer«, weist Miss Birnstingl sie an. »Warten Sie dort, bis wir Sie rufen, und zählen Sie die ankommenden Polizisten.«

Ohne noch etwas zu fragen, eilt Nancy hinaus. Sie rennt die Treppe hoch in den abgedunkelten Raum. Vom Fenster aus kann sie den Polizisten an der Laterne sehen. Er ist allein. Sein Atem weht weiß in die kalte Abendluft. Dabei fällt ihr ein, dass sie im Unterrock am Fenster steht, und sie tritt einen Schritt zurück. Von da kann sie die Straße noch genauso gut sehen.

Alles ist still. Am Straßenrand parken zwei Automobile. Eine Katze streift mit der Nase am Boden langsam durch den Rinnstein. Nancy wartet darauf, dass etwas passiert, und dann passiert es: Drei Kraftwagen kommen angeprescht, dass die Katze davonflitzt, und halten mit quietschenden Reifen vor dem Haus. Der postierte Polizist richtet sich gespannt auf. Die Wagentüren fliegen auf, und heraus springen lauter Frauen, zwanzig oder mehr, alle identisch als Milchmädchen gekleidet und mit einem Rupfensack in der Hand, den sie sich über die Schulter werfen. Sie tragen Kleider mit blauem Würfelmuster, weiße Schürzen und gelbe Strohhüte über ihren blonden Zöpfen, und sie rennen den Bürgersteig entlang zur Haustür und klopfen energisch. Die Fahrzeuge entfernen sich so schnell, wie sie gekommen sind.

Der Polizist weiß nicht, wohin er zuerst schauen oder was er tun soll. Er bläst ein paarmal in seine Trillerpfeife. Nach wenigen Augenblicken kommen zwei weitere Fahrzeuge an und halten mit quietschenden Reifen vor dem Haus. Da sind jedoch schon alle Frauen ins Haus verschwunden. Polizisten steigen aus und schauen sich nach allen Seiten suchend um. Einige sind in Uniform, andere nicht. Nancy zählt, es sind acht.

»Nancy!«, ruft Miss Birnstingl aus dem Flur. »Kommen Sie schnell!«

Nancy eilt auf den Treppenabsatz. Unten drängen sich die Milchmädchen, die alle gleich aussehen, und in ihrer Mitte steht die Dame des Hauses in ihrem schwarzen Kleid, das umgeben von fröhlichen Farben und Niedlichkeit geradezu düster wirkt.

»Schnell«, ruft sie erneut und winkt Nancy nach unten.

Nancy schiebt sich durch die schwatzenden Frauen, und Miss Birnstingl verfrachtet sie ins Wohnzimmer, wo noch mehr Milchmädchen stehen. Nancy sieht sich nach Daisy um, kann sie aber nicht entdecken und argwöhnt plötzlich, ob auch sie verwirrt werden soll, damit man sie mühelos von Daisy trennen kann.

»Wie viele Polizisten haben Sie gezählt?«, will Miss Birnstingl wissen.

»Acht. Sie sind zu acht.«

Die alte Dame nickt. »Dann haben wir eine gute Chance.«

Nancy wird drei Frauen anvertraut, die ihr hastig Kleid und Schürze überstreifen, ihr eine Schleife binden, dann die blonde Perücke aufsetzen und die Zöpfe auf den Rücken legen, um schließlich den Strohhut festzustecken. Eine schminkt sie mit weißem Puder und setzt ihr einen großen Rougefleck auf die Wangen. Im Nu sieht Nancy aus wie alle anderen.

»Sie müssen dicht bei Daisy bleiben«, mahnt Miss Birnstingl ruhig. »Hinter dem Gartentor laufen Sie nach links. Nach hundert Metern kommt eine Querstraße. Da wartet ein Wagen auf Sie.« Endlich, nach all der Zeit, lächelt die alte Dame sie an, und Nancy errötet vor Freude. »Viel Glück! Ich werde Sie vermissen.«

Eines der Milchmädchen fasst Nancy bei der Hand. »Lassen Sie mich auf keinen Fall los«, sagt es, und Nancy erkennt in ihm die müde lächelnde Daisy. Jemand drückt ihnen den Rupfensack mit ihrer Kleidung in die Hand.

»Und nun schnell!«, ruft Miss Birnstingl ins Wohnzimmer, und alle drängen sich mit in den Flur, wo sie zu dritt nebeneinanderstehen, dicht an dicht wie Sardinen in der Dose. Nancy und Daisy sind absichtlich im hinteren Drittel positioniert.

»Lassen Sie mich Ihren Sack tragen«, bietet Nancy an, aber Daisy schüttelt den Kopf.

»Das muss ich selbst tun. Sonst falle ich auf.«

»Können Sie denn rennen?«

»Ich werde mein Bestes tun.«

Miss Birnstingl klatscht in die Hände. »Bei drei strömen Sie hinaus«, verkündet sie und greift an den Riegel. »Eins, zwei, drei!« Sie reißt die Haustür auf und weicht zur Seite. »Los!«

Die Frauen rennen los, die ersten sechs zum Gartentörchen, wo die Polizisten schon warten. Die nächsten vier sausen im Zickzack durch die Blumenbeete auf die hüfthohe Mauer zu und schürfen sich beim Überspringen die Hände an den Ziegelsteinen auf.

Zwischen den Köpfen vor ihr sieht Nancy einen Polizisten nach dem ersten Milchmädchen greifen. Er erwischt Rock und Schürze mit den Fäusten, schwingt die junge Frau herum und drückt sie gegen eines der schwarzen Autos. Einer anderen wird ein Bein gestellt. Sie fällt in die Gosse, bekommt aber einen Regenmantel zu fassen und zieht den Mann mit sich. Es wird gepfiffen und gebrüllt, während die Milchmädchen durchbrechen und in alle Richtungen davonrennen, verfolgt von verwirrten Polizisten.

Nancy läuft los, sowie vor ihr genug Platz ist, Daisy folgt an ihrer Hand einen Schritt hinter ihr. Sie hastet durch das Tor, trifft mit dem Fuß einen herabgefallenen Helm, sodass er auf die freie Straße trudelt, wendet sich nach links und rennt den Bürgersteig entlang, neben ihr Daisy keuchend und schon außer Atem. Nach zwanzig Metern blickt Nancy über die Schulter, ob sie verfolgt werden. Daisy wird immer langsamer und hält sich die Seite.

»Kommen Sie!«, drängt Nancy.

Vor dem Haus herrscht Gerangel, und auf der anderen Straßenseite rennen zwei Milchmädchen, schlittern lachend an einem Herrn mit Bowler vorbei, der das Spektakel interessiert beobachtet.

Die Herzogin kommt nur noch im Schritttempo voran. Sie streckt die Hand nach Nancy aus, damit sie auf sie wartet. Sie ringt nach Atem und hat ihren Sack fallen lassen, um sich in die Seiten zu greifen.

»Oh Gott«, keucht sie, »ich glaube, ich schaffe das nicht.«

Nancy rennt zu ihr zurück und hebt den Sack auf. »Kommen Sie weiter«, befiehlt sie und legt einen Arm um sie. »Wir sind fast da.« Aber noch immer sieht sie weder einen wartenden Wagen noch die besagte Straßenecke. Stattdessen bemerkt sie, dass der Mann auf der anderen Seite seine Aufmerksamkeit auf sie gerichtet hat und sie genau beobachtet. Macht nichts, denkt sie. Er wohnt vermutlich hier, macht einen geruhsamen Abendspaziergang und wundert sich, was da los ist. Aber dann nimmt er die Hände aus den Manteltaschen, den Blick auf Daisy geheftet, und da weiß sie, dass er die ganze Zeit schon nach ihr Ausschau gehalten hat.

»Los, weiter«, herrscht Nancy die Herzogin an. »Sie haben uns entdeckt.«

Daisy richtet sich auf, und dann rennen sie taumelnd weiter, stützen sich und rempeln gegeneinander, wie bei einem Dreibeinlauf. Nancy wagt einen Blick über die Schulter. Der Mann hat die Verfolgung aufgenommen. Er fängt nun auch an zu rennen, sein offener Regenmantel flattert ihm um die Beine.

»Hierher!«, brüllt er. »Hier ist sie!«

In dem Moment sieht Nancy den Wagen an der nächsten Ecke, der mit laufendem Motor auf sie wartet, und die hintere Tür wird bereits für sie geöffnet. Er rollt an und fährt ihnen am Rinnstein entlang entgegen, sie stürzen darauf zu, doch ihr Verfolger ist ihnen jetzt dicht auf den Fersen, so nah, dass er sie bestimmt gleich schnappen wird. Nancy hört seine Sohlen auf dem Pflaster knallen. Sie schwingt ihren Sack durch die Luft und erwischt ihn mit voller Wucht an der Schulter. Das bringt ihn aus dem Gleichgewicht, sodass er stürzt. Er flucht. Daisy erreicht den Wagen. Sie wirft sich auf den Rücksitz, und der Wagen fährt wieder an und bremst erneut, damit Nancy hineinspringen kann. Sie landet auf Daisy, die aufstöhnt und mit dem Oberkörper auf das schwarze Lederpolster sinkt. Die offene Tür knallt gegen einen Laternenpfahl und schlägt zu, als die Fahrerin beschleunigt. Als Letztes sieht Nancy das Gesicht des Polizisten, der gerade auf die Beine kommt und die Trillerpfeife an den Mund setzt.

Daisy windet sich stöhnend unter ihr hervor und ringt nach Luft. Nancy richtet sich hastig auf.

»Bleiben Sie unten«, befiehlt die Fahrerin, als sie in die Hauptstraße einbiegt. »Wir sind noch nicht in Sicherheit.«

Nancy lässt sich zwischen die Sitzbänke auf den Boden gleiten. Sie staunt, dass sie tatsächlich in einem Automobil fährt. Das von einer Frau gesteuert wird! Ihr Vater würde Gift und Galle speien. Freude und Angst durchströmen sie, sie möchte laut schreien.

Daisy stöhnt auf der Rückbank.

Nancy greift hinauf und nimmt ihre Hand. »Atmen Sie einfach, atmen Sie tief durch.« Sie befolgt ihren eigenen Rat, und als sie sich ruhiger fühlt, sagt sie: »Wir haben es geschafft. Wir sind ihnen durch die Finger geschlüpft.«

Die Fahrt dauert zehn Minuten, vielleicht ein wenig länger, aber welche Richtung sie genommen haben, weiß Nancy nicht. Vom Boden aus sieht sie Straßenlampen und beleuchtete Schaufenster. Sie hört eine Straßenbahn vorbeifahren. Als der Wagen anhält, befinden sie sich in einer stillen Straße mit georgianischen Reihenhäusern.

»Wir sind da«, verkündet die Fahrerin und schaut über die Rückenlehne zu Nancy, die ihren Kopf mit der Chauffeurmütze nur als Silhouette sieht. »Wie geht es ihr?«

Daisy stemmt sich hoch und greift an den Vordersitz, um sich aufzurichten. »Ich werd's überleben«, sagt sie erschöpft.

Die Fahrerin steigt aus, öffnet die hintere Tür und bietet ihren Arm an. Mit ihrer Hilfe steigt Daisy ängstlich aus dem Wagen. Nancy folgt ihr.

Die Fahrerin führt sie zu einem Haus mit roter Tür. Auf ihr Klopfen wird sofort geöffnet. Das Dienstmädchen sagt, sie würden erwartet, und führt sie in einen hohen Flur, in dem ein Kronleuchter Licht spendet. Es geleitet sie zu einer Flügeltür, klopft an und öffnet sie. Der Salon ist voller Leute, alle in Abendkleidung und mit einem Cocktailglas oder einer Champagnerflöte in der Hand. Die Gespräche verstummen, und jeder dreht den Kopf zur Tür. Was immer das zu bedeuten hat, mit solch einer Szene hat Nancy nicht gerechnet.

Aus der Gästeschar kommt ihnen ein Mann im Smoking entgegen. »Daisy!« Seine Haare sind mit Pomade nach hinten gekämmt, sein Oberlippenbart ist akkurat gestutzt. »Daisy!« Mit ausgebreiteten Armen bleibt er vor ihnen stehen und schaut lachend über die Schulter zu seinen Gästen. »Aber welche von den schönen Milchmädchen ist sie?« Er spricht den Satz übertrieben spöttisch wie ein Schauspieler im Schmierentheater.

»Oh Rupert, sei nicht albern«, sagt Daisy müde. Sie lehnt sich gegen Nancy. »Ich muss mich setzen.«

Der Mann namens Rupert hat keine Sekunde lang aufgehört zu lächeln. Er ruft ein Dienstmädchen herbei, das zwei Stühle bringt, und sowie sie sitzen, geht er vor Daisy auf die Knie. »Du meine Güte, du siehst wirklich schlecht aus. Ich hole dir einen Brandy.«

»Zum ersten Mal in meinem Leben würde ich ein Glas Wasser vorziehen.«

Ein Kellner bringt ein Tablett mit Getränken. Er schenkt Wasser ein und reicht beiden Damen ein Glas.

»Die wunderbare Daisy Divine!«, ruft Rupert den versammelten Gästen zu. »Kürzlich aus Holloway entlassen und auf der Flucht vor den Aufmerksamkeiten unserer besten Polizisten, nur um heute Abend bei uns zu sein.« Gedämpfter Applaus. »Und nun musst du uns alles erzählen!«

»Ach, Rupert, ich bin so müde«, sagt Daisy. »Unvorstellbar müde.«

»Aber meine Liebe, dein Publikum wartet.«

»Sie ist krank«, wendet Nancy im Tonfall ihrer Mutter ein und errötet über ihre Unhöflichkeit.

»Und wer ist das?«, fragt Rupert, der nun doch Mühe hat, sein Lächeln beizubehalten.

»Das ist Nancy«, erklärt Daisy. »Sie ist meine kleine Kampfgefährtin.«

»Dann sind Sie uns willkommen.« Er dreht sich zum Butler um, der aus dem Flur hereingekommen ist. »Broadhurst, bitten Sie Mrs Higgins, sofort zwei Zimmer bereit zu machen.« Er wendet sich den Frauen wieder zu. »Es dauert nur ein paar Minuten, aber wir können dich nicht gehen lassen, bevor du uns erklärt hast, was die Kostümierung bedeutet. Diente sie der Tarnung?«

Daisy neigt sich ein wenig vor und findet irgendwo die Kraft für einen kurzen Auftritt. »Da standen wir und haben uns gefragt, wie wir unser Geheimversteck verlassen können, denn ich hatte mich gerade soweit erholt, dass ich wieder laufen konnte. Es ist einen Monat her, seit sie mich entlassen haben, und Asquith saß schon in den Startlöchern, um mich zu verhaften, davon waren wir überzeugt.« Sie trinkt einen Schluck Wasser. »Das Haus, in dem wir untergebracht waren, war von Polizisten umstellt. Sie kannten also unser Versteck, und eine Flucht erschien unmöglich. Also haben wir einen Plan ausgeheckt …«

Man hätte eine Nadel fallen hören können.

Auch Nancy lauscht der Erzählung. Obwohl sie deren Ausgang kennt, ist sie ebenso fasziniert wie die Gäste. Selbst in ihrem geschwächten Zustand ist Daisy Divine noch immer unwiderstehlich.

25

Ernst und besorgt erscheint Ted am Treffpunkt. »Willst du das wirklich tun?«

»Du hättest dir nicht freinehmen sollen«, sagt Clara, aber im Grunde ist sie froh, dass er sie begleitet.

Die Great George Street ist belebter als sonst, denn ein steter Strom von Leuten bewegt sich auf den Parliament Square zu. Die meisten sind Männer. Manche machen den Eindruck, als wären sie auf eine Prügelei aus, Dreier- und Vierergrüppchen mit finsteren Gesichtern, die Fäuste tief in den Hosentaschen vergraben. Und dann sind da die Neugierigen, die untergehakt gehenden Pärchen, die wissen wollen, was die ganze Aufregung soll. Ted und Clara gehen schnell. Vor einer Schar Leute, die sich lebhaft unterhalten und nervös lachen, weichen sie auf die Fahrbahn aus. Sie kommen an Zeitungsverkäufern vorbei, an einer Frau, die die *Suffragette* anbietet, und einem Mann mit dem *Socialist* im Arm. Auf der Tothill Street steht berittene Polizei. Die Pferde wirken nervös und zucken mit den Ohren. Die Polizisten sitzen unruhig im Sattel.

Ein Raunen geht durch die Menschenmenge, man spürt, dass etwas passieren wird. »Sie haben sich in Marsch gesetzt. Sie werden bald hier sein.«

Ted und Clara halten an und sehen sich um, wo wohl die beste Stelle ist, um alles zu beobachten.

»Mir gefällt die Stimmung hier nicht«, sagt Ted.

Clara geht nicht darauf ein. Sie ist schon ohne seine Einwände nervös genug. »Du kannst gehen, wenn du willst.« Er macht jedoch keine Anstalten. Die Leute vor ihnen sind stehen geblieben, sie trauen sich nicht weiter, sie wollen nah, aber nicht zu nah beim Geschehen sein.

»Wie groß kann die Chance schon sein, sie hier zu finden?«, gibt Ted zu bedenken. »Es ist, als würdest du eine Nadel im Heuhaufen suchen.«

Ein Mann drückt Clara ein Flugblatt in die Hand, das sie, ohne einen Blick darauf zu werfen, in die Handtasche stopft. Vor Westminster Abbey klammert sich eine Reihe Jungen an den Zaun. Hinter ihnen sind amerikanische Matrosen auf eine Mauer geklettert und halten dicke Sandwiches und Bierflaschen in den Händen.

»Da drüben. Von da oben kann ich besser sehen.« Clara steuert mit Ted die Mauer an. »Sei so gut und hilf mir rauf, ja?«

Ted runzelt die Stirn, fasst sie aber an der Taille und hebt sie hoch, während sie an den Backsteinen mit den Schuhspitzen nach Halt sucht.

»Komm her, du kannst von meinem Sandwich abbeißen«, ruft einer der Matrosen. »Probier mal. Schmeckt gut.«

Abweisend dreht sie den Kopf weg und versucht, sich zu konzentrieren. Von der Mauerkrone ist der Platz recht gut zu überblicken. Auf dem Rasen stehen die Menschen dicht an dicht, zumeist grobe Männer mit Stoffmützen und grauen Wolljacken. Hinter dem Platz erhebt sich das Parlamentsgebäude, vor dem Eingang entdeckt sie drei Reihen Polizisten.

»Kommst du da oben zurecht?«, ruft Ted zu ihr hoch.

»Keine Sorge, Kamerad«, antwortet ein Matrose. »Wir geben auf sie acht.«

»Da kommen sie!«, brüllt jemand ein Stück weit entfernt.

Clara hält nach den Frauen Ausschau, sieht aber nur ein Banner zwischen lauter Hüten und Sonnenschirmen. Ist sie das? Ist das Nancy? Seit knapp zwei Monaten hat Clara ihre Schwester nicht mehr gesehen und erwartet aus irgendeinem Grund, dass sie inzwischen anders aussieht, sich stark verändert hat.

Die Zuschauer werden still, als die Demonstrantinnen auf die Kirche zumarschieren. Die Leute vor ihnen geben die Straße frei. Sie drängen sich zu den anderen auf den Bürgersteig und drehen sich sofort wieder um, weil sie sehen wollen, was für Frauen auf die Idee kommen zu demonstrieren. Lauter Gift speiende Xanthippen? Oder tapfere Schönheiten? Sind sie wie die Hexen aus *Macbeth* oder wie Jeanne d'Arc?

Clara kann sie jetzt deutlich sehen, sechs Frauen, die in vorderster Reihe nebeneinandergehen. Alle tragen lange schwarze Kleider, und als sie an ihr vorbeiziehen, kann Clara lesen, was auf die weißen Stoffsterne an ihrer Brust gestickt ist: Delegierte. Jede trägt einen zusammengerollten Teil ihrer Petition. Aber Nancy ist nicht unter ihnen. Clara beginnt zu zweifeln, ob sie sie finden wird.

Vor den Demonstrantinnen ist jetzt die Straße blockiert. Eine Wand von Männern steht wartend da, die Stoffmützen tief in die Stirn gezogen. Es sind noch zwanzig Meter freier Raum zwischen ihnen und der Delegation. Dann sind es noch zehn. Die Männer weigern sich, die Straße freizugeben. Die Zuschauer halten den Atem an. Die Frauen können unmöglich durchbrechen. Sie haben keine Chance, wenn die Männer nicht nachgeben.

»Bitte machen Sie den Weg frei!«, ruft die Frau mit dem

Banner ihnen zu. »Wir sind hier, um beim Premierminister eine Petition einzureichen.«

»Zurück in eure Küchen!«, schallt ein Ruf aus der Menge.

Ein paar Leute lachen, und die Zuschauer an den Seiten nähern sich langsam, zuversichtlich, dass die aggressive Spannung gebrochen wurde. Dann aber schiebt sich ein Fuß vor, der schwarze Schnürschuh eines Mannes, und er erwischt die im Vorwärtsschwung befindliche Fußspitze einer Suffragette, sodass sie stolpert und hinfällt. Ein Fotograf springt auf die freie Straße vor ihr, das Blitzlicht flammt auf, während ihre Papierrolle übers Pflaster kullert, zwischen die Füße eines Mannes mit Lederschürze und Bowler, der wohl seinen Laden geschlossen hat, um sich die Demonstration anzusehen. Die Menge der Schaulustigen wogt wieder nach vorn. Die Hintenstehenden drängeln, um mehr sehen zu können, und Clara verliert die Bannerträgerin aus den Augen, kann aber die anderen Suffragetten noch erkennen, die auf die zusammengerotteten Männer zutreten. Die Männer schubsen sie von sich, aber die Frauen gehen erneut auf sie zu. Diesmal packen die Männer sie an der Taille, drehen sie um und stoßen sie zu Boden. Einer schnappt sich das Banner und reicht es nach hinten weiter. Dort reißt einer es dem anderen aus den Händen, sodass es sich über den Köpfen hin und her bewegt wie eine Fliege über einem Teich, um schließlich außer Sicht zu geraten.

Die Frauen stehen auf. Sie wollen es wieder versuchen.

»Lasst sie durch«, ruft jemand bittend von der Zuschauerseite. »Lasst sie zu Wort kommen! Das ist nur gerecht.«

Die Suffragetten gehen auf die Männer zu, so nah, dass sie sie treten oder küssen könnten. Wieder packen die Männer sie, aber diesmal werfen sie sie hinter sich, sodass die Frauen von der Männermeute verschluckt werden und keine

Möglichkeit haben zu entkommen. Die vorderen Reihen rücken gegen die übrigen Suffragetten vor. Clara beobachtet, wie sie gestoßen und bedrängt werden. Der Kopf einer Frau taucht über dem Gewimmel auf, von einer anderen ein Arm wie Treibholz auf wogender See. Die Frauen kommen in Sicht und verschwinden wieder, während sie wie Pakete durch die Menge gereicht werden.

Drei Polizisten eilen herbei und dringen auf die Männer ein, um die Frauen zu retten und in Sicherheit zu bringen. Ein Sack Mehl fliegt durch die Luft und trifft einen Polizisten am Helm, reißt auf und färbt seine schwarzen Uniformschultern weiß.

Dann sieht Clara ein anderes Banner über der Menge flattern. Mehr Frauen. Eine zweite Delegation. Rufe schallen über den Platz, wo sich offenbar eine dritte Gruppe aus einer anderen Richtung nähert. Ist Nancy bei ihnen? Clara glaubt, sie zu erkennen. Sicher ist sie sich nicht, aber es könnte Nancy sein. Hundert Meter vor ihr wird die Frau hochgehoben und gerät einen Moment später außer Sicht.

»Hilf mir runter«, ruft Clara Ted zu, und er streckt die Arme zu ihr hoch, worauf sie springt und er sie auffängt.

Er versucht, sie zurückzuhalten. »Du wirst sie nicht finden. Nicht in dem Getümmel.« Er hält sie am Arm fest, aber Clara befreit sich und drängt sich in Richtung Platz durch die Leute. »Clara!«, schreit er hinter ihr her, während die Zuschauermenge dichter zusammenrückt. »Clara!«

Die Menge wogt hin und her, weil die einen nach vorn drängen, um besser zu sehen, und andere zum Rand wollen, um sich in Sicherheit zu bringen. Und nun befindet sich Clara mitten im Gewühl, stemmt sich gegen große Männer, die ihr die Sicht versperren, sodass sie allenfalls den Big Ben sieht. Sie senkt den Kopf und stemmt die Absätze gegen den Boden, dann zwängt sie sich an der Schulter des Mannes vorbei.

»Entschuldigen Sie«, schreit sie dabei. »Entschuldigen Sie.«

Jedes Mal, wenn sich einer nach ihr umdreht, öffnet sich eine Lücke, und sie kann vorbei. Schließlich tritt sie nicht mehr auf Kopfsteine, sondern auf Gras. Sie hat die Rasenfläche erreicht. Vor ihr passiert etwas. Da wird gelacht und gejohlt.

»Verpass ihr eine für mich!«, brüllt jemand.

Eine plötzliche Woge drängt alle nach links. Der Mann vor ihr stolpert und stürzt, reißt drei oder vier Männer mit um. Clara wird von hinten geschubst. Sie tritt auf eine Hand, stolpert, fällt gegen einen Mann, der sich gerade wieder aufrichtet, und sie fallen beide hin. Clara landet auf der Seite mit dem Gesicht im Morast. Als sie aufstehen will, fällt ein Mann auf sie. Ein Spazierstock sticht ins Gras, nur zwei Fingerbreit von ihrem Auge entfernt, bevor jemand sie bei der Hand packt und hochzieht. Halb erwartet sie, Ted vor sich zu sehen, doch er ist es nicht, sondern ein Fremder im Leinenanzug, der ihr zunickt und sich entfernt.

Links von ihr reiten Polizisten auf den Platz und lösen Panik aus. Die Menge um Clara drängt sich zusammen, es wird so eng um sie, dass sie nicht fallen könnte, selbst wenn sie den Boden unter den Füßen verlöre. Dass sie die eigene Situation nicht mehr beherrscht, nicht gehen kann, wohin sie will, macht ihr Angst.

»Clara!«

Sie hört Ted rufen, aber sie kann ihn nicht sehen, kann sich nicht mal nach ihm umdrehen. Jemand fasst ihr an den Rücken, ein anderer an den Oberschenkel, andere kneifen sie am Gesäß, in die Brust. Die Menschenmenge flieht auseinander wie ein Schwarm Vögel, als die Polizisten mitten hindurch galoppieren. Ein Pferd kommt ihr so nah, dass sie sich in seinem Auge gespiegelt sieht. Und jetzt will sie nur noch weg. Das ist zu furchterregend. Zu gefährlich. Und Ted hat recht gehabt. Mitten in der Menschenmenge auf Nancy zu stoßen ist nahezu unmöglich.

Anstatt sich weiter voranzudrängen, zwängt sie sich linker Hand seitlich zwischen Männern hindurch, und dann plötzlich bricht sie ins Freie, stolpert nach vorn auf eine Lichtung, wo eine der Delegierten zusammengekrümmt und keuchend am Boden liegt. Die Frau blickt zu ihr hoch, hofft sichtlich auf freundliche Hilfe. Doch Clara schaut weg. Sie hat sich für mutig gehalten, ist es aber nicht. Umso dringender will sie den Tumult hinter sich lassen.

»Lassen Sie mich durch«, verlangt sie von den Männern vor ihr. »Ich bin keine von denen. Lassen Sie mich vorbei.«

Und die Männer tun es.

Hinter ihnen endlich lichtet sich die Menge. Clara rennt durch die Lücken auf Westminster Abbey und die sichere Great George Street zu. Jemand greift nach ihr. Es ist Ted. Er hat seine Mütze verloren und einen üblen Bluterguss über einem Auge. Sie will ihm an die Wange fassen, doch er zuckt vor ihr zurück.

»Nicht.«

Sie fasst ihm trotzdem an die Wange. Er schlägt ihre Hand weg.

»Du bist wütend auf mich.« Sie sieht ihm an, dass er sich gedemütigt fühlt. Er hat sie nur begleitet, um sie zu beschützen, und konnte nicht einmal sich selbst schützen. Und jetzt macht er ihr Vorwürfe.

»So kann ich nicht zur Arbeit gehen. Die würden mich feuern.«

»Dann wirst du dir etwas ausdenken müssen, denn der Bluterguss wird bis morgen früh nicht weg sein. Sag, du wärst in Soho überfallen worden, dann werden sie Mitleid mit dir haben und dir nicht die Leviten lesen.«

Ted braust auf, und Clara wünscht, sie hätte das nicht gesagt. »Sei nicht wütend auf mich.«

Er sieht sie finster an und schweigt.

»Ted?«

»Wir sehen uns. Ich muss los.«

Sie hält ihn am Arm zurück. »Erst wenn du mir verraten hast, warum du wütend bist.«

»Ich weiß es nicht.«

»Oh doch. Besser du sagst es mir jetzt anstatt später. Ich kann nichts ändern, wenn ich nicht weiß, was dich ärgert.«

»Es ist dumm, das ist alles.«

»Was ist dumm?«

»Der ganze Unabhängigkeitsquatsch.« Er blickt sie trotzig an. »Wären die Leute einfach nur anständig zueinander, wäre das alles nicht nötig.«

»Und so denkst du über mich? Dass ich dumm bin?«

»Ich versuche, mich bei dir immer richtig zu verhalten, Clara.«

»Das weiß ich.«

»Aber es macht dich nicht mehr zufrieden. Die halbe Zeit bewege ich mich wie auf dünnem Eis.«

»Und das Gefühl löse ich aus?«

Ted ist verlegen, weil er das zugegeben hat, und Clara wird klar, dass es ihm nicht erst seit heute so geht. Er verhält sich ihr gegenüber schon seit einiger Zeit kühl, und jetzt wundert sie sich, warum ihr das nicht längst aufgefallen ist.

Er tritt von ihr weg. »Clara, ich muss jetzt wirklich gehen.«

»Sehen wir uns am Mittwoch?«

Er zuckt die Achseln. »Ich nehme es an.« Er gibt ihr einen flüchtigen Kuss auf die Wange und geht. Während sie ihm hinterherschaut, denkt sie zum ersten Mal, sie könnte ihn verlieren.

26

Nancy wird ein großes Schlafzimmer neben Daisys zugewiesen. Es liegt im zweiten Stock und geht nach hinten auf einen langen schmalen Garten hinaus, in dem es Steinplattenwege und Spaliere mit Efeu und Glyzinien gibt. Das Zimmer hat ein Himmelbett, bezogen mit gestärkter weißer Wäsche, und gegenüber einen Kamin aus Marmor und zwei Lehnstühle. Noch im Nachthemd schlendert Nancy umher und streicht über die nackten Putten aus Porzellan. Sie betrachtet gerade ein großes düsteres Seegemälde an der entfernten Wand, als das Dienstmädchen klopft und mit einem Korb Kohlen und Anmachholz hereinkommt.

»Guten Morgen, Miss.«

»Guten Morgen«, grüßt Nancy. Verlegen steigt sie wieder ins Bett und zieht die Decke um sich, während das Dienstmädchen am Kaminrost rüttelt und Feuer anzündet. »Möchten Madam das Frühstück heute Morgen gern in Ihrem Zimmer einnehmen?«

»Ist Miss Divine schon wach?«

»Ich bin gerade bei ihr gewesen und werde ihr gleich das Frühstück servieren.«

»Dann bringen Sie meines auch. Wenn ich's mir recht überlege, könnten Sie Miss Divines Frühstück zu mir bringen? Ich trag es dann zu ihr rüber.«

»Wie Sie wünschen, Miss.«

Nancy wäre es lieber, sie würde nicht so angeredet. Wenn

das Dienstmädchen wüsste, woher sie stammt. Aber natürlich weiß die junge Frau Bescheid! Es muss offensichtlich sein, sobald sie den Mund aufmacht, dass es zwischen ihnen mehr Gemeinsames als Trennendes gibt. Nancy schlüpft rasch in ihr Kleid, das, in dem sie ihr Elternhaus verlassen hat. Falls das Dienstmädchen ihre Herkunft also nicht an ihrer Redeweise erkennt, dann an dem Kleid. Aber, na und? Sie hält sich hier als Gast von Miss Daisy Divine auf und muss sich vor niemandem rechtfertigen.

Zwei Dienstmädchen sind nötig, um das Frühstück heraufzutragen. Es besteht aus gedämpftem Schellfisch, Omelett, Pilzen und einem Brei aus jungen Erbsen, dazu gibt es Muffins mit Butter und Kaffee in einer Silberkanne. Der Butler kommt mit einem Servierwagen und stellt die Tabletts darauf.

»Wird das genügen, Miss?«

»Ja. Danke.« Nancy ist von der Menge an Essen überwältigt. »Das ist mehr als genug.«

Sie schiebt den Servierwagen auf den Flur, klopft bei Daisy an und betritt das Zimmer. Daisy lehnt mit offenen Haaren im Bett, und Rupert sitzt neben ihr auf dem Bettrand. Er trägt einen weißen Flanellanzug und ein rotes Halstuch. Irgendetwas an ihm widert Nancy an, und sie vermeidet es, ihn anzusehen.

»Ich bringe Ihnen Ihr Frühstück, Daisy.«

Rupert steht auf und geht ans Fenster. »Ich habe Hausangestellte, die das erledigen können, Miss Cooper.«

»Und ich ziehe es vor, das selbst zu tun«, erwidert sie, hat aber nicht den Mut, den Blick zu heben. Sie trägt das Tablett an ihm vorbei, stellt es auf dem Nachttisch ab und setzt sich an den Platz, den er soeben verlassen hat.

»Bringen Sie es zum Fenster«, bittet Daisy sie. »Ich möchte dort frühstücken.«

Nancy trägt das Tablett hinüber und stellt es auf den kleinen Tisch.

Rupert ärgert sich sichtlich über ihre Anwesenheit. »Die Mädchen werden denken, dass Sie Ihnen die Arbeit streitig machen wollen.« Er fährt sich durch die Haare. »Ich meine es ernst. Wenn man sein Personal bei der Stange halten will, muss man es seine Arbeit tun lassen.« Er wendet sich zu Daisy um, die gerade aus dem Bett steigt und sich einen Morgenmantel überzieht. »Liebling, du siehst heute Morgen so viel besser aus. Gestern Abend war ich zu Tode erschrocken, wie du so vor mir standest.« Er nimmt seinen Hut vom Fußende des Bettes. »Ich habe mich um einige Geschäfte zu kümmern, werde also ein, zwei Tage fort sein. Das Personal ist angewiesen, dich mit allem zu versorgen. Hab also keine Scheu, um etwas zu bitten.«

Daisy lässt sich am Fenster nieder.

Rupert beugt sich zu ihr hinab, küsst sie auf die Lippen, und als er sich wieder aufrichtet, stellt er fest, dass Nancy sie beide anstarrt. »Guten Tag, Miss Cooper.«

»Es ist offensichtlich, dass Sie ihn nicht leiden können«, bemerkt Daisy, nachdem er hinausgegangen ist.

»Wer ist er?«

»Rupert? Ein sehr reicher Mann, der mich anbetet.«

»Sie vertrauen ihm?«

Daisy zieht eine Braue hoch. »Wir verstehen einander. Er wird nicht zur Polizei gehen, falls Sie das meinen.«

Nancy gießt sich Kaffee ein. »Wie lange werden wir hierbleiben?«

»Ein paar Wochen, denke ich, bis ich kräftig genug bin, um wieder zu arbeiten.«

»Sie meinen im Theater?«

»Nein, meine Liebe. Ich meine Brandanschläge. Die haben mir schrecklich gefehlt.«

Nancy tut, als habe sie das überhört. »Ich sollte mich bei Felicity melden. Ich könnte Zeitungen verkaufen, während Sie sich erholen.«

Daisy schüttelt den Kopf. »Dabei fallen Sie zu sehr auf. Ich fürchte, diese Zeit ist für Sie vorbei.«

»Was soll ich dann mit mir anfangen?«

»Gar nichts. Entspannen Sie sich! Lassen Sie sich ein heißes Bad bereiten, Sie können den ganzen Tag in der Wanne liegen. Das werde ich jedenfalls tun.«

Nancy schürzt die Lippen. »Ich fühle mich hier nicht wohl.«

»Sie sind töricht, und das erlaube ich nicht. Wie auch immer, Rupert wohnt nicht hier. Das Haus benutzt er nur, um seine Freunde zu empfangen, die seine Frau nicht billigt.«

»Sie sollten essen, bevor alles kalt wird.«

Daisy nimmt Messer und Gabel zur Hand und beginnt mit dem Omelett. »Jedes Mal, wenn Sie mit mir böse sind, drängen Sie mich zu essen. Ist Ihnen das bewusst?«

»Das ist nur zu Ihrem Besten.«

»Hm ... Aber er ist ein anziehender Mann, nicht wahr? Nancy? Sagen Sie nicht, Sie hätten es nicht bemerkt.«

Nancy hebt die kleinen Servierplatten an und schöpft von allem etwas auf Daisys Teller. »Er sieht aus wie eine Ratte.«

»Ein wenig vielleicht. Also nicht nach ihrem Geschmack. Wie steht's mit dem skandinavischen Typ? Blonde Haare, blaue Augen? So einen kannte ich mal. Er war ein Graf oder etwas Ähnliches. Im Bett sehr aufmerksam.«

»Sie sollten nicht so reden. Das tun Sie nur, um mich zu schockieren.«

»Unsinn! So sollten viel mehr Leute reden, meine ich. Die Leute können enorm anmaßend sein, finden Sie nicht?«

Nancy steht auf und stellt ihren Teller aufs Tablett zurück.

»Jetzt reden Sie nicht mit mir und verhalten sich noch immer wie ein Dienstmädchen. Lassen Sie den Teller, und setzen Sie sich wieder hin.« Sie klopft auf den Stuhl neben sich. »Kommen Sie. Sind Sie eifersüchtig? Ja, das sind Sie. Ich sehe es Ihnen an den Schultern an.«

»Das ist lächerlich.«

»Aber keineswegs. Man kann Menschen vieles ansehen, wenn man sie genau beobachtet. Schon an ihrem Gang lässt sich einiges ablesen.« Sie schaut aus dem Fenster, als könnte der Beweis dafür gerade daran vorbeilaufen.

Nancy stellt sich zu ihr ans Fenster. »Wie gehe ich?«

»Wie eine Entschuldigung.«

Nancy macht ein enttäuschtes Gesicht.

»Ganz ehrlich.« Daisy klopft erneut auf den Stuhl neben sich, und Nancy setzt sich. »Unser Körper verrät uns, Nancy. Er teilt alles mit, was wir den Leuten eigentlich nicht zeigen wollen. Beim Schauspielern muss man ebenso gut aus sich herausgehen wie sich zurückhalten können. Wenn mich die Leute sehen, sollten sie etwas von mir sehen und zugleich nicht. Also muss ich auf der Bühne die Herrschaft über mich haben und zugleich nicht. Und wenn ich Sie so ansehe, denke ich … nun, wenn ich ehrlich bin, denke ich, Sie möchten gar keinen Körper haben. Darum war ich so überrascht, als Sie den Polizisten umgehauen haben. Ich dachte, Sie würden noch zurücklaufen und sich entschuldigen.«

»Ich war nicht ganz ich selbst«, erklärt Nancy abweisend, aber sie freut sich, dass Daisy es bemerkt hat.

»Genau. Sehen Sie, was passiert, wenn Ihr Körper das Handeln übernimmt? Jetzt schauen Sie sich an. Sie sitzen aufrecht und mit zurückgenommenen Schultern. Das ist Stolz, er stärkt allmählich Ihr Rückgrat. Spüren Sie es? Ihr Empfinden und Ihr Körper werden eins. Sie sollten sich merken, wie sich das anfühlt.«

Nancy nimmt ihre Hand und drückt sie.

Die Herzogin erlaubt ihr, sie einen Moment länger zu halten, dann schüttelt sie sie ab. »Und noch etwas sollten Sie sich merken«, sagt sie ernst. »Ich mag Männer. Ich finde sie aufregend. Und ich mag Rupert. Vorerst jedenfalls.«

27

Einige Tage später klopft Daisy an Nancys Tür. Sie gibt ihr zwei weiße Briefe, die sie persönlich überbringen soll, dazu Geld für die Fahrt und Proviant.

»Beide Briefe dürfen nur an die Person ausgehändigt werden, für die sie bestimmt sind, und Sie müssen auf Antwort warten.«

Die erste Adresse befindet sich im East End. Nancy fährt mit der Straßenbahn, dann mit dem Bus und bittet den Schaffner, ihr zu sagen, wann sie aussteigen muss. Er kommt zu ihr, als der Bus Spitalfields erreicht, und zeigt auf eine große Kirche auf der anderen Straßenseite gegenüber der Bushaltestelle.

»Hinter der Kirche beginnt irgendwo die Haberdasher Street. Wenn nötig, fragen Sie noch mal jemanden.«

Die betreffende Straße gleicht der, in der sie aufgewachsen ist. Eine Schar Mädchen zeichnet für ein Hüpfspiel Kreidekästchen aufs Pflaster, einige Jungen treten einen Ball gegen die Mauer am Ende der Sackgasse. Sie findet das Haus, ohne fragen zu müssen. Die Tür steht weit offen, und Nancy kann durch den kleinen Flur auf eine dunkle Treppe blicken. Sie sieht noch einmal auf den Namen auf dem Brief, den Daisy ihr gegeben hat, dann klopft sie an und wartet. Ein kleines Mädchen von etwa drei Jahren geht in die Wohnküche, steht Daumen lutschend da und starrt sie an. Es trägt ein Latzkleid, das vorne einen Fleck hat.

In der Gegenwart des Kindes fühlt Nancy sich unwohl. »Ist deine Mutter zu Hause? Ich möchte Rosie sprechen.«

Das Mädchen beäugt sie neugierig.

»Gehen Sie weiter durch«, sagt ein Junge, der hinter Nancy hereinkommt. Es ist einer von den Ballspielern. »Sie ist bestimmt im Garten.«

Nancy betritt die Wohnküche, sieht eine Tür, die nach hinten führt, und geht an dem kleinen Mädchen vorbei. Da steht ein Tisch mit drei Holzstühlen, und im Herd brennt Feuer. Durch das offene Schiebefenster ist eine junge Frau zu sehen. Sie hängt Wäsche auf eine Leine, die quer über den Garten gespannt ist.

»Miss Church?«

Die Frau dreht sich um und sieht sie stirnrunzelnd an. Dann kommt sie in die Küche. Das kleine Mädchen schlendert herein und stellt sich an die Wand, von wo sie Nancy beobachtet.

»Miss Church?«

»Ich hab denen gesagt, sie kriegen es bis Montag.«

»Verzeihung?«

»Hab ihr gesagt, sie soll keinen herschicken. Ich komme sowieso am Freitag. Ich komme am Nachmittag ins Büro, wie immer. Ich will nicht, dass einer herkommt.«

Nancy zieht den weißen Brief aus der Handtasche und hält ihn ihr hin. »Sie sind doch Rosie Church?« Nancy erkennt in ihr eine der Frauen, die als Milchmädchen verkleidet zu Miss Birnstingl gekommen sind. »Das ist ein Brief von Daisy. Sie hat mich gebeten, Ihnen die Nachricht persönlich zu überbringen.«

Jetzt begreift die Frau, wer Nancy ist. »Na, warum haben Sie das nicht gleich gesagt? Kommen hier rein und reden mich mit Miss Church an! Ich wusste, ich kenn Sie irgendwoher, bin aber nicht drauf gekommen. Hab mich zu Tode erschreckt.« Sie wendet sich dem kleinen Mädchen zu. »Komm, setz dich an den Tisch, Hilda. Ich geb dir was zu essen.«

Sie nimmt Nancy den Brief aus der Hand, dann geht sie zum Küchenschrank, holt einen Laib Brot heraus, schneidet eine Scheibe ab und bestreicht sie mit Marmelade aus einem Topf, der auf dem Fensterbrett steht. »Hier, mein Schatz.« Sie gibt dem Mädchen die Brotscheibe.

Nancy nimmt an, dass sie den Brief vorlesen muss, doch Rosie reißt ihn auf und liest selbst.

»Sagen Sie ihr, wir kommen hin«, sagt sie nach einer Weile. »Allerdings werden wir ein paar von uns brauchen. Aber ich werde um sieben im Palladium fertig sein.« Sie faltet den Brief zusammen und steckt ihn in die Schürzentasche. »Wollen Sie eine Tasse Tee?«

»Nein, danke«, sagt Nancy, dann fürchtet sie unhöflich zu erscheinen und erklärt: »Ich muss noch einen zweiten Brief überbringen.«

»Trinken Sie ruhig eine. Sie müssen sowieso warten, bis ich es für sie fertig gemacht habe.«

»Was heißt das?«

»Sie bittet mich, Ihnen eine Kleinigkeit für sie mitzugeben.« Rosie reckt sich zu einem Bord über der Tür und holt eine Blechdose herunter. »Hilda, geh raus, und such den kleinen Jamie, der wird mit dir spielen.« Da sich das Mädchen nicht vom Fleck rührt, trägt Rosie es zur Tür. »Jetzt ab mit dir. Du kannst in einer halben Stunde wieder reinkommen.«

Nancy wartet, bis die Kleine weg ist. »Sie haben eine hübsche Tochter.«

»Ist nicht meine. Gott bewahre!« Rosie nimmt den Deckel von der Dose. »Die Kinder in unserer Straße gehen in allen Häusern ein und aus, aber Hilda hat eine Vorliebe für meins.« Sie bringt einen großen, weichen, gelben Schwamm zum Vorschein, schneidet davon ein faustgroßes Stück ab und rollt es zwischen den Handflächen zu einer Kugel zusammen, besprengt sie mit einem weißen Pulver, um sodann etwas aus einem Glasfläschchen daraufzugießen, das er vollständig aufsaugt.

Nancy tritt neugierig näher. »Wofür ist das?« Vielleicht für ein Beruhigungsbad für Daisys Beine, denkt sie.

Rosie zieht ein Netz über den Schwamm und schnürt es zu. »Damit sie nicht schwanger wird«, erklärt sie nüchtern. »Brauchen Sie auch einen?«

»Nein. Nein, danke. So was brauche ich nicht.«

»Dann bitte sehr.« Rosie steckt das rätselhafte Ding in ein rundes Döschen und klappt den Deckel zu. »Sagen Sie Daisy, wir können ein andermal abrechnen.«

»Ich werd's ausrichten.«

»Dann bis Freitag.« Rosie bringt sie zur Haustür.

Die Anschrift auf dem zweiten Brief ist seltsam. Er ist für eine Miss Edith Garrud, St. Cuthbert's Hall in Euston. Nancy nimmt den Bus zurück in die Innenstadt, steigt am Trafalgar Square aus und begibt sich in die Gower Street. Das Gebäude hat sie schnell gefunden. Sie drückt die Flügeltür auf und gelangt in ein Vestibül mit einer zweiten Flügeltür, die halb verglast ist, sodass sie in den Saal blicken kann. Und was sie sieht, ist höchst ungewöhnlich. Im Raum verteilt stehen paarweise Frauen, die einander angreifen. Die meisten sind bewaffnet mit einem Regenschirm oder kurzen Holzstöcken, und unter lauten Schreien und Ächzen teilen sie kräftige Hiebe aus.

Nancy schlüpft durch die Tür und bleibt mit dem Rücken dazu stehen. Sie fühlt sich mit Hut und Mantel völlig fehl am Platz. Die Lehrerin grüßt sie von der anderen Seite des Saales und bedeutet ihr, dort zu warten, dann läuft sie zwischen ihren Schülerinnen durch, nicht ohne sie weiter zu instruieren.

»Mit dem Regenschirm entwaffnen! Ja, so ist es besser.«

Als eine Frau ihre Angreiferin über die Schulter wirft, klatscht die Lehrerin ermutigend in die Hände.

»Ausgezeichnet. Genau, wie ich es vorgemacht habe.«

Schließlich steht sie vor Nancy. »Kann ich etwas für Sie tun?«

»Was machen die Frauen da?« Nancy kann nicht anders, sie platzt mit der Frage heraus.

»Und wer sind Sie?«

»Verzeihen Sie, Miss Garrud. Ich habe einen Brief für Sie von Daisy Divine.«

Miss Garrud nimmt ihn entgegen, reißt ihn auf und liest die zwei eng beschriebenen Seiten. Sie hat ein ehrliches Gesicht, reizlos, aber freimütig, mit einer gut geformten Nase. »Bitte, richten Sie ihr aus, dass ich die Vorbereitungen treffen werde.«

»Ja, danke.« Nancys Blick schweift in den Saal ab.

Miss Garrud fächelt sich mit dem Brief Luft zu. »Daisy hat angedeutet, dass Sie sich uns vielleicht anschließen möchten. Wir bieten den Pankhursts Schutz gegen Wiederfestnahmen durch die Polizei. Das und Aufträge wie Ihren Fall.« Sie holt einen Knüppel aus dem Gürtel und drückt ihn Nancy in die Hand. Er hat die Form eines Kegels, aber das Gewicht und die Größe eines Polizeiknüppels, und Nancy spürt, welche Gewalt davon ausgehen kann, wie er gewichtet ist, um von oben damit zuzuschlagen, und wie angenehm er in der Hand liegt. Er dient nur einem einzigen Zweck.

Und sie hat Angst davor. Sie spürt die Angst in den Fingern. Miss Garrud schaut sich nach den trainierenden Frauen um. »Wie wär's, wenn Sie ihn spontan an mir ausprobieren?« Sie tritt einen Schritt zurück und nimmt eine wachsam gespannte Haltung ein.

Nancy lehnt entschieden ab. »Nein. Vielen Dank, aber das möchte ich nicht.«

Bei ihrer Rückkehr brennt in den oberen Zimmern Licht. Daisy sitzt im Abendkleid am Kamin, in dem ein Feuer prasselt.

»Wie ist es gelaufen?«, fragt sie. »Haben Sie die furchterregende Miss Garrud kennengelernt?«

»Sie haben ihr geschrieben, ich würde bei denen mitmachen!«

Daisy lacht. »Hassen Sie mich jetzt? Ich dachte, es würde Ihnen Spaß machen, Ihren Zorn gehörig zu nutzen.«

»Sie hat mich aufgefordert, sie mit einem Knüppel anzugreifen!«

»Und? Haben Sie es getan?«

»Nein!«

»Wie schade. Danach hätten Sie sich viel besser gefühlt, aber vielleicht auch schlimm ausgesehen. Sie hat den schwarzen Gürtel in Ju-Jutsu, was immer das ist. Haben Sie einen Knüppel mitgebracht? Wenn man einem Pferd damit gegen die Hinterhand schlägt, setzt es sich und wirft den Reiter ab, heißt es.«

»Ist das nützlich?«

»Unbedingt.« Daisy wirft ihr ein mutwilliges Lächeln zu. Sie nimmt einen Schluck von ihrem Gin Tonic. »Und haben Sie Rosie angetroffen? Kann sie nächsten Freitag kommen?«

»Sie hat es zugesagt.«

»Gut. Und hat sie Ihnen etwas für mich mitgegeben?«

Nancy nimmt die runde Dose aus der Handtasche und macht dabei ein Gesicht wie die kleine Hilda, mürrisch und aufmerksam.

»Sie werden es vermutlich nicht billigen, aber Rupert kommt heute Nacht hierher, und ich habe schon eine Tochter.«

»Aber wie können Sie das tun? Wie können Sie sich darüber beschweren, wie die Männer uns behandeln, und dann … nun ja, Sie wissen schon …«

Daisy blickt ihr aufmerksam ins Gesicht und schürzt die Lippen. »Hören Sie mir gut zu, Nancy. Ich weiß, wie Männer sind. Ich weiß, wie sie funktionieren. Gelegentlich genieße ich sogar ihre Gesellschaft. Aber machen Sie nicht den Fehler zu denken, ich sei von unserer Sache nicht überzeugt.«

»Ja, aber …«

»Es heißt bekanntlich, man kann seinen Kuchen nicht essen und gleichzeitig behalten. Also lassen Sie es dabei bewenden.«

Nancy verzichtet aufs Abendessen und schließt hörbar ihre Tür hinter sich ab. Als sie hört, wie Rupert nach Hause kommt und dem Butler im Flur Anweisungen gibt, zieht sie sich ein Kissen über den Kopf und versucht, sich nicht vorzustellen, was Daisy nebenan mit ihm tut. Sie schläft unruhig und wacht voll bekleidet auf. Draußen ist es taghell, vielleicht schon Vormittag. Sie hört die lauten Rufe eines Lumpensammlers, schwere Hufe auf dem Kopfsteinpflaster und das langsame Schleifen von Wagenrädern. Als sie ins Bad geht, sieht sie Rupert von hinten, der gerade durch Daisys Tür verschwindet, im Oberhemd und mit nackten Beinen. Auch er schließt von innen geräuschvoll ab.

Nancy geht in den Park spazieren und bleibt dort über die Mittagszeit. Am Nachmittag kommt Daisy zu ihr ins Zimmer, geht direkt auf sie zu und umarmt sie, und Nancy lässt sich halten. Sie legt das Kinn auf Daisys Schulter und riecht einen Duft, den sie an ihr noch nicht wahrgenommen hat. Wahrscheinlich ein Geschenk von Rupert.

»Verlassen wir das Haus diese Woche?«, flüstert Nancy. »Bitte, sagen Sie, dass wir es bald tun. Ich glaube, ich kann das nicht länger ertragen.«

Daisy nimmt ihre Hand und drückt sie sanft. »Am Freitag.«

28

Als Clara den Mann sieht, geht sie auf dem Backsteinweg am Rand des Parks spazieren, der sich in der Nähe des Gefängnisses befindet. Er geht vor ihr in dieselbe Richtung wie sie, sodass sie ihn nur von hinten sieht, aber er hat etwas an sich, das sie an Ted erinnert. Was genau, könnte sie nicht sagen, denn er sieht ihm gar nicht ähnlich. Seine Haare, die unter der Stoffmütze hervorlugen, sind blond, und er geht ganz anders. Ted ist gewöhnlich sehr optimistisch, er hat einen federnden Gang. Der Mann vor ihr dagegen geht mit hochgezogenen Schultern wie bei scharfem Wind. Andererseits ist Ted bei der Suffragettendemonstration in Westminster in der gleichen Haltung von ihr weggegangen. Das muss es sein, was sie an ihn erinnert hat.

Sie beschleunigt ihren Schritt aus Angst, ihn aus den Augen zu verlieren. Aber was denkt sie sich nur dabei, einem Fremden im Park zu folgen? Und dann denkt sie, Ted könnte drauf und dran sein, sie fallen zu lassen, und dass sie das seit ihrem letzten Treffen beschäftigt hat, sosehr sie es auch beiseitezuschieben versucht hat.

Ungnädig mit sich selbst lässt sie die Treffen mit ihm Revue passieren und sucht nach den ersten Anzeichen wie nach Läusen in hübschem Haar. Was könnte sie getan haben, um ihn zu vertreiben? Einmal wollte sie nicht mit ihm zu dem Varietétheater in Hoxton gehen, weil sie das für zu vulgär hielt. Und ein andermal hat sie darauf bestanden, dass sie sich eine Fischplatte teilten, weil das ein Gericht für zwei war und sie kein Fleisch essen wollte. Ted sagte zwar, er habe nichts dagegen, aß dann aber langsam und gab durch nichts zu verstehen, ob es ihm schmeckte. Sie dachte, sie dürfe solch einen Wunsch zu Recht äußern, zumal sie das Essen bezahlte. Aber auch das war problematisch. Ted nahm es nie lässig hin, wenn sie bezahlte. Ihm war das unerträglich, auch wenn er das nicht aussprach. Er wurde dann schweigsam. Verlor den Humor. Es dauerte danach sehr lange, bis er sie wieder neckte.

Inzwischen hat sie den Mann fast eingeholt, könnte ihn am Arm berühren. Er dreht sich zu ihr um – er hat wohl ihre Schritte gehört – und macht ihr Platz, um sie vorbeizulassen. Aber Clara schaut zur Seite, entdeckt eine Parkbank am Weg und hält darauf zu, um sich zu setzen. Der Mann geht weiter. Clara kommt sich töricht vor und macht sich Vorhaltungen, er sei Ted doch gar nicht ähnlich gewesen und sie müsse wirklich an etwas anderes denken.

Miss Penny, die Bürosekretärin, wird das Gefängnis verlassen und heiraten. Am gestrigen Tag hat sie die Neuigkeit bekannt gegeben, indem sie ihren Verlobungsring, einen mit Diamanten, bei der Arbeit trug. Eine beliebte Art, zu Nachfragen einzuladen. Das war jedoch das Letzte, worüber Clara reden wollte. Miss Penny wollte sie aber nicht so leicht davonkommen lassen und erzählte von Ernest. Er sei ein älterer Mann, aber umso besser, meinte sie. »Man braucht einen Mann, der richtig erwachsen ist und sich im Leben auskennt.« Nach ihrer Erfahrung hätten jüngere Männer keine ernsten Absichten, ein älterer Mann dagegen wisse, was er wolle.

Das ist bei Ted nicht das Problem. Vielmehr ist sie es, die sich nicht entscheiden kann.

Allmählich redet sie sich ein, sie sei egoistisch gewesen, habe seine Bedürfnisse nicht erfüllt und sei nicht die Frau, die er sucht. Ted hätte es gern, wenn sie anders wäre. Das hat er selbst gesagt. Kein Mann möchte unter der Fuchtel einer Frau stehen, oder? Sie schaut über den Park, ob der Mann irgendwo zu sehen ist. Tatsächlich ist er jetzt ein gutes Stück weit weg. Sie beobachtet ihn, wie er hinter einer Baumreihe entlangspaziert.

Die Sache mit Ted erscheint ihr immer hoffnungsloser. Sie stecken beide noch in demselben unmöglichen Dilemma fest wie während ihrer Anfangszeit. Je mehr Raum sie sich nimmt, desto weniger bleibt für Ted. Es kommt also nicht nur auf ihre Unabhängigkeit an. Es kommt auch auf ihn an. Ted muss sich auch ändern. Die Notwendigkeit würde er jedoch nicht einsehen. Auch das hat er gesagt. Und kann sie es ihm verdenken? Er muss die Dinge ja mögen, wie sie sind. Er muss sich selbst mögen, wie er ist.

Sie nimmt ein Taschentuch aus ihrer Handtasche und schnäuzt sich.

Sie hatte Miss Penny gefragt, wie lange sie und Ernest schon näher miteinander bekannt wären, und auf die Antwort, es seien zwei Jahre, hatte Clara verblüfft gesagt: »Du meine Güte. Aber wie haben Sie ihn so lange halten können?« Miss Penny hatte ihr die Grobheit verziehen, als ihr klar wurde, dass Clara offenbar über eigene Erfahrungen sprach.

»So sind die jungen Männer.« Sie hatte sich zu ihr geneigt und die Stimme gesenkt. »Ich würde Ihnen raten, zurückhaltend zu sein. Er sollte sich anstrengen müssen, um Sie zu bekommen.«

Clara war rot geworden, weil Miss Penny auf körperliche Liebe anspielte. Ted war kreuzbrav gewesen, seit sie ihn im Park von sich heruntergeschubst hatte. Er hatte sie nicht mehr angerührt. Und das war ihm sicher schwergefallen.

Clara hält inne. Sie trommelt mit den Fingern auf die schmiedeeiserne Armlehne der Bank und fragt sich, warum sie in einem fort Entschuldigungen für ihn sucht. Warum läuft es immer wieder darauf hinaus, dass sie sich Vorwürfe macht? Bedrückt es auch sie, dass sie noch nicht miteinander geschlafen haben? Sie weiß es nicht. Das alles ist so verwirrend. Einen Körper zu haben, der sie in Versuchung bringt, und einen Kopf, der sie beschämt. Wenn Ted nur Bescheid wüsste über ihren Vater, dann kämen sie vielleicht einen Schritt weiter. Sie überlegt, ob sie es ihm erzählen soll. Aber sie hat Angst, er könnte dann schlecht von ihr denken und dass sie ihn dann verabscheut, wie sie sich selbst verabscheut, wenn sie daran denkt, was ihr Vater getan hat, und wenn sie Liebe und Abscheu nicht auseinanderhalten kann. Das ist das Schlimmste daran. Das Traurige daran. Dass ihr Körper nicht ihr gehört und sie nicht damit umgehen darf, wie sie möchte, und dass Sexualität nicht nur ein Drang oder eine Emotion ist, sondern ein Verhandlungsposten, eine Kosten-Nutzen-Abwägung, wie ein Handschlag nach einer geschäftlichen Einigung, während ein Teil von ihr noch im Besitz ihres Vaters ist. Das ist weder ihr noch Ted gegenüber gerecht.

Sie schaut über den weiten Rasen. Da ist der Mann wieder. Jetzt kommt er auf sie zu. Er hat den Park umrundet, und der Weg bringt ihn zu ihr zurück. Gleich wird er an ihrer Bank vorbeigehen.

Clara steht auf, hängt sich die Handtasche über die Schulter und eilt davon, bevor er allzu nah herangekommen ist.

29

Am folgenden Nachmittag trifft Rosie Church zusammen mit zwei anderen Frauen der Actresses' Franchise League ein.

»Alles in Ordnung, Daisy?«, fragt sie, als sie ins Zimmer kommt. Sie nickt Nancy zu. »Miss Cooper.« Sie nimmt Schminke und Puder aus ihrer Tasche und breitet sie auf dem Frisiertisch aus.

»Was wollen wir diesmal sein?«, fragt Daisy, die am Frisiertisch sitzt und ihr Gesicht im Spiegel prüft.

»Womit würde man überhaupt nicht rechnen?« Rosie dreht sich zu Nancy um.

»Hm ... ich weiß nicht ... mit Anglerinnen?«

Rosie schüttelte den Kopf. »Das wird nicht gehen.«

»Mit einem Mann!« Daisy klatscht entzückt in die Hände, als Rosie nickt. »Ach, ich liebe das Verkleiden!«

Die Frauen nehmen Anzüge aus einem Koffer und halten sie hoch. »Sie müssen respektabel, aber nicht reich aussehen.« Rosie tippt sich mit der Haarbürste an die Lippen, während sie nachdenkt. »Wie wär's mit einem Bankangestellten und seinem Lehrling? Kriegen Sie das überzeugend hin?«

»Natürlich kann ich die Rolle spielen, aber das kommt nicht infrage. Sie ist unter meiner Würde.« Daisy nimmt den Bowler aus einer Auswahl von Hüten, die auf dem Stuhl neben ihr gestapelt sind. »Ich werde einen Theaterdirektor spielen. Oder einen Impresario. Das kann ich ausgezeichnet. Haben Sie einen langen Seidenschal dabei?« Sie setzt sich den Hut auf und bewundert sich im Spiegel. »Sie können mein Laufbursche sein«, sagt sie zu Nancy.

»Bühnentechniker«, korrigiert Rosie. »Ein Theaterdirektor würde nicht mit einem Laufburschen reisen.« Sie rafft Nancys Haare in die Faust. »Die sind ein Problem. Wir können Ihnen keinen Zylinder aufsetzen. Eine Mütze wäre passend, oder ein Trilby. Etwas in der Art.«

»Sie dürfen sie abschneiden«, entscheidet Nancy kurzerhand. »Schneiden Sie sie so kurz, wie Sie wollen.«

»Ganz sicher? Wenn ich einmal angefangen habe, gibt es kein Zurück mehr.«

»Das macht mir nichts aus.«

Rosie zieht die Brauen hoch. »Sehen Sie, Daisy? Sie zeigt Hingabe. Wo haben Sie sie aufgegabelt?«

»Nicht ich sie, sondern sie mich.«

Rosie hält ihre Schere über Nancys Kopf. »Schulterlang oder kürzer?«

»Ganz ab«, antwortet Nancy fest entschlossen.

Sie sieht zu, während Rosie sich sofort ans Werk macht und die langen Strähnen abschneidet und in einen Papierkorb neben sich fallen lässt. Bei jedem Schnitt der Schere fühlt sich Nancy leichter. Sie entfernt sich mehr und mehr von ihrem bisherigen Ich. Gleicht immer weniger dem Mädchen, als das sie aufwuchs, immer weniger der jungen Frau, in deren Haut sie sich so unwohl fühlt. Sie verwandelt sich in jemand Neues, in eine, die sie in ihrer Fantasie nur flüchtig aufblitzen sah, nun aber leibhaftig im Spiegel sieht. Und das kann nicht rückgängig gemacht werden. So wenig wie ein Tritt oder eine Ohrfeige.

Nachdem die Haare auf die richtige Länge gekürzt sind,

nimmt Rosie sich Zeit, die Seitenpartien zu schneiden und ihr einen Scheitel zu ziehen. Nancy verfolgt jede Bewegung, und wenn Rosie innehält, dreht Nancy den Kopf hin und her, um ihr nun gar nicht weich aussehendes Kinn zu betrachten, und ihre abstehenden Ohren. Die hat sie nie gemocht, aber jetzt gefallen sie ihr.

»Können Sie mir den Nacken ausrasieren? Ich möchte da eine gerade Linie haben.«

Rosie nimmt das Rasiermesser aus dem Etui und erfüllt ihr den Wunsch. Als sie fertig ist, streicht Nancy mit den Fingerspitzen über die Haarstoppeln. Sie freut sich wahnsinnig über die gewagte Frisur und verspürt eine kribbelnde Erregung.

»Wohin fahren wir?«, will sie von Daisy wissen.

»Nach Manchester.«

»Und was tun wir da?«

»Eine Bombe legen.« Daisy dreht den Kopf, um zu sehen, ob Nancy blass wird. »Das Haus steht leer. Niemand wird verletzt.«

»Ja«, sagt Nancy.

Die Frauen stecken sie in ein Korsett, um ihre weiblichen Rundungen zu verstecken. Nancy zieht einen alten wollenen Anzug über ihr kragenloses Hemd, dann wählt sie eine flache Mütze dazu. Noch einmal mustert sie sich im Spiegel. Ist es wirklich so einfach, ein Mann zu werden? Sie knöpft sich den Hosenschlitz zu, was ihr noch nicht leicht von der Hand geht, und bewundert sich. Dabei bemerkt sie, wie Daisy sie misstrauisch beäugt.

»Was denken Sie?«

»Sie sind nicht mein Typ«, stellt Daisy fest, »aber ich nehme an, die Aufmachung überzeugt.« Sie steht von ihrem Frisiertisch auf. »Sie werden mir hoffentlich einen dicken Bauch machen«, sagt sie zu Rosie. »Ein Theaterdirektor ohne Bauch taugt nichts. Nur die ohne Einnahmen bleiben schlank.« Sie streckt die Arme zur Seite, damit ihr Mantel ausgepolstert werden kann.

Als sie mit allem fertig sind, packen sie ihre eigene Kleidung in den Koffer, den sie nach Manchester mitnehmen werden. Rupert erscheint an der Schlafzimmertür, um ihnen gute Reise zu wünschen. Er fasst Daisy um die Taille und geleitet sie den Flur entlang.

»Schreib mir«, sagt er an der Haustür.

»Nein.«

Er küsst sie auf die Wange. »Dann lass es nicht so lang werden, bis du mich wieder besuchst.«

»Danke, Rupert. Du bist ein feiner Kerl.« Daisy nimmt sich einen Spazierstock mit Silberknauf aus dem Ständer an der Tür. »Ist die Motordroschke da für uns bestimmt?« Auf dem Weg hinaus bläst sie ihm einen Kuss zu. »Liebe Grüße an deine Frau.«

Sie fahren zum Bahnhof Euston, bezahlen den Fahrer und gehen zum Fahrkartenschalter. Daisy übernimmt das Reden und findet genau den richtigen Ton. Aber Nancy wirkt, wie sie durch die Bahnhofshalle schlendert und mit den Münzen in der Hosentasche spielt, noch überzeugender. Sie wundert sich, wie leicht es ihr gefallen ist, Hosen anzuziehen. Sie berührt Daisy am Arm und zeigt auf den Bahnsteig, wo schon ihr Zug steht und für die Weiterfahrt bereit gemacht wird.

»Wir haben noch ein paar Minuten Zeit.« Sie schaut den belebten Bahnsteig entlang.

Ein Mann starrt auf die große Uhr über dem Ausgang, eine Zigarre in der Hand und eine Zeitung unter dem Arm. Zwei Gepäckträger verfrachten einen Schrankkoffer auf einen Transportwagen, während neben ihnen ein Blumenverkäufer die Eimer auf seinem Schubkarren mit Lilien, Rosen und Nelken füllt.

Nancy zupft Daisy am Ärmel. »Ist es Ihnen aufgefallen?«

»Was?«

»Niemand sieht einen an, wenn man ein Mann ist. Ich meine, man sieht uns, aber keiner sucht Blickkontakt. Die Leute registrieren uns im Vorbeigehen.«

»Schrecklich, nicht wahr?«

Nancy rückt ihre Mütze zurecht. »Nein. Es ist fantastisch. Das heißt, ich sitze nicht mehr auf dem Präsentierteller. Ich muss nicht ständig hübsch sein. Schauen Sie her! Ist Ihnen aufgefallen, wie ich jetzt gehe?« Sie läuft zehn Schritte weg und kehrt zurück. »Sehen Sie, was meine Beine tun, wenn sie nicht damenhaft wirken müssen?«

»Ihre Körperhaltung lässt zu wünschen übrig«, spottet Daisy. »Meiner Ansicht nach übertreiben Sie ein bisschen.« Sie streicht mit dem Finger an ihrem falschen Schnurrbart entlang. »Ohne den Nervenkitzel der Täuschung würde ich mich erbärmlich fühlen, glauben Sie mir.«

»Ich gehe mir ein Päckchen Zigaretten kaufen und rauche eine auf dem Bahnsteig.«

»Bestimmt nicht.« Nach einem Moment überlegt sie es sich anders. »Eigentlich wäre es sogar nützlich, wenn eine von uns ein Feuerzeug bei sich hätte. Das werden wir später brauchen.«

Nancys Herz setzt für einen Schlag aus. Sie war so davon gefesselt, einen Mann zu spielen, dass sie ganz vergessen hat, warum sie die Reise überhaupt antreten.

»Also gehen Sie nur!«, sagt Daisy. »Da drüben ist ein Tabakhändler, aber beeilen Sie sich. Wir müssen gleich einsteigen.«

Nancy geht zu dem Stand und überlegt, wie ein Mann sich bei einem Tabakhändler benimmt. Zunächst mal würde er seine Marke kennen. Sie sucht sich eine aus, während sie hinter einem Kunden wartet. Sie will gar nicht erst versuchen, ihre Stimme zu verändern. Besser sie klingt entspannt als unnatürlich.

»Ein Päckchen Navy Cut und Streichhölzer«, sagt sie, als der Verkäufer sie fragend anschaut. Sie verzichtet auf ein »Bitte«. Sagen Männer »bitte« zueinander, wenn keine Frau in Hörweite ist? Vielleicht nicht. Dem Tabakhändler scheint es nicht zu fehlen, und er schiebt ihr die Zigaretten mit den Streichhölzern ohne einen weiteren Blick zu. Sie steckt beides in die Hosentasche und findet es herrlich, weder Handtasche noch Portemonnaie zu benötigen.

»Dann kommen Sie«, sagt sie zu Daisy, als sie mit qualmender Zigarette im Mundwinkel zurückkehrt. »Wir müssen einsteigen.«

Ihr Waggon ist schon halb besetzt. Sie wuchten ihre Koffer durch den Gang zu ihren Sitzplätzen. Daisy schaut resigniert zum Gepäcknetz hoch.

»Geben Sie her, ich mach das schon.« Nancy nimmt den Koffer und befördert ihn mit Schwung hinauf, froh, weil niemand aufsteht und seine Hilfe anbietet. Ihren eigenen Koffer verstaut sie daneben, und sie lassen sich auf ihren Sitzen nieder, als der Zug durch einen Dampfschleier vom Bahnsteig wegfährt.

Daisy nimmt sich die Zeitung von dem freien Platz gegenüber, faltet sie auseinander und schlägt mit dem Handrücken gegen den Falz, damit sie steht. Offenbar hat sie keine Lust zu plaudern. Nancy beobachtet neugierig die anderen Männer im Waggon und stellt fest, dass sie nicht aufrecht sitzen, sondern sich etwas krumm in dem Sitz lehnen.

Außerdem spreizen sie die Knie, was Nancy ihnen sogleich nachmacht. Ein wenig später schlendert sie den Gang hinunter. Sie denkt nicht darüber nach, ob sie die Blicke der einen oder anderen Dame auf sich zieht, denn Damen sehen stets weg. Sie kauft einem Mann mit Servierwagen eine Flasche Bier ab und stellt sich trinkend an das offene Fenster am Ende des Waggons.

Als sie zu ihrem Platz zurückkehrt, unterhält sich Daisy mit einem Pärchen in der Nachbarreihe und erzählt gerade von der Inszenierung eines Stücks über Jeanne d'Arc, das sie in Manchester aufführen will.

»Wir kleiden sie wie Emmeline Pankhurst«, plaudert sie unbekümmert. »Um die Stimmung, die derzeit durchs Land geht, mit darzustellen.«

Nancy findet, dass das der Wahrheit ein bisschen zu nahekommt, aber das Pärchen scheint nichts Ungehöriges bemerkt zu haben.

»Sie hat früher in Manchester gelebt, bevor sie nach London gezogen ist«, erklären die beiden stolz.

»Natürlich«, erwidert Daisy herablassend. »Aber nun gehört sie uns allen.«

Nach ihrer Ankunft in Manchester eröffnet sie Nancy, dass sie zu Fuß gehen werden. »Es ist nur eine Viertelstunde, da brauchen wir keine Droschke nehmen.« Daisy schaut nach den Straßennamen, um sich zu orientieren. »Es wäre nicht gut, die Polizei direkt zu unserer Haustür zu führen, nicht?«

Mit großen Schritten geht sie eine Seitenstraße hinunter. Nancy hat Mühe, mitzuhalten, da sie in jeder Hand einen Koffer trägt.

»Wie lange werden wir hierbleiben?«

»Gar nicht. Wir treffen uns mit unserer Kontaktperson,

holen die Bombe ab und verstecken uns bis in die frühen Morgenstunden.«

»Die Bombe?«

»Ja, meine Liebe, die Bombe. Nun ja, es ist wohl eher ein großer Brandsatz als das. Was haben Sie geglaubt, was wir verwenden?«

Nancy zuckt die Achseln und versucht, nicht allzu ängstlich zu erscheinen.

»Unser Ziel liegt ein paar Schritte von dem betreffenden Haus entfernt. Es gehört einem Abgeordneten, aber er ist fast nie dort.«

»Und wohin gehen wir hinterher?«

»Wir reisen sofort ab. Wir dürfen nicht mal in der Nähe von Manchester sein, wenn sich die Nachricht verbreitet. Es gibt einen kleinen Bahnhof, wo wir einen frühen Zug nehmen können. Wir fahren ein paar Stationen, steigen um und nehmen dann die Hauptlinie.«

»Ach so.« Nancy keucht vor Aufregung.

Sie biegen in eine Straße mit niedrigen Häusern ab. Jenseits davon blickt man über Äcker und Wiesen. Das Haus, zu dem sie wollen, liegt am Ende. Es ist das letzte, bevor die Straße in einen morastigen Heckenweg mündet. Daisy klopft leise. Eine Frau mit Schürze öffnet und schaut sie verwirrt an.

»Ja? Wie kann ich helfen?«

Daisy lüftet ihren Zylinder und offenbart, dass ihre Haare darunter hochgesteckt sind. Die Frau lacht. »Dann kommen Sie mal besser rein.«

»Wir haben Sie getäuscht, nicht wahr, Mary?«

»Ich war wirklich verwirrt.« Sie bittet Daisy, zur Küche voranzugehen, und schiebt Nancy beim Arm hinterher, damit sie die Haustür schließen kann. »Herzlich willkommen.«

Aus der Küche tönt ihnen die Stimme eines Mannes entgegen, der starken Manchester-Dialekt spricht. »Miss Divine?«

Nancy erschrickt, als sie eine Männerstimme hört. Noch aus dem Flur sieht sie ihn vom Tisch aufstehen, sodass die Beine seines Stuhls über den Fliesenboden scharren. Es ist ein bärtiger Hüne in Hemd und Hosenträgern, der seine Mütze noch auf dem Kopf hat.

»Mein Mann«, erklärt Mary und führt Nancy weiter in die Küche.

»Es ist mir eine Ehre, Sie kennenzulernen«, sagt er.

Daisy lächelt gnädig, als wüsste sie das längst. Sie geben sich die Hand.

»Mr O'Callaghan.«

Breit grinsend wendet er sich Nancy zu. »Ich habe keine Ahnung, ob Sie ein Kerl sind oder nicht, aber Sie sind mir ebenso willkommen.«

»Das ist Nancy«, sagt Daisy.

»Freut mich, Nancy. Kommen Sie rein, und setzen Sie sich.« Er zieht zwei Stühle unter dem Tisch hervor. »Gott sei Dank, dass Sie sich nicht als Polizisten verkleidet haben, sonst wären wir durch die Hintertür getürmt. Stimmt's, Mary?«

»Das kann noch kommen.« Die Frau setzt den Kessel aufs Feuer, dann stellt sie Tassen, ein Kännchen Milch und einen Teller mit Haferkeksen auf den Tisch.

Sie sitzen schließlich alle vier am Tisch, trinken ihren Tee und tauschen Höflichkeiten aus, bis Mr O'Callaghan sagt: »Na dann. Kommen wir zum Geschäft.« Er zieht ein Blatt Papier aus der Tasche, das er auf dem Tisch glatt streicht. Es erweist sich als handgezeichnete Karte mit einem Grundriss.

Mary steht auf und beugt sich über Daisys Schulter, um die Route mit dem Finger nachzufahren.

»Sie nehmen die Gasse am Ende unserer Straße. Sie können sich gar nicht vertun. Gehen Sie immer geradeaus bis zu einer Weggabelung. Sie laufen gerade auf eine Mauer zu. Die gehört zu der Villa. Wenn Sie sich links halten, kommt eine Lücke, wo das Mauerwerk halb eingestürzt ist. Da können Sie durchsteigen. Vorne gibt es ein Pförtnerhaus und das Häuschen, in dem die Haushälterin früher mit ihrem Mann gewohnt hat, aber Sie nähern sich von der Rückseite. Wenn Sie Ihre Sache erledigt haben, laufen Sie zurück zu der Gasse, wo Sie aufs Grundstück geklettert sind, und halten sich stadtauswärts. Der Bahnhof liegt fünfzehn Minuten entfernt – der erste Zug geht um fünf nach halb sechs. Da bleibt Ihnen reichlich Zeit, wenn Sie das Haus um halb fünf in die Luft jagen.«

Nancys Gedanken schweifen ab, als die Bombe erwähnt wird. Sie muss sich bei diesen Leuten im Haus befinden. Bisher hat sie nicht daran gedacht, weil sie in einer warmen, behaglichen Küche sitzt, aber es muss wohl so sein. Sie schaut sich verstohlen um. Nichts Ungewöhnliches ist zu sehen, aber der Brandsatz muss irgendwo versteckt sein, vielleicht unter der Treppe oder eingeschlossen im Küchenschrank. Ein Brandsatz in diesem Haus. Sie fragt sich, wer ihn hergestellt hat. Er oder sie? Die beiden erscheinen so konventionell. Sie sieht zu, wie Mary den Kessel wieder auf den Herd stellt. Mr O'Callaghan erzählt Daisy von dem Ehepaar, das im Pförtnerhaus wohnt, und dreht dabei ein Streichholz zwischen den Fingern. Für Außenstehende sähe es aus wie ein Plausch unter Freunden. Aber es wird eine Geschichte zu diesen Leuten geben, einen Pfad, der direkt zu diesem Haus führt, wo sie mit ihren Geheimnissen leben.

Nachdem der Plan durchgesprochen ist, versiegt die Unterhaltung. Daisy ist ungewohnt still geworden. Das macht Nancy unruhig, und plötzlich fällt ihr das Ticken der Uhr auf dem Kaminsims auf.

»Das wird eine lange Nacht«, sagt Mary.

Sie bringt frischen Tee auf den Tisch. Mr O'Callaghan meint: »Das reicht nicht«, und holt eine halbe Flasche Whiskey aus einer Büchse auf dem Regalbrett über dem Herd. »Wollen Sie mir dabei Gesellschaft leisten?«

»Besser nicht«, sagt Daisy.

»Ich bleibe beim Tee«, sagt Nancy, und so gießt er nur sich selbst einen Schluck in seine Teetasse.

»Dann gehe ich jetzt schlafen, wenn Sie nichts dagegen haben«, sagt er, nachdem er ausgetrunken hat. »Mary wird mit Ihnen aufbleiben, aber ich muss morgen früh um sechs in der Werkstatt sein.«

Die Uhr auf dem Kaminsims zeigt halb elf an. Er schüttelt ihnen die Hand und wünscht ihnen Glück, dann begibt er sich nach oben. Die Frauen sitzen schweigend da, und so hören sie die Dielen unter seinen Schritten knarren.

Mary holt einen Satz Spielkarten hervor, und sie spielen Rommé. Nancy und Daisy versuchen abwechselnd ihr Bestes, aber Mary gewinnt jedes Mal. Sie wechseln zu Backgammon, aber auch hier erweist sich Mary als unschlagbar. Daisy gibt schließlich auf. Die Arme vor der Brust verschränkt, starrt sie ins Leere oder trommelt mit den Fingern auf dem Tisch.

»Wie viele Räume hat die Villa noch mal?«

»Sieben Schlafzimmer oben. Drei Badezimmer«, wiederholt Mary geduldig. »Wollen Sie sich den Grundriss noch mal ansehen?«

»Nein. Ich habe nur etwas überlegt …«

Mary stellt ihnen Fragen über die Pankhursts, über das Leben in London, über das Theater, und Daisy kehrt zu ihrer gewohnten Lebhaftigkeit zurück, berichtet das Neueste vom Kampf für ihre Sache oder erzählt von ihrer Haft im Holloway. Sie vermeiden es, ständig auf die Uhr zu sehen, bis es schließlich halb vier ist.

Mary legt die Hände auf den Tisch. »Es wird Zeit aufzubrechen.«

Sie bringt sie in den Flur, wo jetzt eine Tasche auf der Fußmatte steht. Mary hebt sie an, als wäre es nur eine Einkaufstasche, und gibt sie Daisy. Nancy sieht ihr an, dass sie schwer ist. »Soll ich sie nehmen?«

»Oh nein!« Daisy hält schützend die zweite Hand an die Henkel. »Die ist nur für mich.«

Mary O'Callaghan küsst sie auf die Wange. »Viel Glück!« Sie drückt Nancy die Hand. »Der vordere Weg zwischen den Hecken wird matschig sein, bleiben Sie am Rand.«

Die beiden schlagen ein strammes Tempo ein. Der Mond spendet genügend Licht, sodass sie den Rand des seitlichen Grabens erkennen können, und als sie die gepflasterte Gasse erreichen, bleiben ihre Schritte überraschend leise. Bald gelangen sie an die Weggabelung mit der Mauer. Sie ist weit über mannshoch und schirmt das Haus gegen Blicke ab. Daran gehen sie entlang bis zu der Lücke, steigen durch hohe Brennnesseln und lose Brombeerzweige, die Nancy, froh über ihre Hosen, beiseitetritt. Am Rand der Bäume angelangt, sehen sie vor sich eine Wiese mit kurzem Gras und zweihundert Meter entfernt die Villa, die dunkel dasteht.

Daisy tritt einen faustgroßen Stein aus dem Boden. »Nehmen Sie den mit, ja, Nancy? Sie werden ihn brauchen.«

Nancy hebt ihn auf. Er ist schwer, aber nicht zu groß für

ihre Hand, sodass sie ihn gut packen kann. Daisy läuft bereits über die Wiese, und Nancy rennt, um sie einzuholen. An der Rückseite gibt es eine Treppe, die unten von zwei Steinlöwen bewacht wird. Sie sitzen da und sehen sie vorbeihuschen. Die Stufen führen auf eine großzügige Terrasse, zu der eine Reihe hoher Glastüren aus einem Gesellschaftszimmer Zugang gewährt. Daisy wählt die hinterste, drückt das Gesicht an die Scheibe und horcht.

»Hier gehen wir rein«, flüstert sie. »Sobald wir drinnen sind, können Sie die Taschenlampe einschalten. Sie müssen nach oben und in alle Räume sehen, damit wir sicher sein können, dass niemand hier ist. Ich sehe unten nach und suche die Stelle aus, wo wir unseren kleinen Freund platzieren.« Sie schließt die Finger um Nancys Hand mit dem Stein. »Haben Sie Angst?« Nancy nickt. »Gut«, sagt Daisy darauf. »Die sollten Sie auch haben.« Sie geht von der Terrassentür weg und zieht Nancy mit. »Jetzt werfen Sie. Mit aller Kraft.«

Nancy hebt den Stein über den Kopf und schleudert ihn auf die Mitte der Fensterscheibe. Es ist ein schrecklicher Moment, als das Klirren die Stille unterbricht. Der Stein hat ein Loch geschlagen, durch das sie einsteigen können, wenn sie sich nur tief genug ducken, um den scharfen Glaszacken entlang der Fensterstrebe auszuweichen. Aber sie warten noch ab und horchen, ob sich jetzt irgendwo etwas bewegt. Alles ist still. Keine Rufe, keine Schritte. Nirgends geht plötzlich das Licht an. Behutsam treten sie auf die Scherben. Es knirscht, als gingen sie über Eis. Eine kleine Scherbe drückt sich in Nancys Schuhsohle und zerkratzt das Parkett, bis sie sie an einer Kante abstreift. Kurz darauf stehen sie in einem langen, hohen Raum. Daisy reicht Nancy eine kleine Taschenlampe, und der Lichtkegel bescheint einen Flügel, dessen Beine unter dem Staublaken hervorschauen. Sie finden eine Tür, die in den Hausflur führen muss.

»Weiter. Beeilen Sie sich«, drängt Daisy, und Nancy lässt sie allein, um die Treppe nach oben zu suchen.

Im Flur hängen goldgerahmte Gemälde von Pferden und streng blickenden Reitern in Uniform. Sie entdeckt die Treppe und folgt dem Teppich in der Mitte bis zum ersten Stock. Geradeaus sieht sie die erste Tür, aber sie zögert, sie zu öffnen. Sollte sie rufen, bevor sie den Knauf dreht? Nein. Falls jemand da ist, warnt sie ihn besser nicht. Aber nein, das ist töricht. In der Villa ist niemand. Das ist längst klar. Und falls doch, nun, genau das soll sie herausfinden. Also denjenigen aufscheuchen. Aber was sie dann sagen würde, wenn plötzlich jemand vor ihr stünde – darüber will sie gar nicht erst nachdenken.

Sie kommt sich dumm vor, als sie anklopft und auf eine Reaktion wartet, die hoffentlich ausbleibt. Nach einem Augenblick dreht sie den Knauf und drückt die Tür weit auf, halb in der Erwartung, dass jemand dahinter hervorspringt. Sie geht in den Raum und schwenkt die Taschenlampe. Es ist ein Schlafzimmer, die Möbel sind mit Staublaken verhüllt, der Kleiderschrank steht wie ein großes Gespenst im Lichtschein.

»Hallo? Ist hier jemand?« Sie merkt, wie lächerlich es ist, dass sie so freundlich klingt, als käme sie überraschend auf einen Tee und einen Plausch vorbei. Niemand da. Sie schließt die Tür.

Im Nebenzimmer findet sie die gleiche Szenerie, lauter abgedeckte Möbel.

»Guten Abend!«, ruft sie laut. »Der Ball beginnt in zehn Minuten. Das Essen wird im Freien auf der Terrasse serviert.« Jetzt fühlt sie sich schon besser. Sie prüft den nächsten Raum und den übernächsten, streicht über Möbelkanten und fragt sich, wie es wohl ist, solch eine Villa zu besitzen und nicht mal darin zu wohnen.

In einem Zimmer reißt sie das Laken von einem Möbelstück und findet darunter einen Schreibtisch mit einer dunkelroten, reich verzierten Lederauflage. Sie öffnet eine der Schubladen und findet Briefpapier, eine Schachtel Tintenlöscher und einen Füllfederhalter. Plötzlich überkommt sie der Drang, ihn zu stehlen. Sie nimmt ihn, dreht ihn in der Hand. Ein Name ist eingraviert: Reginald Hillingsworth. Das macht gewiss nichts, oder? Bald wird das Haus in Schutt und Asche liegen, und ein Andenken mitzunehmen gefällt ihr. Die Erinnerung an diese Nacht lebendig zu halten für die langen Abende, die vor ihr liegen, wenn sie kaum glauben wird, dass das tatsächlich passiert ist. Ein Mann würde sich das nicht zweimal überlegen.

Sie legt den Füllfederhalter wieder hin.

Besser, sie beeilt sich jetzt. Sie rennt auf den Korridor, stößt die nächste Tür auf und ruft »Wahlrecht für Frauen!«, während sie kurz hineinleuchtet. Dass man sich so frei fühlen kann wie sie jetzt, hat sie nicht gewusst. Am Ende der Zimmerflucht führt die zweite Treppe sie zu den Quartieren des Hauspersonals. Auch dort klopft sie an jede Tür, auch dort ist niemand. Sie läuft die Dienertreppe hinunter, und mit dem Grundriss im Kopf findet sie an ihren Ausgangspunkt zurück. »Daisy?«, ruft sie laut. »Daisy? Wo sind Sie?«

Ein Lichtschein am Ende des Korridors erschreckt sie kurz, dann hört sie Daisys Stimme von dort.

»Kommen Sie. Es wird Zeit.«

Nancy rennt auf die Stelle zu, aber Daisy verschwindet

bereits in einen Raum. Sie hockt vor einer holzgetäfelten Wand und rollt eine Zündschnur über den Boden aus.

»Sobald ich sie angezündet habe, rennen wir durch die Tür da drüben. Wir gehen da raus, wo wir reingekommen sind.«

Nancy nickt. Ihr sitzt ein faustgroßer Kloß im Hals. »Wie viel Zeit bleibt uns, bis …«

»Eine Minute. Vielleicht auch weniger.« Daisy zieht die Streichholzschachtel aus der Hosentasche. »Gehen Sie schon zur Tür. Zündschnüre sind manchmal unzuverlässig.« Sie reißt das Streichholz an, sobald Nancy sich entfernt hat. »Bereit?«

»Bereit.«

Daisy hält die Flamme an die Lunte, und sowie die zischt, springt sie auf und rennt. »Raus hier!«

Nancy dreht sich zu den Terrassentüren, ihr Lichtkegel findet die eingeschlagene Scheibe. Sie duckt sich durch das Loch und ist draußen. Auf halbem Weg über die Terrasse blickt sie über die Schulter. Daisy ist hinter ihr. Sie springen die Treppe hinab und sind gerade an den Löwen vorbei, als ein Knall das Haus erschüttert und ein Feuerball im Eingangsflur sich fauchend ausbreitet, der das Loch in der Fensterscheibe sichtbar macht.

»Weg!«, schreit Daisy, und Nancy sprintet übers Gras auf die dunkle Baumreihe zu. Sie erreicht sie als Erste und dreht sich nach Daisy um, die keuchend unter einer Eiche anhält.

»Geht es Ihnen gut?«

»Eigentlich nicht. Ich bin völlig erschöpft. Aber ich schaffe es rechtzeitig zum Bahnhof, keine Sorge. Geben Sie mir nur einen Moment zum Verschnaufen.«

Sie schauen zur Villa hinüber. Aus den Terrassentüren dringt heller Feuerschein, und Nancy erwartet, Leute mit

Löscheimern als schwarze Silhouetten anrücken zu sehen. Als niemand kommt, tut es ihr ein wenig leid um das schöne Haus, das nun einsam abbrennt.

»Es ist wirklich sehr schön«, sagt Daisy und meint das Feuer. »Aber wir dürfen nicht länger zusehen.«

Sie laufen zur Mauer, finden die Lücke und steigen hindurch.

»Wie spät ist es?«, fragt Nancy, nachdem sie vorsichtig nach beiden Seiten in die Gasse gespäht hat.

Daisy schiebt einen Finger in die Westentasche, fischt die Uhr heraus und hält das Zifferblatt ins Mondlicht. »Viertel vor fünf. Es ist nur ein kurzer Weg bis zum Bahnhof. Wir haben also noch reichlich Zeit.«

Sie wagen sich auf die Gasse und gehen los. Zu beiden Seiten stehen hohe Hecken, und Nancy überlegt, wie sie entkommen könnten, wenn ein Polizist mit seinem Fahrrad und Trillerpfeife sie verfolgt, aber kurz darauf enden die Hecken, und niedrige Zäune entlang von Weiden geben den Blick über Felder frei, die silbrig blau im ersten Morgengrauen daliegen. Irgendwo wiehert ein Pferd auf einer Koppel. Der Himmel hinter ihnen schimmert rötlich, als ob dort die Sonne aufginge, und Nancy ist sich nicht sicher, ob das tatsächlich der Fall ist oder ob das von dem Feuer kommt. Sie gehen an einem frei stehenden Haus vorbei, in dem noch kein Licht brennt. Ein paar Hundert Meter weiter verbreitert sich die Gasse zur Straße, und von dort ist der Bahnhof schon zu sehen, wo das Signal seinen Arm ausstreckt, schwarz vor dem Mond wie eine Vogelscheuche.

Daisy schaut auf ihre Uhr. »Noch fünfzehn Minuten. Besser wir gehen in Deckung, bis der Zug einfährt.«

Zur Linken führt ein Zauntor zu einem Feldweg. Sie

schlüpfen hindurch und ducken sich hinter die hüfthohe Hecke wie zwei Füchse vor den Jägern. Nach ein paar Minuten hören sie das Quietschen einer Fahrradkette. Daisy wagt einen Blick über die Hecke.

»Stationsvorsteher«, flüstert sie, als sie sich wieder duckt.

Er stellt sein Fahrrad ab und öffnet das Vorhängeschloss an der Bahnhofstür. Nach weiteren fünf Minuten beschließen die beiden, dass es Zeit ist, das Versteck zu verlassen, und sie schleichen zurück auf die Straße. Der Zug nähert sich von Weitem.

Daisy richtet ihren Zylinder. »Sehe ich respektabel aus?«

Nancy zupft ihr eine Klette vom Halstuch. »Einigermaßen.«

Sie betreten den Bahnhof, als der Zug einfährt, und Daisy zieht die Fahrkarten aus der Jacke, die Mary ihr kurz vor dem Aufbruch gegeben hat.

»Ein schöner Morgen, nicht wahr?«, sagt sie zum Bahnhofsvorsteher.

»Ein sehr schöner«, bekräftigt der, sichtlich überrascht, um diese Uhrzeit schon Fahrgäste zu haben.

Sie steigen sofort ein. Außer ihnen befindet sich nur eine Person in dem langen Waggon, ein Landarbeiter, der beim nächsten Halt schon aussteigt. Nancy entspannt sich allmählich, während sie die Felder vorbeiziehen sieht. Am übernächsten Bahnhof steigen sie um. Er ist größer, und es stehen schon recht viele Leute auf dem Perron. Daisy findet eine freie Bank und setzt sich genau in die Mitte. Den Koffer stellt sie sich zwischen die Beine.

»Wir sind ungeschoren davongekommen.«

Die beiden Frauen lächeln sich an.

Wir sind ungeschoren davongekommen. Nancy lässt sich den Satz durch den Kopf gehen und überlegt, was sie daraus machen will, so als hätte sie ein Stück Holz in die Drehbank gespannt. Wer hätte gedacht, dass sie zu so etwas fähig wäre und damit durchkommt? Sie nimmt eine Zigarette aus dem gestern gekauften Päckchen, lehnt sich an die Hauswand und raucht, während sie auf den Zug nach Manchester warten. Er trifft pünktlich ein.

30

Bis jetzt hat Clara ihre Eltern meist abends besucht, wenn beide daheim waren, aber diesmal geht sie an einem Donnerstagnachmittag hin, weil ihre Mutter dann allein ist und wäscht. Sie schließt sich selbst auf, und einen Moment lang hat sie das Wohnzimmer für sich. Es war lange der Herrschaftsbereich ihres Vaters gewesen, eine Arena für den Groll innerhalb der Familie. Aber davor hat es eine Zeit gegeben, als es ihr und Nancy gehörte, als sie dort sitzen durften und ihre Hausaufgaben machten oder die Nasen an die Fensterscheibe drückten, um zu sehen, welche Kinder auf der Straße spielten. Das Zimmer ist behaglich geheizt. Einladend.

In der Küche steht ihre Mutter mit dem Rücken zu ihr über die große Zinkwanne gebeugt und wringt ein Hemd aus.

Clara lehnt sich gegen den Türrahmen. »Hallo«, sagt sie.

Erschrocken dreht ihre Mutter den Kopf, ehe sie sich aufrichtet. »Wie lange stehst du schon da? Du hast mir einen Heidenschreck eingejagt. Sich so anzuschleichen! Ist was nicht in Ordnung?«

»Alles ist bestens. Ich wollte dich besuchen. Mehr nicht.«

Ihr Mutter schaut unsicher. »Dein Vater ist nicht da.«

»Ja, ich weiß. Du bist es, die ich sehen möchte. Ich dachte, wir könnten mal miteinander reden.« Sie weiß, ihre Mutter wird sie kurzerhand abwimmeln, wenn sie ihr die Möglichkeit dazu lässt. »Es ist lange her, seit wir ein bisschen Zeit miteinander allein hatten«, sagt sie rasch. Sie tritt in die Küche. »Wie wär's mit einer Tasse Tee? Ich kann ihn machen. Du setzt dich hin.«

»Ich habe keine Zeit, um mich hinzusetzen. Die Wäsche macht sich nicht von allein.« Damit beugt sie sich wieder über die Wanne, nimmt ein Nachthemd aus dem Wasser und reibt es energisch über das Waschbrett.

Clara holt den Kessel, füllt ihn mit Wasser und setzt ihn auf. Sie benutzt die kleinere der beiden grünen Teekannen, nimmt Tassen aus der Anrichte und zwei Teelöffel aus der Schublade.

»Es ist was passiert, stimmt's?«, fragt ihre Mutter, ohne aufzublicken. »Sonst wärst du nicht hier.«

Clara denkt, sie sollte eingestehen, dass Nancy verschwunden ist, aber dann müssten sie über sie reden, und ihre Schwester würde wieder allen Raum einnehmen, alle Luft beanspruchen, die Clara für sich will.

Sie stellt die Tassen auf den Tisch, zieht die Stühle hervor. »Komm und gönn dir eine Minute, Mutter.« Sie greift nach ihrer Hand, die nass und vom Wasser schrumpelig ist und kälter, als Clara es sich wünscht. Sie kann sich noch erinnern an ihre Zeit als kleines Mädchen und wie schön es war, die Hand der Mutter zu halten, sie nah bei sich zu haben, umsorgt zu werden, sich geliebt zu fühlen.

Ihre Mutter schüttelt Claras Hand ab, aber sie setzt sich und trocknet sich die Finger an der Schürze ab. »Ich weiß nicht, was das Getue soll.«

Clara überlegt, wie sie anfangen soll. So viele Jahre sind sie die ausgetretenen Pfade gegangen, die nur voneinander weggeführt haben, und jetzt ist sie verwirrt. Sie weiß nicht, was sie sagen will. Sie nimmt das Portemonnaie aus der Handtasche, findet den Sovereign und legt ihn vor sie auf den Tisch. »Den möchte ich dir geben. Er ist nur für dich.

Nicht für ihn.« Sie stellt die Zuckerdose darauf, damit es nicht so anstößig aussieht.

»Ich will ihn nicht. Wüsste gar nicht, was ich damit anfangen soll.«

»Du könntest alles Mögliche damit anfangen. Dich verwöhnen. Kauf dir einen neuen Hut.«

»Ich brauche keinen.«

»Na, dann eben ein neues Kleid. Auf der Hauptstraße hat ein neues Geschäft eröffnet …«

»Und was soll ich deinem Vater sagen, wenn er mich in dem Kleid sieht?«

»Na gut. Dann kauf eben nichts. Aber verwahre ihn an einem sicheren Platz. Du weißt nicht, ob du ihn irgendwann mal nötig hast.«

Ihre Mutter trinkt ihren Tee aus und stellt die Tasse hin. Sie schaut zur Zinkwanne.

»Seit einiger Zeit treffe ich mich mit einem Mann. Er heißt Ted.«

»Wirklich?« Ihre Mutter ist dankbar für das sichere Terrain, auf dem sie sich nun bewegen werden. Sie nimmt die Kanne und schenkt sich die Tasse noch einmal halb voll. »Dann kommen wir mal gleich zum Kern der Sache. Hat er dich gefragt, ob du ihn heiraten willst?«

»Ich denke, er möchte es.«

»Musst du etwa?«

»Nein, Mutter!« Clara ärgert sich über die Frage, und vor allem darüber, wie ihre Mutter ihr Vertrauen entwertet. »Aber ich weiß nicht, was für mich das Richtige ist.«

»Das kann nicht so schwer sein. Du magst ihn also?«

»Mochtest du Vater? Musst du wohl, denn sonst würden wir nicht hier sitzen.« Sie denkt an sich und Ted. Wie es zwischen ihnen beiden steht. Ihre Mutter war vielleicht auch einmal wie sie und ihr Vater wie Ted. »Woher wusstest du, dass er der Richtige ist? Sah er gut aus?«

»Das weiß ich nicht mehr.«

»Ich glaube, du hast mir nie erzählt, wie ihr euch kennengelernt habt.«

»Das weiß ich auch nicht mehr.«

»Aber du musst dich doch erinnern!«

»Er war eben da, Clara.« Ihre Mutter klingt abwehrend. »Er ist ein paar Straßen weiter aufgewachsen, also war er immer in der Nähe.«

»Und wieso wolltest du ihn heiraten? Musstest *du* etwa?«

»Man heiratet eben, Clara. Das hat man immer getan, und man wird es immer tun. Wohl oder übel.«

»Aber man sollte doch auch Freude in der Ehe haben. Oder nicht?«

Bei dem Angriff hebt ihre Mutter das Kinn. »Hat er eine gute Arbeit, dein Verehrer?«

»Ich hab selbst eine gute Stelle, Mutter! Tatsächlich ist das ein Teil unseres Problems. Ich habe Erfolg in meinem Beruf. Dachte ich zumindest.«

Ihre Mutter hat nie gutgeheißen, dass Clara arbeitet. Sie hebt die Zuckerdose an und schiebt den Sovereign zu Clara hinüber. »Ich will ihn nicht. Behalte ihn für dich. Oder gib ihn deiner Schwester. Es wird sicher etwas geben, das sie sich wünscht.«

Clara denkt an ihr Fahrrad. Wenn sie den Sovereign verschenkt, muss sie länger darauf sparen.

Ihre Mutter kehrt an die Zinkwanne zurück, nimmt das Nachthemd, hebt es aus dem Wasser und taucht es wieder ein, hebt es heraus und taucht es ein, wobei sie den Saum zwischen den Fingerknöcheln reibt. »Ich sag deinem Vater, dass du hier gewesen bist. Er nimmt immer Anteil an euch beiden.«

Clara steckt das Geldstück wieder ins Portemonnaie und spielt am Verschluss ihrer Handtasche.

»Wann werden wir Ted denn kennenlernen? Du musst mir vorher Bescheid sagen, damit ich Kuchen backen kann. Er soll nicht denken, bei uns gibt es keinen.«

»Ich weiß es noch nicht.« Clara erkennt, dass sie ihr Geheimnis über Ted benutzt hat, um sich die Gunst ihrer Mutter zu erkaufen, und jetzt will ihre Mutter die Bezahlung einstreichen. »Aber bald.«

»Du kannst Nancy auch mitbringen. Es wird Zeit, dass sie uns mal wieder besucht. War schon immer undankbar, das Mädchen.«

»Nancy ist verschwunden, Mutter. Ich weiß nicht, wo sie ist. Sie hat das Gefängnis verlassen, und mehr weiß ich nicht.«

Ihre Mutter hält nur so lange mit Waschen inne, bis sie das Gehörte begriffen hat. »Was soll das heißen, du weißt nicht, wo sie ist?«

»Es geht ihr jedenfalls gut. Das hat sie mir geschrieben, aber ich habe keine Adresse von ihr. Sie hat sich den Suffragetten angeschlossen, das vermute ich wenigstens. Sie kann also überall sein, und wahrscheinlich werden wir das nicht so bald herausfinden.«

Wenn es eines gibt, das ihre Mutter mehr ablehnt als arbeitende Frauen, dann sind es Frauen, die sich über ihr Schicksal beschweren. Oder vielleicht denkt sie auch nur daran, wie ihr Mann reagieren wird, wenn sie ihm die Neuigkeit erzählt.

»Na, dann kommt ihr eben nur zu zweit.« Damit taucht sie die Hände wieder ins Waschwasser.

»Ja, Mutter, nur wir beide.«

31

Nancy hält das Gesicht in den Wind, der vom Meer weht. Auf dem Weg, der vom Strand hochführt, ist es noch windiger, und sie kneift die Augen zusammen und dreht den Kopf hin und her, damit das Salz über ihre Haut reibt. Sie reckt das Kinn und hält auch den Hals in den Wind. Sie knöpft den obersten Blusenknopf auf. Seit einer Woche sind sie in Tenby, nachdem sie von Manchester hier angekommen sind. Ein paar Monate hier, und sie sähe aus wie ein Matrose, aber dazu wird es nicht kommen. Daisy platzt schon vor Ungeduld. Sie sagt, sie werden binnen einer Woche abreisen, ob sie nun den Brief mit den Instruktionen bekommt oder nicht.

Auf der Straße hinter ihr nähert sich ein Wagen, der Motor hat Mühe mit dem Anstieg, und sie wartet, bis er vorbeigefahren ist, dann macht sie sich auf den Rückweg. Im Takt mit ihren Schritten setzt sie den geborgten Spazierstock auf. Nancy zieht sich die Mütze tiefer in die Stirn, als sie unter der Araukarie hergeht, die die Aussicht auf den hübschen kleinen Hafen einrahmt. Mrs Evans – die sich als kürzlich verwitwet bezeichnet, obwohl ihr Arthur vor fünf Jahren bei einem Verkehrsunfall umgekommen ist – wird schon angefangen haben, die Bücklinge und Rühreier zuzubereiten. Sie sieht ein Ruderboot hinausfahren. Noch fünf Minuten, dann geht sie ins Städtchen hinunter, an den Türen der rosa und hellblauen Reihenhäuser vorbei, die aufs Meer blicken.

Sie nimmt die Mütze ab, als sie die Tür der Pension hinter sich schließt.

»Wie war's, Liebes?« Mrs Evans kommt mit einer silbernen Teekanne in den Flur.

»Schön«, antwortet Nancy. Sie war erst ein Mal am Meer, in Whitstable, an einem Feiertag. Ihr Vater hatte sie auf einem Esel reiten lassen und ihr an beiden Abenden eine Zuckerstange gekauft. Sie gesellt sich zu Daisy an den Tisch vor dem großen Erkerfenster, als Mrs Evans ihnen die Teekanne hinstellt und dann das Milchkännchen so dreht, dass der Griff zu ihr zeigt, statt zu Daisy.

»Sie hätten mitgehen sollen, Miss Divine. Damit Sie eine gesunde Farbe bekommen.«

Daisy hat die Pension seit ihrer Ankunft noch nicht verlassen.

»Ich darf nicht riskieren, dass mich jemand erkennt«, erwidert sie und wiederholt damit, was sie schon gestern gesagt hat.

»Ach, meine Liebe, ich bezweifle, dass jemand in Tenby Sie erkennt. Wir interessieren uns nicht groß fürs Theater. Oder für die Zeitungsnachrichten. Für die meisten hier gehört das nach London. Aber natürlich sind auch hier welche gern auf dem Laufenden.«

»Das glaube ich gern, Mrs Evans, aber es braucht nur einen Einzigen, damit ich auffliege, nur eine Seele mit einem wachen Verstand, dann muss ich wieder ins Gefängnis.« Daisy langt nach dem Milchkännchen. »Erst vor einer halben Stunde ist eine Frau an diesem Fenster vorbeigegangen, die einen Hut der neuesten Mode trug. Sie sehen also, alles ist möglich.«

Mrs Evans wird rot und geht wieder in die Küche.

»Das war gemein«, sagt Nancy.

»Was war gemein?«

»Na, zumindest unhöflich.«

Im Flur hängen nur Fotografien von Arthur, mit einem Rosmarinzweig auf jedem Rahmen. Aber auf den Nachttischen in ihren Gästezimmern stehen Porträts von Mrs Pankhurst, und das zeigt ihrer Ansicht nach eine Mrs Evans, die sich über die eigenen Ansichten im Klaren ist und auch ein bisschen über die Außenwelt weiß. Sie gießt sich Tee ein.

»Wenn es schon wieder Bücklinge gibt, schreie ich.« Daisy kratzt sich Butter auf den Toast. Sie sieht besonders gut aus, wenn sie ein finsteres Gesicht macht, weil sich ihre Schönheit dann mit Gefährlichkeit paart. Heute Morgen im Licht am Erkerfenster sieht sie aus wie gemalt, wie auf einem Bild in einer Galerie. Nancy könnte sie den ganzen Tag anstarren.

Daisy ertappt sie dabei. »Werden Sie irgendwann mal wieder ein Kleid anziehen?«

»Ich kann mich nicht dazu entschließen. Es passt nicht zu meinen kurzen Haaren.«

»Das ist kein Problem. Setzen Sie eine Perücke auf. Ich lasse eine aus London kommen …«

»Bitte nicht. Ich würde sie nicht tragen.«

»Ach nein? Wie überaus unabhängig. Mir ist aufgefallen, wie sehr Sie sich verändert haben, seit wir in Tenby sind.«

»Es gefällt mir hier.«

»Sie können bleiben, wenn Sie möchten. Die alte Gans ist vernarrt in Sie, das kann ich Ihnen sagen.«

Mrs Evans bringt die Bücklinge und Rühreier. »So, bitte sehr.« Mit Stolz stellt sie die Platten hin, und im selben Moment klappert es am Briefschlitz. Sie eilt hinaus, hebt die Post von der Fußmatte, wobei sie sich über den Zustand ihres Rückens beklagt, und kommt mit einer Handvoll Briefe an den Tisch zurück. »Da ist auch einer für Sie dabei, Miss Divine. Wahrscheinlich der, auf den Sie so ungeduldig warten.« Sie bleibt hinter dem Stuhl stehen, aber Daisy legt den Brief vor sich auf den Tisch.

Sie nimmt ihr Besteck zur Hand. »Vielen Dank, Mrs Evans. Die Bücklinge sehen heute Morgen besonders gut aus. Oh, und sehen Sie nur, ist das ein Sonnenstrahl? Vielleicht werde ich heute doch spazieren gehen.«

Mrs Evans ringt sich ein Lächeln ab. »Ich bin in der Küche, falls Sie etwas brauchen.« Sie schließt die Tür hinter sich.

»Und?«, fragt Nancy, sowie sie allein sind. »Wollen Sie ihn nicht öffnen?«

»Aber gewiss doch.« Daisy stochert in ihrem Bückling. »Was schlagen Sie vor, wo ich spazieren gehen sollte, wenn ich mich nicht im Dorf zur Schau stellen will?«

»Es gibt einen Weg auf die Höhe über dem Hafen. Da treffen Sie auf niemanden.«

»Dann müssen Sie mich begleiten.«

»Ich war gerade erst dort.«

Daisy greift nach der Unterarmtasche auf dem Stuhl neben ihr. »Dabei fällt mir ein, dass ich etwas für Sie habe.« Sie nimmt einen Umschlag heraus und reicht ihn ihr über den Tisch. »Den müssen Sie sicher verwahren.«

Nancy denkt sofort, dass Clara doch einen Weg gefunden hat, ihr zu schreiben. Sie reißt den Brief auf und liest. Er ist von einer Miss Connolly in London. »An meine liebe Nancy, ich hoffe, du bist wohlauf«, so beginnt sie, und dann schreibt sie über Leute, von denen Nancy noch nie gehört hat. Peter hat gerade schrecklich viel Arbeit. Die Kinder mögen ihre neue Lehrerin, und natürlich kommt Bertie über Ostern nach Hause, das wird also ein Geschenk des

Himmels. Sie hofft, Nancy bald wiederzusehen, viele liebe Grüße.

»Was ist das?« Sie hält ihr den Brief hin. »Das muss ein Irrtum sein.«

Daisy nimmt ihn nicht. »Das ist die Adresse Ihrer neuen Kontaktperson. Bewahren Sie sie gut auf. Sie sollten im selben Ton zurückschreiben, wenn Sie sie brauchen. Schreiben Sie nichts Verdächtiges, und geben Sie immer eine Adresse an, unter der Sie erreichbar sind. An mehr ist sie nicht interessiert.«

Nancy liest den Namen und die Anschrift. »Aber wozu brauche ich das?«

»Damit sie Sie im Auge behalten kann natürlich.«

»Nein, ich meine, wozu brauche ich eine eigene Kontaktperson? Ich dachte immer, die sind Sie.«

»Sie gehören zu uns, Nancy. Nicht zu mir. Wir haben Sie als eine der Unseren akzeptiert. Der Brief ist ein Vertrauensbeweis.«

»Aber das ist doch sicher unnötig, wenn ich immer bei Ihnen bleibe.«

»Sie sollten nichts für selbstverständlich nehmen. Ich könnte jeden Moment verhaftet werden, und außerdem sind Sie nicht mein Schoßhündchen.« Daisy wischt sich den Mund mit der Serviette ab. Vielleicht denkt sie dabei, dass sie unfreundlich war. »Das sorgt für Ihre Unabhängigkeit. Also, wenn wir den Spaziergang machen wollen, muss ich Hut und Mantel holen.« Sie steht vom Tisch auf. »Nun kommen Sie! Wir müssen gehen, solange die Sonne durch die Wolken blinzelt. Sobald sie merkt, dass sie über Wales angekommen ist, macht sie sich wieder davon.« Sie nimmt ihren Brief, steckt ihn in die Handtasche und geht hinaus.

Nancy schiebt sich den letzten Bissen Rührei auf die Gabel und fragt sich, was das alles zu bedeuten hat. Sie sollte sich freuen, solch einen Brief bekommen zu haben. Das ist wie eine Beförderung bei der Arbeit. Sie sollte stolz sein, das weiß sie. Trotzdem hat sie den Eindruck, dass sie gerade verlassen wird. Der Eindruck lässt sich nicht zerstreuen. Der Mensch, den sie liebt, ist im Begriff, ihr wehzutun.

Daisy streckt den Kopf zur Tür herein. »Wollen wir? Allein werde ich den dummen Weg bestimmt nicht finden, nicht wahr?«

32

Die Austernfischer kommen mit ihren Booten herein und ziehen sie auf den Kies. Sie schultern schwere Säcke und tragen sie den Strand hinauf. Clara und Ted beobachten das vom Straßenrand aus. Sie ist fasziniert von der See, war sie schon immer, konnte sich aber an den Anblick nicht genau erinnern. Sie hat nicht mehr vor Augen gehabt, wie das Meer tatsächlich aussieht. Die Fischbuden an der Camden Road riechen nicht besonders frisch, und in London gibt es nirgends ein so schönes Geräusch wie das Rauschen der Wellen am Strand oder das leise Glucksen, wenn das Wasser zwischen den Kieseln versickert.

Um sieben Uhr früh hat sie sich mit Ted unter der Uhr im Victoria-Bahnhof getroffen, wo er schon auf sie wartete. »Wohin fahren wir denn?«

Ted wedelte mit den Fahrkarten unter ihrer Nase. »Das soll eine Überraschung sein.«

Aber Clara wusste es schon.

Vor einer Woche erst hat sie vom Meer gesprochen, ihm von dem Wochenende in Whitstable erzählt, wo sie und Nancy auf Eseln reiten durften und jeden Tag Eis gegessen haben. Seitdem sei sie nicht mehr am Meer gewesen. Sie sehne sich danach, hat sie gesagt, da sie genau wusste, was er tun würde. Trotzdem hat sie sich auf dem Bahnsteig von ihm die Augen zuhalten lassen, damit sie den Ortsnamen auf der Anzeigetafel nicht sah.

Für die Gelegenheit hat sie sich eine neue Tasche gekauft, eine, die größer ist als ihre Handtasche, aber nicht so groß, dass jemand auf den Gedanken kommen könnte, sie wolle über Nacht bleiben. Die Tasche enthält eine Garnitur Unterwäsche, ein Paar Strümpfe und eine Intimspülung, eingewickelt in einen Wollschal zusammen mit dem Fläschchen Essig und dem Päckchen Backnatron.

Ted schiebt den Arm durch den Henkel der neuen Tasche, als er um ihre Taille greift. »Komm jetzt.« Er zieht sie vom Meer weg. »Wir sollten uns ein Restaurant suchen, sonst bleibt uns keine Zeit mehr zum Essen.«

»Es gibt eins ganz in der Nähe. Wir sind vor ein paar Minuten dran vorbeigekommen, das Hotel mit dem Speiseraum, der aufs Meer hinausgeht. Ich bin mir sicher, da waren wir damals auch.«

»Dann probieren wir das aus.«

»Das wäre schön. Aber noch nicht, Ted. Lass uns noch bis ans Ende der Bucht gehen. Ich möchte sehen, was hinter der Biegung liegt. Komm. Das dauert nicht lange.«

Sie sind nur ein kurzes Stück von den Tankerton Slopes entfernt, wo ihr Vater damals ihre Mutter mit Nancy hingeschickt und ihnen aufgetragen hat, ihm den hintersten Kieselstein vom Ende des Strandes zu bringen. Clara wollte mitgehen und nicht mit ihm zurück ins Hotelzimmer. Sie will jetzt dorthin, nicht wegen eines Kieselsteins, sondern als eine Art Rückgewinnung. Um ihre Geschichte mit eigener Hand neu zu schreiben.

Sie gehen zum Rand des Ortes. Sobald sie das Ende der Bucht erreichen, sieht sie im blassen Abendlicht, wie weit sich dahinter der Strand erstreckt, und fragt sich, wie weit ihre Mutter gelaufen ist und warum sie so lange wegblieb. Sie setzt sich auf eine Bank und klopft auffordernd neben sich, und als Ted sich setzt, küsst sie ihn. Dabei streichelt sie ihm den Nacken, wie man eine Forelle kitzelt, bevor man sie fängt.

Sie fragt sich, was er wohl sagen würde, wenn er wüsste, was sie in ihrer Tasche hat, wenn er wüsste, dass er nur zu fragen bräuchte und sie würde sich ihm hingeben. Sie küsst ihn entschlossener, und er erwidert es, aber dann löst er sich von ihr, als traute er seiner Beherrschung nicht.

Er zieht es ins Lustige. »Mensch, du musst einen Mordsappetit haben.« Er wischt sich den Mund mit dem Handrücken, dann steht er auf. »Wir sollten jetzt wirklich zurücklaufen.«

»Es wäre schön, wenn wir das nicht müssten, oder? Wenn wir bis morgen blieben. Wenn das ginge. Ich muss morgen erst am Abend meinen Dienst antreten.«

Ted schaut unsicher. »Ich habe meinem Vater gesagt, dass ich am Abend wieder da bin. Er wird sich Sorgen machen, wenn ich wegbleibe. Oder aber er denkt, ich stelle irgendwas an.«

»Das wäre doch nicht schlimm, oder?«

»Ich möchte ihn nicht beunruhigen.«

»Aber wir könnten es tun, oder? Wenn wir es wollten.« Sie würde ihm gern sagen, dass in dem Hotel noch Zimmer frei sind, was einem Schild im Fenster zu entnehmen war. Aber das wäre unmöglich, auf keinen Fall darf der Vorschlag von ihr kommen. Er muss von ihm kommen. Andernfalls würde sie wie ein Flittchen klingen, und überhaupt ist es wichtig, dass Ted sich als Herr der Situation fühlt. Darauf kommt es an. Ihm zu geben, was er will.

Ted steht verlegen da. Er schiebt die Hände in die Hosentaschen. »Ich konnte mir nicht beides leisten, ein Hotelzimmer und eine anständige Mahlzeit.«

Clara hat Geld für zwei in der Tasche, aber heute ist Ted dran mit dem Bezahlen. Das hat er ausdrücklich betont. Darauf muss sie Rücksicht nehmen.

»Ich wäre zufrieden mit einem Beutel Chips«, sagt sie. Jetzt klingt sie billig. Sie nimmt seine Hand. »Ich möchte lieber mehr Zeit mit dir verbringen, als üppig essen zu gehen. Wenn ich mich recht erinnere, ist das Essen sowieso nicht so gut.«

»Dann lass es uns richtig machen. Ich meine, wenn wir gern über Nacht bleiben möchten, dann sollten wir das planen. Sicherstellen, dass sich niemand Sorgen macht. Auf diese Weise lenken wir auch keine Aufmerksamkeit auf uns.« Er zieht sie von der Bank hoch und nähert sich ihrem Gesicht. »Ich kann warten. Tatsächlich möchte ich sogar warten. Wenn wir es tun wollen, dann sollten wir es richtig angehen und uns verloben.«

Aber gerade das wollte Clara vermeiden.

Sie laufen in den Ort zurück. Das Hotel sieht weniger einladend aus als vorhin, als sie daran vorbeigegangen sind. Die Fassade ist nicht beleuchtet, und an der Bar stehen zwei alte Männer.

»Kümmern wir uns nicht weiter drum, Ted«, sagt sie und fühlt sich geschlagen.

»Bist du sicher?«

»Ganz sicher.« Sie will jetzt nur noch nach London zurück. »Du hast recht. Wir sollten uns das Geld fürs nächste Mal aufheben. Wir können doch noch mal herkommen, oder?«

»Natürlich.«

»Nun, dann tun wir das. Wir können am Bahnhof schnell eine Kleinigkeit essen.« Sie knöpft sich den Mantel zu und rückt ihre Schultertasche nach hinten, sodass sie ihr auf dem

Kreuz wippt. Sie versucht noch einmal, ihm eine Freude zu machen. »Was hast du am Mittwoch vor? Ich habe gestern meine Mutter besucht, und sie hat uns beide zum Tee eingeladen. Ich habe den Nachmittag frei. Du könntest nach der Arbeit hinkommen. Was hältst du davon? Ich muss es ihr nur vorher sagen, denn sie will etwas Besonderes auftischen.«

Schon lange hat sie ihn nicht mehr so glücklich gesehen. Nun also. Es ist ihr gelungen, ihm zu geben, was er will. Indem sie die Dinge schicklich angeht.

»Dann werde ich mir einen guten Anzug anziehen.«

»Den grauen?«

»Einen anderen guten habe ich nicht.«

Sie rückt ihm die Krawatte gerade. »Du kannst dazu deinen Homburg tragen.«

»Das werde ich. Ja. Ich denke, damit mache ich genau den richtigen Eindruck.«

33

Mrs Evans, Sie waren überaus freundlich!« Daisy dreht sich einmal ganz vor dem Spiegel und mustert die Änderungen an dem Trauerkleid. Sie stemmt die Hände in die Seiten. »Ich muss sagen, Sie haben die Taille sehr schön hinbekommen.«

»Gegen meine Überzeugung, wie Sie wissen, aber wenn es Ihnen nichts ausmacht, Anstoß zu erregen …«

»Ich liebe es, ein bisschen zu schockieren, Mrs Evans. Sie ahnen nicht, wie lange ich darauf verzichten musste.«

»Daisy!«, raunt Nancy tadelnd.

»Lassen Sie nur, Nancy. Ich hatte genug Zeit, um mich an ihre Art zu gewöhnen, und sie meint es nicht böse.« Mrs Evans nimmt den Hut aus der Schachtel – ein steifes Barett mit einer Bordüre aus schwarzen Blättern und einem Spitzenschleier. »Ich nehme an, der wird genügen.«

Daisy geht ein wenig in die Knie, um sich den Hut feststecken zu lassen, dann zieht sie sich den Schleier vors Gesicht. »Er ist wirklich sehr würdevoll. Ich sorge dafür, dass Sie alles zurückbekommen, sobald wir angekommen sind.«

Mrs Evans schüttelt den Kopf. »Das ist nicht nötig.« Ihr Blick schweift zu einer Fotografie von Arthur, der an einem Strand steht und einen Seebarsch am Schwanz hochhält. »Ich werde die Sachen nicht mehr brauchen, Miss Divine.«

Nancy befestigt eine Nadel an dem schwarzen Kreppband, das sie am Jackenärmel trägt. »Sie wird sich angemessen benehmen, solange sie Ihr Kleid trägt, Mrs Evans. Ich werde darauf achten.«

»Das weiß ich, Liebes.« Mrs Evans tätschelt Nancys Hand und geleitet die beiden in den Flur, wo ihre Taschen schon fertig gepackt stehen. »Bitte grüßen Sie Mrs Pankhurst von mir, wenn Sie sie sehen.«

»Ich wusste nicht, dass Sie sie kennen.«

»Nicht persönlich, nein. Aber ich hatte einmal die Ehre, an einer Kundgebung teilzunehmen, und sie ein Mal reden zu hören, heißt, eine Freundin fürs Leben zu haben.«

»So ist es.« Daisy schüttelt ihr die Hand.

Nancy gibt ihr einen Kuss auf die Wange.

»Gewiss werde ich die ganze Aufregung vermissen«, bekennt ihre Gastgeberin und wischt sich mit ihrem Spitzentaschentuch eine Träne ab, während sie die Haustür schließt.

Im Zug nach Swansea geben Nancy und Daisy ein sonderbares Paar ab, der einsilbige junge Mann und die viel zu lebhafte trauernde Witwe. Sie steigen um und sichern sich ein leeres Abteil für die Fahrt nach Reading.

»Wenn sich jemand zu uns setzen will, werde ich herzzerreißend schluchzen.« Daisy macht es sich am Fenster bequem, während Nancy die Koffer auf die Gepäckablage stemmt. »Gott sei Dank, dass wir dieses verschlafene Nest endlich hinter uns gelassen haben. Das muss ich wirklich sagen.« Sie hebt den Schleier und sieht Nancy Beifall heischend an. »Die werden was von mir zu hören bekommen. Von nun an tauche ich nur noch in Großstädten unter, und wenn sie mich noch mal aufs Land schicken wollen, werde ich mich weigern. Irgendwo muss man die Grenze ziehen. Finden Sie nicht auch? Nancy? Hören Sie mir überhaupt zu?«

Nancy hat sich hingesetzt und schaut aus dem Fenster. Sie nickt und tut, als hätte sie jedes Wort gehört, aber das ist nicht der Fall.

»Ich weiß nicht, was plötzlich mit Ihnen los ist.« Daisy tut so, als bewundere sie die Aussicht, insbesondere eine Herde Kühe. »Die viele frische Luft hat Sie wohl müde gemacht.«

Nancy blickt zu einem Baum, der allein mitten auf einem Acker steht, dann auf einen mäandernden Fluss, einen einsamen Angler. Sie hat den Eindruck, dass etwas in der Luft liegt, kann aber nicht sagen, was. Das spürt sie, seit vorige Woche der Brief eingetroffen ist. Zwischen ihnen hat sich etwas verändert. Einmal ist Daisy distanziert, in Gedanken versunken und nicht bereit, sie daran teilhaben zu lassen. Und dann ist sie wie jetzt und versucht, eine heitere Stimmung zu verbreiten. Andererseits ist das eben ihre Art. Es könnte auch gar nichts mit Nancy zu tun haben. Es könnte an etwas ganz anderem liegen, etwa an Neuigkeiten von ihrer Tochter oder einem jungen Mann, mit dem sie sich treffen will. Also vielleicht bildet Nancy es sich bloß ein. Vielleicht ist es nichts. Doch das Gefühl bleibt, dass Daisy sich von ihr entfernt.

»Habe ich schon mal erwähnt, dass die Polizisten den neuen Helm selbst bezahlen müssen, wenn sie den alten verloren haben?«

»Wie bitte?«

»Die Polizisten.« Daisy blickt sie eindringlich an. »Wenn ein Polizist Sie festnehmen will, schlagen Sie ihm den Helm vom Kopf. Er wird ihm höchstwahrscheinlich hinterherlaufen, sodass Sie flüchten können. Das ist nützlich zu wissen.«

»Ich werde versuchen, daran zu denken.«

Daisy nickt. Sie greift nach ihrer Handtasche, fischt das

Portemonnaie heraus und öffnet es. Sie drückt Nancy einen Geldschein in die Hand. »Das ist für Ihre Auslagen. Kommen Sie möglichst lange damit aus. Sie brauchen keine Einkünfte. Wenn Sie mehr benötigen, wenden Sie sich an Miss Connolly. Lassen Sie das Stichwort Geld in den Brief einfließen, das wird sie verstehen.«

Nancy hat noch nie einen Geldschein in der Hand gehabt. Immer nur kleine Münzen. Papiergeld besitzen Leute wie sie nicht. Jetzt könnte sie sich allerhand Wünsche damit erfüllen, und die meisten Leute würden sich freuen, aber ihr macht es Angst. Sie möchte es zurückgeben. »Das ist zu viel.«

»Es kann gar nicht zu viel sein. Sie wissen ja noch gar nicht, wofür Sie es brauchen werden.« Daisy klappt das Portemonnaie zu und sieht wieder aus dem Fenster.

Beim vorigen Mal, als Daisy ihr einen Schein in die Hand gedrückt hat, glaubte Nancy, damit würde ein besonderes Band zwischen ihnen geknüpft. Jetzt scheint Daisy das Band zu zerreißen. Nancy faltet die Banknote zusammen und steckt sie in die Jackentasche zu den Fahrkarten.

Sie steigen in Reading aus, und der Gepäckträger beschreibt ihnen den Weg zu einer bescheidenen Pension, in der noch Zimmer frei sind. Daisy fragt nach zwei Einzelzimmern. Natürlich wäre es unpassend, sich ein Doppelbett zu teilen, jedoch liegen ihre Zimmer nun auf verschiedenen Etagen, ein unglücklicher Zufall, der die innere Distanz zwischen ihnen besonders hervorhebt. Bevor sie sich an der Treppe trennen, gibt Daisy ihr einen Brief mit dem Namen ihrer Kontaktperson in Leatherhead und rät ihr, sich den Treffpunkt und die Adresse eines Hauses im East End einzuprägen, wohin sie fliehen soll, wenn sie ihre Aufgabe erledigt hat. Geplant ist ein Brandanschlag auf das Klubhaus eines Golfplatzes im Wahlkreis eines Parlamentsabgeordneten, der für seine Ablehnung des Frauenwahlrechts bekannt ist. Nancy hat sich gefreut, als Daisy ihr das Vorhaben am gestrigen Tag eröffnete. Das gab ihr das Gefühl von Vertrautheit. Aber davon kann jetzt nicht mehr die Rede sein.

Sie schließt die Zimmertür hinter sich und setzt sich auf die Bettkante. Sie ist müde. Ungeheuer müde, obwohl sie nur im Zug gesessen hat. Als sie die Augen zumacht, tut ihr alles weh, die Gelenke, die Glieder. Ein Verlangen plagt sie. Sie legt sich zurück, streckt die Arme über dem Kopf aus, und plötzlich denkt sie an ihre Mutter. Sie sieht sie von hinten am Küchentisch stehen, sich umdrehen und hinausgehen. Was für eine sonderbare Erinnerung! Nichts Nennenswertes, und dennoch kommt sie ihr in den Kopf. Und es kommen noch mehr, ihre ganze Familie, sie erscheinen wie Geister an ihrer Tür und stehen stumm da. Warten auf sie.

Diese Gedanken bewirken, dass sie sich schwach fühlt, und Miss Birnstingl hat sie gewarnt, dass Daisy Schwäche verabscheut.

Sie sucht sich den Brief mit den Details für den morgigen Tag heraus, prägt sie sich sorgfältig ein und prüft mehrmals, ob sie sie auswendig kann. Das ist wichtig. Ihre Chance, sich als nützlich zu erweisen. Damit Daisy sie genauso sehr braucht, wie sie Daisy.

Sie geht zu Bett, weil sie befunden hat, dass Schlaf ihr guttun wird. Morgen wird sie stärker sein.

Daisy erscheint nicht zum Frühstück. Eine Serviererin bringt Nancy ein Briefchen an den Tisch. Daisy schreibt, sie wolle sich mit ihr zu einem späten Lunch treffen. Nancy ruft die Serviererin zurück. »Hat sie ihr Zimmer aufgegeben?«

»Oh nein, Miss. Sie hat darum gebeten, lange schlafen zu dürfen.«

Nancy beschließt, ihr zu glauben, dann zweifelt sie an sich. Nach dem Frühstück nimmt sie einen Umweg, um an Daisys Tür vorbeizugehen, und nach einer Stunde noch mal, weil sie hofft, ihr zufällig zu begegnen oder auf ein Zimmermädchen zu stoßen, das ihr sagen kann, ob Daisy noch schläft. Sie widersteht dem Drang, bei ihr anzuklopfen, begibt sich aber früh zum Lunch und wählt einen Tisch, von dem sie die Rezeption beobachten kann. Als Daisy endlich hereinkommt, möchte Nancy sie vor Freude küssen.

»Sie sehen besser aus, nachdem Sie so lange geschlafen haben.«

»Danke. Ich hatte es sehr behaglich. Sie scheinen auch wieder gut gelaunt zu sein.«

»Das ist wohl wahr.«

»Fein.«

»Ich habe mir die Details aus dem Brief eingeprägt.«

»Wirklich? Das hätte ich nicht gedacht. Ich dachte, es würde Sie ärgern, wenn ich das vorschlage.«

»Ganz und gar nicht.«

»Wie heißt der Golfklub?«

»Hillybrooks Golf Course. An der Sandyman Lane.«

»Und unsere Kontaktperson?«

»Miss Miles.«

»Gut. Ich habe mir überlegt, Ihnen die Verantwortung zu übertragen. Ich denke, es ist an der Zeit. Miss Miles wird Sie begleiten und Schmiere stehen. Sie wird tun, was Sie sagen, im Gegensatz zu unserer Bombenbauerin, die von niemandem Befehle annimmt und nur an mich persönlich liefert. Das heißt, ich werde mit Ihnen nach Leatherhead fahren. Es werden noch andere hinzustoßen, ein paar von der lokalen Gruppe, die eine Parole auf das achtzehnte Grün malen wollen.«

»Aber Sie bleiben auch bei mir?«

»Ich werde nach London zurückfahren, sobald Sie die Bombe haben.«

»Zu der Adresse im East End?«

Daisy schaut verlegen. »Ich werde anderswo gebraucht. Nancy … das Haus im East End … das sind gute Leute. Sie werden sich um Sie kümmern.«

Nancy kann die Tränen nicht zurückhalten. Daisy zieht die Brauen zusammen. Sie holt ein Taschentuch hervor und hält es Nancy hin, als wüsste sie nichts damit anzufangen. Nancy wischt sich das Gesicht und schnäuzt sich. »Das haben Sie geplant, stimmt's? Ich wusste es. Wann wollten Sie es mir sagen?«

»Ich habe es Ihnen gerade gesagt.«

»Wann sehe ich Sie wieder?«

»Nancy …«

»Was?«

»Ach, seien Sie nicht so melodramatisch! Ich bin sicher, das haben Sie sich nicht bei mir abgeschaut!« Daisy sieht auf die Uhr.

»Aber Sie werden mich verlassen? Das ist es doch, nicht wahr?«

»Ich verlasse jeden, Nancy. Das wissen Sie.«

Nancy wird lauter. »Warum haben Sie mich dann überhaupt bleiben lassen?«

Daisy nimmt Nancys Hand. »Sie sagten, Sie möchten sein wie ich«, antwortet sie leise. »Nun, so bin ich.«

»Egoistisch?«

»Ja. Manchmal. Aber immer ich selbst.« Sie nimmt ihre Hand weg. »Außerdem wollen Sie doch unabhängig sein, dachte ich.«

»Ich will nicht allein sein.«

»Oft geht beides miteinander einher.«

»Langweile ich Sie denn?«

»Nein, Nancy. Sie langweilen mich nicht. Sie brauchen mich aber nicht mehr.«

»Doch, das tue ich. Ich brauche Sie.« Plötzlich hat sie einen bitteren Geschmack im Mund. »Wann werden Sie Ihrer Tochter sagen, wer Sie sind?«

»Nancy, das ist nicht wichtig, und ich möchte auch nicht darüber reden.«

»Sie wird Sie ablehnen. Das wissen Sie, nicht? Ich würde Sie ablehnen, wenn ich Ihre Tochter wäre.«

»Das war gehässig.«

Nancy lässt den Kopf hängen. »Ich kann das nicht ohne Sie tun.«

»Jeder kann einen Brand legen, Nancy, und ein Anfänger ist immer nervös. In der Nacht wird alles gut gehen. Sie werden schon sehen. Sie werden das hervorragend machen. Ganz die Hauptdarstellerin.«

Aber Nancy denkt, dass sie das gar nicht meint.

Sie steigen in den Zug nach Leatherhead und kommen an, als es schon dunkel ist. Daisy ist jetzt wie Clara, eine ältere Schwester, die nützliche Hinweise gibt, zum Beispiel, wo die Straße zum Golfklub liegt oder aus welcher Richtung die Polizei wahrscheinlich kommt, nachdem sie alarmiert wurde. Sie warten am Kopf einer Brücke, die über den Mole führt, und haben sich nichts mehr zu sagen.

Daisy sieht auf die Uhr. »Maude wird nicht zu spät kommen. Man kann sich immer auf sie verlassen.«

»Sie sollten jetzt gehen.«

»Das kann ich nicht.« Daisy späht die Brücke entlang. »Sie wird Ihnen die Bombe nicht geben, nur mir persönlich.«

Ein paar Minuten lang herrscht wieder Schweigen. »Nun ja, sie kommt nicht«, sagt Nancy dann.

»Sie wird gleich hier sein«, widerspricht Daisy. »Vermutlich denkt sie, Sie wären ein Mann, und zögert deshalb. Sehen Sie, da kommt sie.«

Nancy dreht sich um. Eine Frau hält auf das andere Ende der Brücke zu, in jeder Hand eine volle Einkaufstasche. Eine davon reicht sie Daisy. Ein paar Lauchstangen schauen heraus.

»Hallo, Maude.« Daisy deutet auf den Lauch. »Beim vorigen Mal waren es Rüben, nicht wahr? Ich hoffe, Sie brauchen den Lauch nicht zurück.«

»Er ist aus dem Garten. Sie sollten ihn behalten und sich eine Suppe kochen. Wäre schade drum.«

»Nett von Ihnen, für mein Abendessen zu sorgen. Das ist übrigens Nancy. Sie ist heute Nacht verantwortlich, also merken Sie sich ihr Gesicht. Sie werden vielleicht wieder für sie arbeiten.«

Maude hat nur einen missbilligenden Blick für Nancy. »Zieht sie sich immer an wie ein Mann?«

»Wenn mir der Sinn danach steht«, erwidert Nancy spitz.

»Dann weiß ich ja, wonach ich Ausschau halten muss.« Maude sieht Nancy in die Augen, schätzt sie ab und merkt sich ihr Äußeres. »Also, Herumstehen bringt uns nicht weiter.« Damit dreht sie sich um und geht zurück über die Brücke.

Daisy und Nancy treten den Rückweg an. Im Gleichschritt laufen sie nebeneinanderher. Nancy weiß, jetzt hält Daisy nichts mehr davon ab, in den nächsten Zug zu steigen.

Sie finden die Straße, die zum Golfklub führt. Eine junge Frau wartet an der Kreuzung. Neben ihr lehnen zwei Fahrräder am Laternenpfahl.

»Miss Miles?«, fragt Daisy.

»Nancy?«

»Nein, das ist Nancy. Ich bin überrascht, dass Sie mich nicht erkennen.«

Miss Miles lacht nervös. »Ich bitte um Verzeihung. Wie dumm von mir!«

Daisy gibt Nancy die Einkaufstasche, dann haucht sie ihr einen Kuss auf die Wange. »Sie werden Ihre Sache gut machen, Liebes. Sie können das.«

»Jeder kann einen Brand legen.«

»Aber die meisten Leute tun es nicht.« Sie legt Nancy eine Hand auf die Schulter. »Sie sind etwas Besonderes.« Rasch tritt sie einen Schritt zurück. »Wir sehen uns wieder. Da bin ich mir ganz sicher. Es wäre schade, wenn nicht.« Sie reicht ihr die Hand. »Auf Wiedersehen, Nancy.«

»Auf Wiedersehen, Daisy.«

Und dann geht sie.

Miss Miles dreht den Lenker eines der Fahrräder zu Nancy hin. »Wir sollten uns sputen. Die anderen sind schon seit einer halben Stunde da.«

»Ich kann nicht Fahrrad fahren«, erklärt Nancy. »Das habe ich nicht gelernt.«

»Wirklich! Du meine Güte. Daran habe ich gar nicht gedacht. Dann muss ich Sie wohl hintendrauf mitnehmen. Hoffen wir, dass uns keiner sieht.« Sie schwenkt das Fahrrad herum, steigt über die Stange und überlässt Nancy den Sattel. »Die Tasche können Sie vorne in den Korb stellen.«

Nancy möchte die lieber nicht loslassen, genau wie Daisy neulich. Doch andernfalls wird sie sich mit der Tasche im Arm auf dem Sattel nicht halten können, also befolgt sie den Rat. Dann hält sie sich bei Miss Miles an der Taille fest, während sie die dunkle Straße entlangsausen. Vor dem Klubhaus liegen vier Fahrräder am Boden, deren Besitzerinnen befinden sich schon auf dem achtzehnten Grün und malen große weiße Buchstaben auf den Rasen.

»Gut, machen wir uns an die Arbeit.« Miss Miles nimmt Nancy zur Rückseite des Gebäudes mit. Es ist ein eingeschossiges Holzhaus mit einer Veranda, von der man über den Golfplatz schaut. »Ich dachte, Sie könnten einbrechen. Was meinen Sie?«

Nancy erklärt sich bereit. Sie fühlt sich benommen, als hätte sie eigentlich keinen Anteil am Geschehen.

»Ich halte vorne Wache«, sagt Miss Miles und entfernt sich.

Nancy sieht sich nach einem Stein um, aber rings um die Veranda ist keiner zu finden. Ihr Blick fällt auf einige bepflanzte Tontöpfe. Sie hebt eines der Gefäße hoch und wirft damit die Fensterscheibe ein. Drinnen gibt es nur einen großen Raum mit etlichen Tischen und Stühlen. Sie stellt die Tasche hinter die Theke, zündet die Zündschnur an und läuft hinaus. Als sie ein Stück entfernt auf dem Grün steht, empfindet sie nichts von der Erregung, die sie in der Villa in Manchester erlebt hat.

Die Flammen haben bereits das Dach erfasst, der Wetterhahn auf dem First dreht sich in der aufsteigenden Hitze. Von ihrem Platz aus kann sie die Lichter der Stadt sehen und über das dunkle Land dahinter. Plötzlich fühlt sie sich sehr klein. Sie schiebt die Hand in die Hosentasche, stößt auf die Zigaretten und raucht eine, während sich das Feuer ausbreitet. Ihr wird ein wenig übel. Vielleicht vom Rauchen. Sie hört einen Zug pfeifen. Trotz Feuer ist es kalt in der Welt.

Die Frauen auf dem Rasen sind mit dem Schriftzug fertig.

»Lasst die Farbeimer und Pinsel liegen«, ruft Miss Miles. »Wir müssen verschwinden.«

Nancy bleibt, wo sie ist. »Machen Sie sich meinetwegen keine Gedanken. Ich sehe gern zu, wie es brennt. Ich finde allein nach Hause.« Sie zündet sich noch eine Zigarette an, dann hört sie, dass die Fahrräder aufgehoben werden, hört das Knirschen der Räder auf sandigem Boden und dann nur noch das Knacken der brennenden Holzbalken.

Jetzt steht sie allein auf der Bühne. Es ist die letzte Szene, und sie steht im Scheinwerferlicht und hat ihren Text vergessen. Keine Souffleuse hilft ihr weiter, und Improvisieren ist nicht ihre Stärke. Sie kann nicht mal schauspielern. Wie ist nur auf die Idee gekommen, sie könnte sein wie Daisy?

Bald hört sie ein verträumtes Klingeln. Es ist nicht laut, aber beharrlich. Ein Fahrrad. Es wird scharf gebremst, dann fallen gelassen. Ein Pfiff ertönt. Der Constable, der hinter das Klubhaus gelaufen kommt, ist allein. Er bemerkt Nancy, die mit zwei Lauchstangen in den Händen auf dem Rasen steht.

»Haben Sie sie gesehen, Sir?«, fragt er.

»Wen?«

»Die Frauen, die das getan haben.«

»Woher wissen Sie, dass es Frauen waren?«

»Weil …« Er deutet auf den weißen Schriftzug, der im Feuerschein leuchtet.

Wahlrecht für Frauen.

»Sie ermitteln also in dem Fall?«

Der Polizist blickt sie eigenartig an. »Können Sie etwas Zweckdienliches dazu sagen?«

»Ich war das, Officer«, sagt sie. Er glaubt ihr nicht. Sie sieht es ihm an. Sie zieht sich die Mütze vom Kopf und wirft ihm einen neckischen Blick zu. »Und ich hab's ganz allein getan.«

34

Ted hat Blumen mitgebracht, einen Strauß Nelken. Die Stiele sind in hellgrünes Papier eingewickelt. »Die sind für deine Mutter. Für deinen Vater will ich noch Zigaretten kaufen. Wusste nur nicht die Marke. Wäre ja Unsinn, ihm die falsche zu schenken.«

»Er bekommt sie geschenkt, da kann sie nicht falsch sein.« Auf Clara wirkt er nervös. »Wir gehen nur zum Tee zu ihnen.« Sie rückt seinen Hemdkragen zurecht. »Aber du siehst gut aus. Hattest du den Anzug nicht bei unserem ersten Abend an?«

»Ich trage ihn nur bei besonderen Gelegenheiten.«

»Dann wirst du wahrscheinlich darin heiraten.«

»Ja, wahrscheinlich.«

»Nun ja, wer immer die Glückliche sein wird.«

Ted schaut verwirrt, aber sie neckt ihn nur, gibt mit der einen Hand und nimmt es mit der anderen.

Er entdeckt einen Kiosk am Straßenrand und eilt hinüber. »Also, was raucht er?«

Sie deutet auf die Navy Silk Cut. »Entweder die oder Radford's, die mit dem Union Jack vornedrauf.«

Ted kauft ein Päckchen von beiden und steckt sie ein. »Worüber unterhält er sich gern?«

Clara schnaubt. »Ich habe nicht die leiseste Ahnung. Du darfst nur Nancy nicht erwähnen. Wenn er es schon weiß, wird ihm das ganz und gar nicht gefallen, und wenn nicht, dann willst du bestimmt nicht derjenige sein, der es ihm erzählt.«

»Klar. Ja, natürlich. Dann werde ich einfach mitspielen.«

»Da. Das ist unsere Straße. Unser Haus steht in der Mitte auf der rechten Seite.«

Ted schaut an den Reihenhäusern entlang. »Es sieht fast so aus wie bei uns. Zwei Zimmer oben, zwei unten? Liegt die Küche nach hinten raus?«

»Ja.«

»Die Häuser sind sehr hübsch. Wirklich sehr hübsch.«

Clara hat den Eindruck, er wäre glücklich, wenn er sein ganzes Leben hier verbringen könnte, und verspürt den plötzlichen Drang, zu fliehen, so schnell sie kann, und erst anzuhalten, wenn sie ringsherum nichts mehr an ihr Elternhaus erinnert.

Ted zupft an seinen Manschetten, während sie vor der Tür warten. Ihre Mutter öffnet im Sonntagsstaat, einem dunkelblauen Kostüm, das sie besitzt, seit Clara denken kann. Sie führt die beiden ins leere Wohnzimmer, wo Ted ihr die Hand schüttelt.

»Die sind für Sie, Mrs Cooper.«

»Blumen? Ach, sind die hübsch. Wir haben nicht oft Blumen, aber ich habe genau die passende Vase dafür.« Ihre Mutter nimmt Clara beim Handgelenk. »Würdest du mir eben in der Küche helfen? Ich glaube, sie steht oben auf dem hohen Bord, und ich steige nicht mehr so sicher auf einen Stuhl wie früher. Wir sind gleich wieder da, Ted.«

Sie schiebt Clara in die Küche und schließt die Tür hinter ihnen. Dort sitzt ihr Vater und wartet auf sie, noch in Hemdsärmeln und ohne Kragen.

Er packt Clara beim Oberarm und zieht sie zu sich hin. »Ich habe deiner Mutter verboten, deine Schwester zu erwähnen«, brummt er ihr ins Ohr. »Besser er erfährt es nicht, sonst ist er gleich über alle Berge.«

Ihre Mutter sieht sie so grimmig an, als wäre es Clara und nicht Nancy, die Unglück über die Familie gebracht hat.

Clara windet sich los und trägt einen Stuhl zu dem Regal, auf dem die Vase steht.

Ihr Vater folgt ihr und redet weiter leise auf sie ein. »Was macht er denn, dieser Mann?«

»Er arbeitet in einer Bank.«

»Tatsächlich?«

»Nichts Hochtrabendes. Er sitzt hinterm Schalter, aber er meint, er hat gute Aussichten. Geh doch, und frag ihn selbst. Er beißt nicht.«

Ihr Vater brummt unwirsch bei der Unterstellung, er könnte Angst haben. »Na, und wenn schon. In meinem eigenen Haus muss ich mich nicht fürchten.« Er geht ins Wohnzimmer hinüber.

Ihre Mutter hält die Stuhllehne fest, während Clara hinaufsteigt und nach der Vase greift. »Wir haben Sandwiches gemacht. Dazu gibt es saure Gurken und Käse. Und hinterher einen Victoria Sponge Cake. Aber ich will, dass ihr in einer Stunde wieder geht. Dein Vater möchte nicht länger als nötig gestört werden, und ich habe noch einen Berg Hausarbeit zu erledigen.«

»Freut er sich denn nicht?«

»Er hat an was anderes zu denken.«

»Soll mir recht sein, Mutter. Wir beide haben auch noch was anderes vor.«

Sie reicht die Vase ihrer Mutter, die sie mit einem Tuch abstaubt. Clara stellt den Stuhl an seinen Platz, dann geht sie auch ins Wohnzimmer, damit Ted nicht zu lange mit den

Launen ihres Vaters zurechtkommen muss. Die beiden sitzen am Kamin, ihr Vater in seinem Sessel und Ted auf dem Platz ihrer Mutter. Die beiden Zigarettenschachteln liegen auf dem Kaminsims, eine ist bereits geöffnet.

»Dann meinen Sie also, dass es Krieg gibt, Mr Cooper.«

»Muss es wohl, wenn die Beschimpfungen so weitergehen.« Er lehnt sich zurück. »Bei den Buren war es dasselbe. Man kann nicht immer nur reden. Man muss auch Taten folgen lassen, sonst denken die, man ist weich geworden.«

Clara geht wieder in die Küche, wo ihre Mutter die Teekanne mit heißem Wasser vorwärmt. Sie stellt Tassen und Untertassen aufs Tablett, holt das Milchkännchen vom Fensterbrett und geht an die Schublade, wo sie die silbernen Teelöffel verwahrt.

»Worüber reden sie?«, fragt sie besorgt.

»Über den Krieg.«

»Welchen Krieg? Geh wieder rüber, ja? Ich kann das Tablett allein tragen.«

Clara trägt einen Stuhl ins Wohnzimmer, damit sie sich auch setzen kann.

Ihr Vater bläst eine Rauchwolke aus, die über dem Kamin schwebt. »Werden Sie sich freiwillig melden?«

»Vermutlich, wenn es so weit kommt.« Ted neigt sich nach vorn und schnippt seine Zigarettenasche ins Feuer, wie Mr Cooper es auch getan hat.

Clara bleibt stehen. Sie wusste nicht, dass er raucht. Zumindest hat er es in ihrem Beisein nicht getan.

»Sie werden binnen eines Jahres heiraten müssen. Ich will nicht, dass meine Tochter unversorgt sitzen bleibt.«

»Vater!« Sie sieht ihn böse an.

»Besser, man spricht offen über diese Dinge.«

»Ich stimme Ihnen zu«, sagt Ted. »Da gibt es vieles zu bedenken.«

»Und Sie sollten nicht glauben, wir hätten einen Sack voll Geld für Sie. Es ist hart genug, in diesen Zeiten über die Runden zu kommen.«

Clara fühlt sich, als würde sie verpackt und verschnürt, abgezeichnet und an den Käufer übergeben. »Ich verdiene selbst ganz gut, danke, Vater.«

»Aber nicht mehr lange, nicht wahr?«

Ihre Mutter kommt mit dem Tablett herein. »Bist du so gut und holst die Sandwiches, Clara?«

Clara bleibt hinter dem Stuhl stehen. »Ich habe genug gespart, um zu heiraten, wann ich will, aber ich entscheide das erst, wenn ich mir ein Fahrrad gekauft habe.«

Ihr Vater blickt sie scharf an.

»Und ich möchte ein nagelneues. In einem Geschäft in der Innenstadt gibt es welche für sechs Pfund drei Shilling.«

»Reine Geldverschwendung«, faucht er. »So ein Ding dulde ich in meinem Haus nicht.«

»Brauchst du auch nicht, da ich nicht mehr hier wohne.«

Ihre Mutter tritt zwischen sie mit der Platte Sandwiches, die sie nun selbst aus der Küche geholt hat. »Ich bezweifle, dass Ted solchen Unsinn hinnehmen wird«, sagt sie und bietet ihm eins an.

Ihr Vater nimmt sich zwei. »Was halten Sie von Frauen, die Fahrrad fahren, Ted?«

»Darüber habe ich mir noch keine Gedanken gemacht.«

»Vater denkt, sie betonen den weiblichen Körper«, erklärt Clara. »Und man sollte nicht sehen, dass Frauen Beine haben, nicht wahr, Vater?«

»Ist denn das die Möglichkeit?«, wirft ihre Mutter ein.

»Nur Flittchen setzen sich auf ein Fahrrad.«

»Und Suffragetten, Vater. Ich sehe immerzu welche auf Fahrrädern.«

Ihr Vater steht abrupt auf. Dafür würde er sie ohrfeigen, wenn sie keinen Besuch hätten. Sie sieht, wie es ihm in den Fingern juckt. Er langt zum Kaminsims nach den Zigaretten.

»Ich nehme an, wir werden auf ein Auto sparen können«, sagt Ted rasch. »Angeblich sollen sie mit der Zeit billiger werden, und mein Vater meint, in zwanzig Jahren werden wir alle eins fahren.« Er lächelt Clara schwach an. »Du würdest auf dem Beifahrersitz hübsch aussehen.«

»Je eher der Krieg losgeht, desto besser.« Ihr Vater setzt sich wieder hin. »Das wird dem ganzen Unsinn ein Ende machen. Was sagten Sie, was Ihr Vater macht, Ted?«

»Er ist Vorarbeiter.«

»Tatsächlich?«

»Ja. Metallverarbeitung. Keine große Fabrik, aber eine mit gutem Ruf.«

»Trotzdem. Er könnte was auf die hohe Kante gelegt haben.«

»Gleich gibt es noch Kuchen.« Mutter sammelt die Teller ein, dann steht sie wartend vor Ted, während er sein Sandwich aufisst. »Clara, würdest du die Teller wegbringen und den Kuchen holen?«

Clara tut es. In der Küche wischt sie die Krümel weg, spült die Teller und trocknet sie ab. Was hat sie sich nur dabei gedacht, Ted ihren Eltern vorzustellen? Sie kann sich nicht erinnern, wieso sie das gewollt haben kann.

Sie trägt den Kuchen hinüber und serviert ihn selbst. »Am besten, wir gehen, wenn wir den gegessen haben.«

»Ja«, sagt ihre Mutter, und ihr Vater schweigt.

»Es war sehr nett«, sagt Ted. »Und einen so guten Victoria Sponge habe ich lange nicht gegessen.«

»Ja«, sagt ihre Mutter.

»Also gut«, sagt ihr Vater.

Als die Haustür hinter ihnen ins Schloss gefallen ist, läuft Clara so flott, dass Ted verwundert hinter ihr zurückbleibt.

»Clara?«, ruft er. »Clara?« Er fasst sie beim Ärmel, um sie zu bremsen. »Warum die Eile?«

»Wage es ja nicht, mir zu erzählen, wie nett sie sind!«

»Gut. Dann tue ich es nicht. Und du hast mich ja gewarnt.«

»Gut.«

Er fasst sie um die Taille. »Mir macht es nichts aus, wenn du ein Fahrrad ins Haus bringst.«

»Dann hättest du das vorhin sagen sollen.«

»Ich wollte nur den Frieden wahren.«

»Wohl eher den Kopf einziehen. Aber davon abgesehen, welches Haus? Wir haben nicht vor zu heiraten. Wir sind nicht mal verlobt.«

»Ich hätte dir inzwischen einen Antrag gemacht, wenn ich geglaubt hätte, dass du Ja sagst.«

»Ted, nicht.« Sie läuft wieder schneller und hält auf die Hauptstraße zu.

Ted holt sie ein. »Dann frage ich nicht. Wenigstens nicht, bis du das Fahrrad gekauft hast und etwas brauchst, wo du es unterstellen kannst.«

»Ted? Wünschst du dir manchmal, die Dinge lägen anders? Und wir könnten anders sein?«

»Wie meinst du das?«

»Erschrickst du nicht bei der Vorstellung, so zu werden wie deine Eltern?«

»Dagegen hätte ich nichts. Sie sind anständige Leute. Du musst sie mal kennenlernen, dann siehst du es selbst. Ich würde mich freuen. Wenn du möchtest.«

»Vielleicht. Nach einer Weile, wenn ich dazu bereit bin, aber nicht sofort.«

»Nein«, sagt Ted. »Nicht sofort.«

35

Nancy weiß, sie sollte bei ihrem Prozess etwas sagen. Daisy würde nicht zweimal überlegen. Bei ihrem vorigen Auftritt im Gerichtssaal hat sie dem Richter klipp und klar gesagt, was sie von ihm hält. Aber Nancy fehlt das Stimmvolumen, das man für solch eine Bühne braucht, und überhaupt traut sie ihrer Zunge nicht. Ihre Stimme macht sie angreifbar, wie ein Geheimtunnel eine Festung. Darum hat sie kaum ein Wort gesprochen, seit sie dem Polizisten die Tat gestanden hat. Stattdessen denkt sie an kleine Tiere mit hartem Panzer. An Käfer und Krabben. An Schildkröten, die sich darin zurückziehen können. Der Richter verkündet das Urteil ohne eine Unterbrechung.

Der Polizist, der sie von der Anklagebank wegbringt, ist freundlich zu ihr. »Geben Sie auf die Stufe acht.« Er hält ihren Arm sanft, als er sie die kurze Treppe hinabführt. Er möchte sich bei mir einschmeicheln, damit er sich besser fühlen kann, denkt sie.

Ein zweiter Polizist wartet an einer schweren Tür, den Schlüssel hat er bereits ins Schloss gesteckt. »Draußen steht ein Wagen bereit.«

»Das ist eine Erleichterung«, erklärt ihr der Polizist. »Besser, man bringt es gleich hinter sich.«

Wenn er wüsste, wie die Vertrautheit der Schlösser und Türen sie tröstet, würde er vielleicht aufhören, ihr beruhigend zuzureden. Der Transportwagen der Polizei steht im Hof mit offener Hecktür.

»Es ist unangenehm, aber nicht so beängstigend, wie es aussieht«, meint er. »Es sei denn, Sie können beengte Räume nicht ertragen.«

»Sie sind mir sogar lieber.«

»Na, dann sollte es Ihnen gut gehen. Die Fahrt dauert insgesamt eine Stunde, je nachdem, ob der Fahrer unterwegs noch jemanden mitnehmen muss.« Er lächelt sie väterlich an. Wenn sie ihm jetzt den Helm herunterschlüge, müsste er vor ihr am Boden kriechen. Er nimmt sie wieder beim Arm und hilft ihr hinauf in den Wagen. »Gehen Sie durch die erste offene Tür, und setzen Sie sich. Ich folge Ihnen und schließe ab.«

Der Wagen hat einen mannsbreiten Gang. Sie geht an drei verschlossenen Türen vorbei, gelangt zu einer offenen und geht hindurch. Sie setzt sich hin. Ihre Schultern berühren die Seitenwände.

Der Polizist erscheint vor ihr. »Viel Glück«, sagt er, bevor er zuschließt. Sie hört ihn aus dem Wagen steigen. »Fertig, Bob.«

Sie faltet die Hände im Schoß, zieht die Füße unter die Bank und sitzt im Dunkeln, reglos wie eine Wellhornschnecke in einer Felsspalte. Als ihr die Zehen kribbeln, ärgert sie sich darüber und belässt die Füße, wo sie sind, weigert sich, ihnen Erleichterung zu verschaffen. Als sie taub werden, denkt sie: Da, das wird euch eine Lehre sein. Und sie genießt das kleine Triumphgefühl.

Der Wagen hält an. Stimmen. Eine singt ein altes Lied, das Nancy bei Zigeunerinnen gehört hat, die Rosmarin verkauften. Ein Schlüssel dreht sich im Schloss. Dann geht die Fahrt weiter. Halt. Schlüsselklirren. Jetzt könnten sie vor dem Holloway angelangt sein. Der Gedanke holt sie zurück in ihren Körper. Die Sorge, wer sie in Empfang nehmen wird, kriecht ihr wie ein kalter Wurm das Rückgrat entlang. Miss Jackson. Mrs Armitage. Es könnte jede sein. Vielleicht Clara. Aber sie hofft, ihr nicht schon jetzt zu begegnen. Sie will nicht als Erstes ihrer Schwester ins Gesicht blicken müssen.

Die Tür wird geöffnet. »Kommen Sie heraus.« Es ist ein anderer Polizist, ein desinteressierter. »Folgen Sie mir.«

Als sie aufsteht, strömt das Blut in ihre Füße, die wie von tausend Nadelstichen kribbeln, und sie kann nur humpeln. Vorsichtig steigt sie die Stufen hinab und hält sich an der Türkante fest, leise fluchend, weil sie die Füße hat taub werden lassen. Sie tritt zu den anderen inhaftierten Frauen, und beim Warten schüttelt sie die Beine zur schnelleren Durchblutung, obwohl ihr bewusst ist, dass sie dadurch nervös oder aufgeregt oder seltsam erscheint. Ein Rock würde das jetzt einigermaßen kaschieren, ihre Hose nicht. Sie schaut verstohlen zu der Wärterin mit dem Klemmbrett und sieht, wie Miss Barraclough die Namen überfliegt. Anscheinend hat sie noch nicht bemerkt, dass Nancy darunter ist. Aber sie muss den Namen doch gesehen haben? Nancy streicht sich über ihre kurzen Haare. Sieht sie jetzt wirklich so fremd aus?

Die Neuen werden in den großen Eingangsraum gebracht. Gegenüber der Tür steht eine Reihe dunkelblauer Dienstkleider, denen sie rasch Gesichter zuordnet – Miss Needler, Miss Barraclough – alle sind sehr darauf bedacht, sie nicht anzuschauen, mit Ausnahme von Mrs Armitage, die böse zu ihr hinsieht. Die Frauen werden zu den Hafträumen geführt, und Nancy wird mit einer Prostituierten zusammengesperrt, die sie mit unverhohlener Verachtung mustert und lieber steht, als sich zu ihr auf die Bank zu setzen. Mrs Armitage kommt zu ihnen. Ausgerechnet die. Sie wird die Formulare ausfüllen.

»Name?«

»Nancy Cooper.«

»Beruf?«

»Keinen.«

»Adresse?«

»Ohne festen Wohnsitz.«

Mrs Armitage schnalzt missbilligend. »Religion?«

»Anglikanisch.«

Die Wärterin schüttelt den Kopf. »Eine Schande.«

Danach geht es in den Waschraum, wo sie sich ausziehen müssen. Mrs Armitage steht dabei und beobachtet sie. Dabei spitzt sie fest die Lippen, um sich von weiteren Bemerkungen abzuhalten. Aber Nancy empfindet nichts. Weder Wut noch Empörung. Auch nicht die gewohnte Scham, als sie nackt dasteht. Es ist, als ob ihr Körper nicht ihr gehört, genau wie bei ihrer Niederkunft, als hätte er einen eigenen Daseinszweck, und sie denkt sich ihn als ein weiteres Kleidungsstück, das sie an- und ablegen kann und das sie von einem Mann in eine Frau zurückverwandelt.

Sie misstraut dem Wohlbehagen heißen Wassers und sitzt kerzengrade in der Wanne, schrubbt sich mit dem Luffaschwamm ohne Rücksicht auf Empfindlichkeit. Im Ankleideraum nimmt sie das oberste grüne Kleid von dem Haufen, dann die Ringelstrümpfe. Mit Stolz streift sie sie über. Miss Barraclough heftet ihr das Abzeichen mit ihrer Zellennummer an die Brust und tut es vorsichtig, um sie nicht zu stechen. Diese kleine Freundlichkeit greift Nancy ans Herz. Ihre Nummer ist die 417, und sie trägt das Abzeichen wie einen Orden.

Man bringt sie in den Suffragettenflügel. Sie lauscht, während sie an den Zellen vorbeigeht, und fühlt sich stärker, weil sie dazugehört, ist aber froh, ihnen nicht zu begegnen. Sie will nur allein sein.

Ihre Zelle ist alles, worauf sie hoffte. Aber sie erscheint ihr jetzt vollgestopft, gar nicht mehr tröstlich. Sie rollt ihre Matratze zusammen und stellt sie in die Ecke. Teller, Löffel und Bücher nimmt sie vom Wandbord und packt sie dazu. Den Stuhl betrachtet sie als Luxus und prüft, wie stabil er ist. Sie bezweifelt, dass sie ihn mit bloßen Händen auseinanderbrechen kann. Aber wenn sie ihn auseinanderhebeln könnte? Mit einem Brett des Bettes vielleicht? Ihr Blick fällt auf die Gitterstangen vor dem Fenster. Sie schiebt ein Stuhlbein dazwischen und hebelt, bis es abbricht. Genauso verfährt sie mit dem nächsten Bein und zerbricht den Stuhl, sodass die Bruchstücke schließlich bei den anderen Dingen in der Ecke liegen.

In alten Zeiten gab es Mönche, heilige Männer, die sich an einen einsamen Ort zurückzogen, in eine Höhle etwa, wo Leute ihnen Essen und Wasser brachten im Austausch für ein Gebet. Jetzt in ihrer Zelle kommt es ihr vor, als ob die übrige Welt nicht existiert. Oder eher, als wäre sie auf die Größe des Bullauges geschrumpft, auf das Auge, das sie beobachtet, wie sie sich weigert, ihre Rolle zu spielen, und darauf besteht, dass sich die anderen nach ihr richten.

Sie zieht sich aus, setzt sich nackt auf die blanken Bretter der Pritsche und fragt sich, während sie das Bullauge beobachtet, welche Wärterin wohl kommt und nach ihr schaut. Vielleicht steht Clara jetzt da und späht in die Zelle, wie sie selbst es bei Daisy immer getan hat, um zu begreifen, was sie beide unterscheidet. Sie setzt sich aufrechter hin, denkt sich ihr Rückgrat als Besenstiel, der vom Nacken zum Steißbein reicht. Sie starrt auf das Bullauge und versucht, nicht zu blinzeln.

Die Tür öffnet sich wie ein Mauerspalt. Eine Wärterin kommt durch das einfallende Licht auf sie zu, und einen Moment lang könnte es jede sein. Dann sieht sie, es ist Clara.

36

Clara steht vor der Zellentür. Die Nummer 417 ist mit weißer Farbe über das Bullauge gemalt. Sie spricht sich die Zahl leise vor und versucht, sie mit dem Namen zu verbinden, der ihr so vertraut ist. Wenn sie ihre Schwester wie jede andere Gefangene behandeln will, was sie auch den anderen Wärterinnen aufgetragen hat, dann muss sie daran denken, sie mit der Nummer anzusprechen, wenn sie nicht allein sind. Sie tritt an die Tür heran und späht durch das Glas. Die unerwartete Nacktheit bringt sie aus der Fassung, und sie weicht zurück. Ihr ist schwindlig vom Gefühl des Ausgeliefertseins. Sie ermahnt sich streng. So ist sie weder Nancy noch sich selbst eine Hilfe. Was hier passiert, ist Realität, und nichts kann sie daran ändern. Also ist es besser, sie gewöhnt sich daran, genau wie ihre Schwester es tun muss. Sie atmet tief durch, um einen klaren Kopf zu bekommen, dann tritt sie wieder an das Bullauge.

Nancy ist kaum wiederzuerkennen. Die Haare springen als Erstes ins Auge, sie sind kurz geschnitten wie bei einem Mann. Aber das ist nicht das Wesentlichste. Es ist vielmehr, wie sie dasitzt: kerzengerade, ihre Brüste unverfroren zeigend, die Hände gelassen auf den Oberschenkeln. So war Nancy nie. Nie schamlos oder kühn. Sie konnte keiner Fliege etwas zuleide tun. Und Clara fühlt sich durch sie klein, als wäre sie die jüngere Schwester und nicht Nancy. Jetzt würde sie sich nicht mehr trauen, ihr das eigene Kind wegzunehmen.

Sie schließt die Zelle auf, geht hinein, drückt die Tür hinter sich zu.

Die Schwestern mustern einander vorsichtig.

»Warum bist du nackt?« Clara holt das Nachthemd aus der Ecke, wo es auf dem zertrümmerten Stuhl liegt. Sie hält es hoch und schüttelt es, dann rafft sie es bis zum Halsausschnitt auf die Daumen. »Zieh das an.« Sie geht auf Nancy zu, in der Erwartung, die werde die Arme recken wie ein Kind, das angezogen werden möchte.

Nancy verschränkt die Arme vor der Brust. »Ich würde es sowieso wieder ausziehen.«

Clara überlegt, es ihr gewaltsam über den Kopf zu ziehen, sie vorzeigbar zu machen, wie sie es mit anderen Häftlingen täte. Doch sie kann nicht so tun, als wäre dies nicht ihre Schwester oder als wäre es ein ganz gewöhnlicher Arbeitstag. Sie trägt das Nachthemd in die Ecke zurück. »Ich habe das die ganze Zeit befürchtet«, sagt sie zur Wand. »Während deines Prozesses habe ich gehofft, sie würden dich in ein anderes Gefängnis bringen. Nach Manchester oder Liverpool.« Sie dreht sich zu ihr um. »Geht es dir gut?«

Nancy zuckt die Achseln. Ihre Schulterhaltung drückt dasselbe aus wie ihr Gesicht.

»Ich habe versucht, dich zu finden. Ich bin zum Parliament Square gegangen, als die Delegation dort war, und habe dich gesehen, konnte aber nicht bis zu dir durchdringen bei so viel Handgemenge und Gedränge. Aber ich habe dich gesehen. Ich konnte nicht glauben, dass du dich das traust. Das muss enormen Mut erfordern, gegen solche Männer vorzurücken, obwohl man weiß, was einem dann blüht.«

»Das kann ich nicht gewesen sein«, sagt Nancy ausdruckslos. »Ich war nicht dort.«

»Oh. Aber ich dachte, das warst du. Ich war mir sicher.«

»Nein. Ich war ganz woanders. Ich war mit anderem beschäftigt.«

»Ja. Im Bericht steht, du wurdest für Brandstiftung verurteilt. Ach, Nancy, was hast du getan?«

Ihre Schwester starrt auf die Tür, als fehlte nicht mehr viel und sie würde zusammenbrechen.

Clara versucht, sie zu beruhigen. »Ich habe die Wärterinnen angewiesen, dich mit demselben Respekt zu behandeln wie die anderen Häftlinge, aber ich kann dir keinerlei Gefallen tun, Nancy.«

»Das will ich auch gar nicht.«

»Wirst du in den Hungerstreik treten?«

Nancy nickt.

»Ich werde mich an deiner Zwangsernährung nicht beteiligen. Ich werde dich nicht zwingen zu essen.«

»Warum nicht? Wenn du willst, dass ich lebe, ist das nur natürlich.«

»Nun gut. Dann werde ich tun, was ich für das Beste halte.«

Nancy lacht plötzlich. »Allmächtiger! Kannst du dir Vaters Gesicht vorstellen, wenn er jetzt hier wäre?«

Der plötzliche Stimmungswechsel bringt sie einander näher, genau wie früher zu Hause, wenn sie die Tür ihres Zimmers geschlossen hatten.

Clara kichert. »Er würde vor Wut platzen.«

»Er würde uns einsperren und den Schlüssel wegwerfen.«

Sie setzt sich neben Nancy. »Möchtest du, dass ich es ihm sage? Er weiß, dass du abgehauen bist und dich den Suffragetten angeschlossen hast. Aber soll er von deiner Haft erfahren?«

»Das ist mir egal.«

»Das sagst du nur, weil du Angst hast. Du wirst ihm irgendwann gegenübertreten müssen.«

»Wirklich? Ich wüsste nicht, wann.«

»Wir müssen das alles durchstehen, so gut es geht.«

»Ja.«

»Aber geht es dir gut? Wirklich?«

»Ich weiß nicht. Ich denke, ja. Und dir? Wie geht es dir?«

»Nun ja, ich nehme an, mir geht es wie immer.« Clara legt den Arm um ihre Schwester. Sie hält sie um Schultern und Taille an sich gedrückt wie während Nancys Wehen. »Ich bereue das mit dem Kind. Das war falsch. Das weiß ich jetzt. Ich hätte irgendwie anders damit umgehen sollen, aber …«

»Du hast getan, was du für das Beste hieltest.«

»Ich hab's versucht.« Clara steht auf und streicht sich das Kleid glatt. »Jetzt muss ich wieder an die Arbeit. Ich werde für dich tun, was ich kann.«

»Du kannst mich besuchen. Komm nachts. Stell dich an mein Bett und sieh mir beim Schlafen zu. Du kannst mir die Haare bürsten.«

Clara wendet sich zum Gehen. »Mal sehen, wie es sich ergibt.«

Als sie die Tür abschließt, sieht sie Miss Hardgrave den Gang entlangkommen.

»Also ist Ihre Schwester wieder bei uns«, sagt die Vorsteherin, sowie sie auf Clara zutritt. »Das sind unglückliche Umstände, aber ich sagte ja, sie wird früher oder später wieder auftauchen.«

»Ja, Ma'am. Aber es lag nicht an einer Liebesaffäre, wie Sie vermutet haben.«

»Das glauben Sie? Wenn es eines gibt, das ich den Suffragetten nicht vorwerfe, dann ist es ihre Leidenschaft.«

Clara steckt den Schlüssel wieder ins Schloss. »Wollten Sie mit ihr sprechen?«

»Nein, Miss Cooper. Dazu besteht kein Grund. Vielmehr muss ich mit Ihnen sprechen. Würden Sie mich in mein Büro begleiten? Ich möchte das lieber unter vier Augen tun.«

Clara folgt ihr die Treppe hinunter und durch die Gittertüren, die die Häftlingsflügel vom Verwaltungstrakt trennen. Sie nimmt sich vor, Miss Hardgrave zu sagen, dass sie nicht gewillt ist, sich an der Zwangsernährung ihrer Schwester zu beteiligen, noch an anderen Disziplinierungsmaßnahmen, die vielleicht für nötig gehalten werden.

Miss Hardgrave interessiert das jedoch überhaupt nicht. Sie bietet Clara an, Platz zu nehmen.

»Ich habe hier das Formular von der Verhaftung Ihrer Schwester.« Sie schiebt ein maschinengeschriebenes Blatt Papier über den Schreibtisch zu Clara. »Bitte beachten Sie, dass die Angaben korrekt sind. Insbesondere das Alter von neunzehn Jahren.«

»Ja, Miss.«

»Fünf Jahre zu jung, um sich für eine Stelle als Gefängniswärterin zu bewerben, einen Posten, für den Sie sie empfohlen haben.«

»Ja, Miss.« Damit hat Clara nicht gerechnet. Sie weiß vor lauter Bestürzung nicht, was sie sagen soll.

»Ich habe mir außerdem die Freiheit erlaubt, mir Ihre Personalien zu beschaffen. Sie sind dreiundzwanzig, nicht wahr?«

»Aber, Ma'am …«

»Also auch noch zu jung, um Wärterin zu werden, ganz zu schweigen von einer Oberaufseherin.« Sie nimmt das Formular wieder an sich. »Es ist mir unmöglich, darüber hinwegzusehen.«

»Aber, Ma'am …«, stammelt Clara. »Ich beherrsche meine Arbeit, Ma'am. Sie wissen, wie gut ich sie mache.«

»Und deshalb bedaure ich außerordentlich, Ihnen mitzuteilen, dass Sie fristlos entlassen sind.«

»Aber …« Clara greift um die Armlehnen, ein plötzliches Gefühl zu fallen überkommt sie.

»Miss Cooper, ich darf das nicht ignorieren. Ich habe schon bei der Geschichte des angeblich erkrankten Vaters ein Auge zugedrückt. Sie haben erzählt, er sei wieder ganz genesen, während Ihre Schwester zu glauben schien, er sei daran gestorben. Seinerzeit habe ich beschlossen, nicht nachzuhaken. Aber jetzt liegt es schwarz auf weiß vor mir, und das ist mehr, als ich in meiner Stellung übersehen darf.«

Clara fasst sich ein wenig. Sie erkennt am Ton der Vorsteherin, dass sie auf einen Sinneswandel nicht zu hoffen braucht. »Ich verstehe, Miss«, sagt sie leise.

Miss Hardgrave öffnet die Schublade, in der sie die Bonbons aufbewahrt, und nimmt ein Blatt Papier heraus. »Das sind die Angaben Ihrer Schwester einschließlich einer Adresse, die sie als Wohnsitz genannt hat. Eine Miss Birnstingl in Kensington. Ich habe sie für Sie aufgeschrieben – Sie werden sie vielleicht einmal brauchen. Ganz unten finden Sie den Namen einer Dame, die, soweit ich weiß, die Aufgabe hat, Frauen für eine neue Polizeieinheit anzuwerben. Selbstverständlich kann ich Ihnen kein Empfehlungsschreiben mitgeben, aber vielleicht finden Sie eine Möglichkeit …«

»Das ist sehr freundlich, Miss.«

»Ein Rat noch: Sie werden immer feststellen, dass Ehrlichkeit die beste Wahl ist. Am Ende sind es unsere Tugenden, die uns zu dem machen, wer wir sind, und unsere Lügen kommen immer ans Licht.«

»Bei allem Respekt, Miss, ich glaube nicht, dass wir anders hätten handeln können. Weder ich selbst noch meine Schwester.«

»Dann hoffe ich, Sie werden im Nachhinein noch anders darüber denken. Darf ich nun um Ihre Schlüssel bitten?«

Clara schnallt sich den Ledergürtel ab und legt ihn auf den Schreibtisch. Sie ist verwirrt, unsicher, ob sie sich damit befreit oder alles verdirbt. Während ihrer Zeit im Holloway hat sie sich nie entscheiden können.

37

Die Morgenglocke weckt Nancy um sechs Uhr, eine Stunde später als während ihrer Zeit als Wärterin. Sie hört die Schritte auf dem Gang, dann wird ihre Tür geöffnet, und Miss Needler befiehlt ihr, den Toiletteneimer auszuleeren. »Aber so können Sie nicht vor die Tür gehen. Müssen wir Sie anziehen?«

»Ich werde die Häftlingskleidung nicht tragen.«

Miss Needler holt tief Luft. »Sie sollten sich gut überlegen, mit wem Sie sich anlegen, Nancy. In den kommenden Wochen werden Sie ganz auf sich gestellt sein. Da müssen Sie es sich nicht noch schwerer machen.« Sie lässt die Tür angelehnt.

Nancy stellt die Füße auf den kalten Boden. Beim Aufrichten wird ihr schwindlig. Sie wartet einen Moment, steht auf, geht zum Eimer und setzt sich darauf. Als sie fertig ist, schwenkt sie den Inhalt und achtet auf ein Anzeichen, ob in ihrem Körper schon Veränderungen vor sich gehen. Aber sie wird enttäuscht, denn da ist nichts Ungewöhnliches zu sehen.

Sie zieht das Häftlingskleid an, dann tritt sie auf den Gang, in das Hin und Her der Wärterinnen, die kurz zu ihr hin- und hastig wieder wegsehen. In dem Raum, wo die Eimer ausgespült werden, steht eine Frau an einem Ausguss, eine ältere Suffragette, die sie häufiger beaufsichtigen musste, und während Nancy ihren Eimer leert, ist sie froh, dass Gespräche unter den inhaftierten Frauen verboten sind. Sie füllt einen zweiten Eimer mit sauberem Wasser, klemmt sich eine Bürste unter den Arm und trägt beide Eimer in ihre Zelle.

Sie macht sich an die Arbeit und schrubbt mit einem Elan, den sie zu Hause nie gehabt hat, putzt bis in die Ecken und unter der Tür. Auf Händen und Knien verlagert sich ihr Hunger wie eine Luftblase in der Wasserwaage, wird leichter und weniger hartnäckig, doch dann, als sie aufsteht, fällt er wieder wie ein Stein in den Magen.

Die Leute aus der Küche klappern am Geländer entlang, sie bringen die Brotlaibe und ein Schälchen Butter. Eine Frau stellt Nancys Ration auf den Bettrand und gießt Tee mit Milch in eine Tasse, bevor sie wieder geht. Nancy befördert Brot und Butter auf den Boden. Die Dienstanweisung besagt, dass sie erst am folgenden Tag entfernt werden dürfen, wenn sie durch frisches ersetzt werden. Oder vielleicht wird es dann etwas anderes geben? Ein schmackhaftes Gericht aus der Küche wäre das erste Zugeständnis an sie. Sie trinkt ihren Tee in großen Schlucken und denkt daran, dass er sie ausspülen wird.

In achtundvierzig Stunden wird man sie zum ersten Mal zwangsernähren, sofern sie bis dahin nichts isst, und sie wird die Zelle erst verlassen, wenn man glaubt, dass sie in Lebensgefahr schwebt. Vorerst aber wird ihr Alltag derselbe sein wie für alle anderen. Sie geht zur Messe in die Kapelle. Sie erledigt Näharbeiten, stopft Ringelstrümpfe und stickt Pfeile auf Kleider. Ihre Finger sind damit vertraut, wie sie feststellt, und sie tut es mit einer gewissen Erleichterung. Sie hatte immer Hände wie ihr Vater, kräftige Arbeiterhände, und es ist befriedigend, sie fügsam zu machen, sie zu Frauenarbeit zu zwingen. In ein paar Wochen werden sie anders aussehen, abgemagert, keine Ähnlichkeit mehr mit denen ihres Vaters haben.

Sie nimmt zusammen mit den anderen Suffragetten am Hofgang teil. Sie fühlt sich leicht, was vom Hungern kommt, fast als könnte sie fliegen.

Zwei Frauen nehmen sie in die Mitte, und sie schlagen ein flottes Tempo an und unterhalten sich dabei. »Wieso sind wir uns noch nie begegnet?«

»Ich bin neu«, erklärt sie. »Ich heiße Nancy Cooper.« Sie erwähnt Daisy und Miss Birnstingl, um sich Anerkennung zu verschaffen.

»Willkommen in unseren Reihen«, sagen die beiden und beginnen die zweite Runde um den Hof. »Wollen Sie in den Hungerstreik treten?«

»Ja.«

»Dann sind Sie mutiger als wir. Viel Glück.«

Sie entgegnet, dass sie das nicht brauche.

Auf dem Rückweg in die Zelle wird ihr auf der Treppe schwindelig, und sie muss stehen bleiben, sich halb gebückt am Geländer festhalten. Die anderen Frauen warten bei ihr, bis Miss Needler sie weiterscheucht, verärgert über die Verzögerung. Sie fasst Nancy beim Arm und treibt sie zur Eile an. In der Zelle schließlich legt sie sich aufs Bett, schlaff vor Erschöpfung, aber froh darüber, zufrieden, dass ihr Körper nachlässt. Sie betrachtet das Brot und die Butter am Boden als Zeichen ihres Trotzes und nicht als Verlockung.

Mit dem Geruch von faulendem Seetang in der Nase schreckt sie während der Nacht aus dem Schlaf hoch. Sie muss von Tenby geträumt haben. Sie steht auf, geht zur Tür und zurück, dabei setzt sie sich ein Ziel von zwanzig und geht zählend hin und her. Dann schläft sie weiter.

Am Morgen, als sie den Eimer ausleert, ist ihr Urin gelbbraun. Wie der Herbst. Sie schrubbt den Boden, bis sie ohnmächtig wird. Kurz darauf, als sie wieder zu sich kommt, steht das Küchenmädchen da und betrachtet sie, dann tritt es über ihr Bein hinweg, um Brot und Butter auszuwechseln. Sie trinkt ihren Tee auf dem Boden sitzend mit dem Rücken an der Wand und sagt sich, dass sie es schon halb geschafft hat.

Sie geht zur Kapelle. Sie singen »Bleib bei mir Herr! Der Abend bricht herein«. Und anstatt nur die Lippen zu bewegen, überkommt Nancy der Drang zu singen, die Leere in sich vibrieren zu lassen, und sie füllt ihre Lunge mit Luft und stößt sie aus. Dies muss das herrlichste Gefühl auf der Welt sein, denkt sie und wundert sich, wieso sie nie auf die Idee gekommen ist, dass sie eine Stimme hat. Sie sieht sich als Flügelhorn oder besser noch als Klarinette und spielt vom Blatt mit einem großen Orchester hinter sich.

Sie wird wieder ohnmächtig, diesmal auf dem Weg zur Näharbeit. Sie wird vom Hofgang befreit. Sie verspürt keinen brennenden Hunger mehr, sondern eher ein Bedauern, mit dem ihr Körper fertig werden muss. Aber die Beschwerden haben sich in die Arme und Beine verlagert, ihre Muskeln klammern sich an die Knochen und stöhnen wie entfernte Verwandte bei einem Begräbnis. Sie hat eine Abneigung gegen sie gefasst. Sie hat gute Lust, sie zu enterben. Sie gehören sowieso nicht zu ihr. Ihre Arme gehören den Wärterinnen und der Polizei, die sie benutzen wie Henkel an einer schweren Tasche, um sie woandershin zu bringen.

In der Nacht träumt sie von brennenden Gebäuden, von denen sie wegrennt, die Hitze im Rücken erzeugt ein wohliges Gefühl im Herzen wie ein Brötchen mit schmelzender Butter.

Als sie aufwacht, steht Miss Needler in ihrer Zelle. Die

Hände in die Hüften gestemmt blickt sie zornig auf das Brot und die Butter, als könnten die etwas dafür. »Sie dürfen die Zelle jetzt nicht mehr verlassen, bitte.« Sie nimmt das Essen weg, kehrt später mit einer Insassin der dritten Kategorie zurück, die den Eimer ausleert und ohne Eifer den Boden putzt. Miss Needler lässt sie nach halb getaner Arbeit gehen, wie um zu zeigen, dass die Zelle nicht mehr Nancy gehört, dass sie sich weiter in sich zurückziehen muss.

Nancy erinnert sich an Daisy, wie sie ihrem Mädchen genau erklärte, was sie wollte. Aber sie will nicht an Daisy denken. Sie zwingt sich, an etwas anderes zu denken. Clara kommt ihr in den Sinn. Was die wohl jetzt macht, nachdem man ihr gekündigt hat? Ob sie auch ein Flattern im Bauch hat wie sie? Sie denkt an Geburtstage, an ein Geschenk, das auf dem Tisch im Wohnzimmer wartet, und Clara rüttelt sie wach und sagt: »Du Glückliche!« Heute scheint ihr solch ein Tag zu sein. Ein besonderer Tag. Wie der erste Tag in der Schule, als ihre Schwester sie an der Hand feierlich zum Schultor brachte. Heute wird auch etwas Unausweichliches passieren, man wird ihr besondere Aufmerksamkeit zuteilwerden lassen, man wird sie in Angriff nehmen. Der Arzt wird heute morgen zu ihr kommen.

Über ihrem Bett zwischen Mauerwinkel und Decke hängt ein kleines Spinnennetz. Von dort ist es sicherer, sich anzusehen, was sie mit ihr tun werden, und sie krabbelt hinauf, sobald sie die Stimme des jungen Arztes hört. Er bringt fünf Wärterinnen mit. Von der Zellendecke aus kann sie sehen, dass er allmählich eine Glatze bekommt. Die Wärterinnen packen die junge Frau da unten an den Armen und ziehen sie aus dem Bett auf den Stuhl. Sie knien sich vor sie und drücken die Fußgelenke an die Stuhlbeine. Sie drehen ihr die Arme hinter den Stuhlrücken, während der Arzt das Stethoskop an ihre Brust hält. Dann fasst er ihr ans Kinn und sagt: »Sie müssen den Mund öffnen.«

Die junge Frau beißt die Zähne zusammen. Nancy sieht, wie sich die Kiefermuskeln wölben, als er ihr Kinn fester hält und nach der Spreizzange greift. Doch das nützt nichts. Die junge Frau hat gute Zähne und kann sie so fest zuhalten wie eine Auster ihre Schalen.

Der Arzt bittet Mrs Armitage um einen dünneren Schlauch, und sein Ton dabei ist sachlich. Keine Spur von dem Charme oder der speziellen Aufmerksamkeit, die er gegen Nancy eingesetzt hat. Miss Needler löst die Klammer am Trichter, entrollt den zweiten Schlauch und befestigt ihn. Der Arzt kommt von vorn. Die junge Frau wehrt sich. Nancy sieht sie auf dem Stuhl zappeln und denkt: Los, Mädchen, gib nicht nach.

Er greift mit Daumen und Zeigefinger in ihre Nasenlöcher, zieht sie hoch und auseinander und führt den Schlauch ein, wobei er das Ende zusammenkneift, damit es leichter geht, dann schiebt er ihn langsam in ihren Kopf.

Vor Schmerzen fällt sie von der Decke. Sie landet in der jungen Frau und blickt plötzlich durch deren Augen dem Arzt direkt ins Gesicht, ist ihm genauso nah wie damals, als er sie gegen die Wand drückte. Sie muss das also als sie selbst durchstehen.

Der Arzt stemmt ein Knie auf den Stuhl gegen ihren Oberschenkel, als er ihr den Schlauch in den Rachen führt.

»So«, sagt er in gütigem Ton. »Ich denke, wir sind so weit, Mrs Armitage.«

38

Ihre Mutter klopft an die Schlafzimmertür. »Clara?« Sie öffnet sie einen Spalt weit und streckt den Kopf herein. »Darf ich reinkommen?«

Clara sitzt am Frisiertisch in einem weiß-rosa Seidenkleid, das sie in einem Ausverkauf entdeckt hat. Es ist schulterfrei und für den Anlass fein genug, aber nicht so außergewöhnlich, dass sie es nicht auch bei anderen Gelegenheiten tragen könnte.

»Du siehst hübsch aus«, sagt ihre Mutter. »Meins war damals aus Baumwolle. Es hatte eine Spitzenbordüre in der Mitte. Aus zweiter Hand natürlich, und ich musste es hinterher wieder verkaufen, aber ich fand es schön. An dem Tag habe ich mich wie eine Königin gefühlt.«

»Ich dachte, du könntest dich nicht erinnern.«

»Manche Dinge vergisst man nie.« Sie trägt einen Stuhl hinüber, um sich neben sie zu setzen, und stellt ihre Handtasche auf den Boden. Für einen Augenblick nimmt sie Claras Hand in ihre. »Ich habe Lorbeer für deine Haare mitgebracht.«

»Ich habe sie schon hochgesteckt«, sagt Clara unsicher.

»Ja.«

Clara nimmt die Spange heraus und schüttelt den Kopf, damit die Haare auf die Schultern fallen. »Also gut.«

»Seid ihr noch nicht fertig?«, brüllt ihr Vater unten an der Treppe.

Ihre Mutter springt auf und geht zur Tür. »Sei jetzt bloß still!«, schreit sie hinaus. »Wir sind fertig, wenn wir fertig sind.«

Sie schließt die Tür und stellt sich hinter Clara. Sie schiebt die Finger in die Haare. »Man kann es so machen, dass es raffinierter aussieht als ein Kranz.« Sie nimmt den Zweig aus ihrer Handtasche. »Ich habe ihn weich gemacht, siehst du? Heute morgen frisch abgeschnitten, sodass er noch biegsam ist.« Sie flicht ihn behutsam in die Haare, mal über, mal unter die Strähnen, sodass es aussieht, als sei er dort gewachsen, und Clara sitzt da wie eine Katze, die gestreichelt wird, und denkt, wie sanft die Hände ihrer Mutter sind. Als die letzte Haarnadel sitzt, tritt ihre Mutter zurück, um das Ergebnis zu betrachten.

»Wie findest du es? Gefällt es dir, oder möchtest du es wie vorher haben?«

Clara bewundert sich im Spiegel. »Du hast mich in eine Göttin verwandelt.« Ihre Mutter hat einen Ausdruck im Gesicht, mit einem Funkeln in den Augen, das Clara noch nie bei ihr gesehen hat.

»Schluss jetzt da oben, oder wir verpassen den Bus!«, ruft ihr Vater.

Die beiden ignorieren ihn.

»Ich habe noch etwas für dich.« Ihre Mutter holt eine kleine quadratische Schachtel aus ihrer Handtasche und öffnet sie schon, damit Clara das zarte Silberarmband sofort sieht. »Es hat meiner Mutter gehört, und sie hat es mir an meinem Hochzeitstag geschenkt. Es ist nicht kostbar, aber hübsch, denke ich.«

»Ein Erbstück.« Clara möchte ihre Mutter auf die Wange küssen, aber die weicht aus.

»Beeil dich lieber.«

Als sie in den Flur kommen, läuft ihr Vater auf und ab. »Endlich fertig herausgeputzt? Ich habe nur fünf Minuten gebraucht, um mich zu rasieren und den Anzug anzuziehen. So ein verdammter Unsinn.«

Ihre Mutter geht an die Haken neben der Tür und nimmt ihren Mantel. »Es ist das Vorrecht der Braut, am Hochzeitstag zu spät zu kommen.«

»Sie kann von Glück reden, wenn er überhaupt kommt, geschweige denn dass er auf sie wartet.«

»Jetzt pass auf, was du sagst, Tom Cooper. Wenn sie so ist wie ich, wird das der eine Tag in ihrem Leben, wo es nur um sie geht, und ich dulde es nicht, dass du ihn verdirbst.«

»In meinem Haus hab wohl ich zu bestimmen.«

»Und es wird ein leeres Haus sein, wenn du nicht achtgibst.« Ihre Mutter droht ihm mit dem Finger. »Ich meine es ernst. Wenn du ihr den Tag ruinierst, verlasse ich dich für immer, und du kannst darüber nachdenken, während du deine Hemden selber wäschst.«

Clara hat ihre Mutter noch nie so reden hören, und sie befürchtet das Schlimmste, doch ihr Vater wagt kein weiteres Wort. Er geht zur Tür und nimmt seinen Hut.

»Du hast einen neuen Hut, Vater.«

»Deine Mutter hat ihn gekauft.«

»Er sieht sehr gut aus.«

Er öffnet die Tür und lässt Sonne herein und den Hopfengeruch von der Brauerei. »Also kommt jetzt.«

Als sie die Straße entlanggehen, halten die Kinder beim Spielen inne, und die Frauen treten in ihren Schürzen aus der Tür und klatschen und wünschen ihr Glück.

An der Ecke stehen ein paar Männer und rauchen. »Morgen, Tom. Also gibst du sie her?«

»Wollte sie verkaufen, aber wir konnten nichts kriegen.«

»Hört doch auf«, sagt ihre Mutter zu ihnen im Vorbeigehen.

Im Omnibus sitzt eine alte Dame, die Claras Hand tätschelt und Freundlichkeiten flüstert. Der Schaffner will kein Geld von ihnen nehmen, sondern lässt sie umsonst mitfahren, und bei all dem Getue fühlt sich Clara wie etwas Besonderes und söhnt sich mit ihrer Entscheidung aus.

Highbury Corner steigen sie aus und gehen das kurze Stück bis zur Kirche zu Fuß, ihr Vater voran mit ihrer Mutter an seiner Seite. Clara bleibt ein, zwei Schritte hinter ihnen und beobachtet sie, wie die beiden sich nahe kommen und wieder entfernen, wobei ihr Vater das Tempo bestimmt und ihre Mutter mit einem Schritt Abstand auf ihn einredet, ihn mal zur Eile antreibt und mal verlangt, er solle langsamer gehen oder ein anderes Gesicht aufsetzen.

Nun passiert es also. Jeder tut es.

Jetzt wird sie nervös. In einer Stunde wird alles vorbei sein. Sie fällt weiter hinter ihnen zurück und zweifelt plötzlich wieder an ihrer Entscheidung. Ted ist ein guter Mann, sagt sie sich. Und er liebt mich.

Ihre Eltern warten an der Kirchentreppe auf sie.

»Wir gehen rein und begrüßen die Gäste«, sagt ihre Mutter zu ihr. »Dein Vater wird dich holen, wenn alles bereit ist.« Sie geht mit ihm die Stufen hinauf und lässt Clara allein in der Frühlingssonne. Wenn sie jetzt einfach ginge, würde sich alles ändern. So muss Nancy gedacht haben, als sie sich aus dem Staub gemacht hat. Als sie alles riskierte, nur aufgrund der Laune eines Augenblicks.

Ted hat einen Fotografen engagiert, und der Mann kommt soeben aus der Kirche und stellt sein Stativ aufs Pflaster.

»Ich kann schnell eine Aufnahme machen, wenn Sie möchten. Ein Porträt mit der Kirche im Hintergrund.« Er nimmt den Fotoapparat aus dem Holzkasten, setzt ihn aufs Stativ und schraubt ihn fest.

»Hallo, Clara.« Nancys Stimme.

Sie dreht sich um. Nancy kommt gerade durch das schmiedeeiserne Tor. Sie hat noch dunkle Ringe unter den Augen, aber schon ein wenig Farbe in den Wangen, seit Clara sie zuletzt gesehen hat, und sie lässt sich die Haare wieder länger wachsen.

»Nancy!« Clara rennt die paar Schritte auf sie zu. »Du hast gesagt, du kommst nicht!«

Nancy küsst sie hastig. »Ich wollte dir Glück wünschen.« Sie gibt Clara drei Lilien mit einem blauen Band daran. »Die sind für dich. Etwas Blaues.«

»Du kommst doch mit rein, nicht wahr? Jetzt, wo du schon mal hier bist.«

»Nein, das regt ihn nur auf. Du weißt, wie er ist, und ich will dir deinen großen Tag nicht verderben.«

»Das wäre es mir wert.«

»Ich will ihn aber nicht sehen, Clara. Eines Tages vielleicht, aber nicht heute.«

Der Fotograf unterbricht sie. »Sind Sie bereit?«

»Können Sie uns beide aufnehmen?« Clara zieht ihre Schwester vor die Linse, und sie stehen Arm in Arm da, als das Blitzlicht aufflammt.

»Ich gehe jetzt lieber.« Nancy gibt ihr noch einen schnellen Kuss. »Komm mich mal in der Buchhandlung besuchen.« Sie rennt ein paar Schritte und ruft dann: »Und bring Ted mit. Ich will ihn kennenlernen.« Sie springt vom Bürgersteig und überquert die Straße.

»Alle sind drinnen«, ruft ihr Vater von der Kirchentür her. Er kommt ein paar Stufen herunter. »Bringen wir es hinter uns.« Er bietet ihr seinen Arm.

»Einen Moment noch. Ich bin noch nicht so weit.« Sie geht einen Schritt und bleibt unschlüssig stehen, kann sich für keine Richtung entscheiden.

»Ich hab dir gesagt, er wartet. Über eine halbe Stunde, meint er, hat er da schon gestanden.«

»Er wartet schon viel länger auf mich.« Es ärgert sie, immer wieder seine Stimme im Kopf zu haben. »Das bisschen wird ihm auch nicht schaden.«

Sie schaut wieder zur Straße nach Nancy und sieht sie gerade noch um die Ecke biegen.

Auf einem Fahrrad. Nancy tritt kräftig in die Pedale, die Bänder ihres Strohhuts wippen, der Rock ihres blauen Liberty-Kleids flattert im Wind.

Danksagung

Ich danke allen bei DFB, besonders meinen Lektoren Bella Pearson, Anthony Hinton und Hannah Featherstone.

Und wie immer Sallyanne Sweeney für ihre Geduld und aufmerksamen Bemerkungen.

Und der stets großzügigen und weisen Tanya Smart.

Europas Tor zur Welt, eine junge Kaufmannstochter und der verführerische Duft von Kaffee

Fenja Lüders
DER DUFT DER WEITEN WELT
Speicherstadt-Saga
DEU
320 Seiten
ISBN 978-3-431-04125-5

Hamburg, 1912: Mina Deharde liegt der Kaffeehandel im Blut. Kein Wunder, verbringt sie doch jede freie Minute im Kaffeekontor ihres Vaters, mitten in der Hamburger Speicherstadt. Doch beide wissen, dass sie als Frau das Geschäft nicht übernehmen kann, und einen männlichen Erben gibt es nicht. Während Mina davon träumt, mit ihrem Jugendfreund Edo nach New York auszuwandern, hat ihr Vater andere Pläne für sie. Mina muss sich entscheiden: zwischen Pflicht und Freiheit, Liebe und Familie …

Auftakt der großen Familiensaga vor der farbenprächtigen Kulisse der Hamburger Speicherstadt

Bastei Lübbe

Eine Frau und ihr Traum vom Glück in einer zerrissenen Zeit

Eva Völler
EIN TRAUM VOM GLÜCK
Roman
DEU
464 Seiten
ISBN 978-3-7857-2670-9

Essen 1951: Nach der Flucht aus der Kriegshölle Berlin hat die junge Katharina Unterschlupf bei der Familie ihres verschollenen Mannes gefunden. Aber das Zusammenleben mit der barschen, zupackenden Schwiegermutter auf engem Raum fällt der lebenshungrigen Frau schwer. Sie will ein besseres Leben für sich und ihre beiden Töchter. Mit trotziger Entschlossenheit versucht sie, ihrem ärmlichen Umfeld zu entfliehen. Doch dann begegnet sie dem traumatisierten Kriegsheimkehrer Johannes ...

Auftakt der großen Saga aus dem Ruhrpott, dem Ort, wo es immer ein neues Morgen gibt

Lübbe